10
18

12, AVENUE D'ITALIE. PARIS XIIIe

Sur l'auteur

Josephine Tey est née en 1896 en Écosse. Elle est l'auteur de nombreux romans policiers, notamment *La Fille du temps*, le plus célèbre et le plus controversé du fait de ses prises de position historiques. Célèbre dramaturge, elle a écrit une douzaine de pièces sous le pseudonyme de Gordon Daviot, dont *Richard of Bordeaux* qui connut un véritable succès. Josephine Tey meurt à Londres, le 13 février 1952.

JOSEPHINE TEY

JEUNE ET INNOCENT

Traduction d'Hélène et Paul Le Duff,
revue et corrigée par Natalie Beunat

10
18

Grands détectives

créé par Jean-Claude Zylberstein

Du même auteur
aux Éditions 10/18

Titre original :
A Shilling for Candles

ISBN 978-2-264-06058-7

1

Par un matin d'été, peu après 7 heures, William Potticary faisait sa ronde habituelle sur le sentier de la falaise, à travers l'herbe rase. Soixante mètres en contrebas scintillaient les flots paisibles de la Manche, pareils à une opale laiteuse. L'air était pur, et les alouettes n'avaient pas encore envahi le ciel. Pas un bruit dans ce monde qui renaissait sous le soleil, sinon les cris des mouettes, là-bas, sur la grève ; aucune activité humaine, sinon celle de Potticary, marcheur solitaire, à la petite silhouette noire, raide et trapue. Des millions de gouttes de rosée brillaient sur l'herbe vierge et tout semblait comme au premier jour de la Création. Ce n'était pas l'impression de Potticary, évidemment. Pour lui, la rosée indiquait que la brume des premières heures n'avait commencé à se dissiper que longtemps après le lever du soleil. Il nota ce détail dans un coin de son subconscient, tandis que, stimulées par l'envie d'un petit déjeuner, ses méninges s'interrogeaient : devait-il faire demi-tour à la Crique et retourner au poste de gardes-côtes ? Ou bien, profitant de ce matin merveilleux, ne valait-il pas mieux pousser jusqu'à Westover où il trouverait le journal du matin et aurait, avec deux heures d'avance, des nouvelles du dernier crime ? Certes, avec la radio, le journal du matin n'avait plus le même intérêt. Toutefois, c'était un objectif et, en temps de guerre comme en temps de paix, il fallait toujours avoir un objectif. Ridicule d'aller à Westover uniquement pour regarder le front de mer ! Et quel bonheur de rentrer pour le petit déjeuner, le journal sous le bras ! Oui, il irait peut-être en ville.

Il accéléra quelque peu l'allure, et le soleil étincelait sur le cuir luisant de ses brodequins noirs à bouts carrés – les chaussures réglementaires. On aurait pu croire que Potticary, qui avait passé les meilleures années de sa vie à cirer ses brodequins par obéissance, aurait fini par s'affirmer. En d'autres termes, il aurait pu dépoussiérer une discipline absurde en ne touchant plus à la poussière de ses chaussures ! Or il n'en était rien ; Potticary, le pauvre naïf, continuait à cirer ses brodequins par plaisir. Il avait sans doute une mentalité d'esclave, mais il était trop inculte pour en souffrir. Quant à exprimer sa personnalité, il aurait reconnu les symptômes si on les lui avait décrits. Cependant il eût été incapable de mettre un nom dessus. À l'armée, on appelle ça « esprit de contradiction ».

Une mouette s'élança brusquement au-dessus de la falaise et s'abattit en criant vers ses consœurs qui tournoyaient plus bas. Quel vacarme épouvantable ! Potticary s'approcha pour voir quelle épave la marée descendante offrait à leur dispute.

Une tache verte brisait la ligne blanche de l'écume. Un morceau de tissu, de la toile, peut-être. Étonnant qu'elle ait gardé une couleur si vive après avoir séjourné dans l'eau aussi…

Potticary écarquilla soudain ses yeux bleus, le corps étonnamment figé… Puis ses brodequins s'emballèrent et martelèrent l'herbe drue au rythme d'un cœur battant. La Crique était à deux cents mètres, mais Potticary parcourut la distance en un temps record. Haletant, il descendit les marches grossièrement taillées dans la craie. Derrière l'émotion jaillissait l'indignation : voilà ce qu'on risquait en se baignant à jeun dans l'eau froide ! De la folie, ma parole ! Et on gâchait le petit déjeuner des autres, par-dessus le marché… Le mieux, c'était la respiration artificielle, sauf en cas de côtes cassées. Ce n'était peut-être qu'une syncope, après tout… Dire très fort à la victime qu'elle était hors de danger… Ses bras et ses jambes se confondaient avec le sable : voilà pourquoi il avait pris la tache verte pour un morceau de tissu. De la folie ! Quelle idée de se baigner dans l'eau froide, à l'aube, à moins d'y être obligé ! Il avait dû le faire, lui, à l'armée, dans ce port de la mer Rouge, embringué dans une compagnie de débarquement venue secourir les Arabes. Mais pourquoi allait-on au secours de ces salauds-là ?… C'était dans ces circonstances qu'il fallait nager. Quand on y était obligé… La femme était à bout de forces : il lui fallait du jus d'orange et des toasts. Quelle folie, ma parole !

Il était difficile de marcher sur la grève avec ces gros galets blancs qui n'arrêtaient pas de rouler sous les pieds, et l'on s'enfonçait dans les rares zones de sable, ramollies par la marée. Mais bientôt Potticary se retrouva au beau milieu de la nuée de mouettes qui l'enveloppait de leurs battements d'ailes et de leurs cris frénétiques.

Au premier coup d'œil, il vit que la respiration artificielle était inutile, comme toute autre méthode d'ailleurs : c'était trop tard. Et Potticary, qui avait sorti des corps de la mer Rouge sans s'émouvoir, fut étrangement bouleversé. Comment accepter qu'une femme si jeune soit allongée là, alors que le monde entier s'éveillait à une si belle journée ? Elle avait toute la vie devant elle, et jolie, avec ça ! Ses cheveux avaient l'air teints, mais le reste de sa personne était d'une beauté naturelle.

Une vague recouvrit ses pieds puis se retira entre les orteils vernis de rouge. La marée allait descendre encore quelques mètres, mais Potticary traîna la masse inanimée un peu plus haut sur la grève, à l'abri des assauts irrespectueux de la mer.

À ce moment, il pensa au téléphone. Il scruta la plage, en quête d'un vêtement que la fille aurait pu y poser avant d'aller se baigner. Apparemment, il n'y avait rien. Elle l'avait peut-être laissé trop bas et la marée l'avait emporté ; peut-être n'était-ce même pas à cet endroit qu'elle s'était jetée à l'eau. Quoi qu'il en soit, il n'avait rien à portée de la main pour couvrir le corps. Il retraversa donc la grève à grand-peine et se hâta vers le téléphone le plus proche, celui du poste de gardes-côtes.

— Un cadavre sur la plage, dit-il à Bill Gunter en décrochant le récepteur pour appeler la police.

Bill fit claquer sa langue contre ses dents et rejeta la tête en arrière, geste qui, avec éloquence et sobriété, exprimait sa lassitude devant tous ces faits divers, devant la bêtise des gens qui se noient et sa satisfaction d'avoir raison de ne rien attendre de bon de la vie.

— S'ils veulent se suicider, dit-il de sa voix caverneuse, pourquoi venir chez nous ? Ils ont toute la côte sud pour ça, non ?

— Ce n'est pas un suicide, haleta Potticary entre deux échanges avec la standardiste.

Bill n'y prêta aucune attention.

— Bien sûr, ça coûte moins cher de venir ici que d'aller sur la côte sud ! Un type qui en a marre de la vie pourrait tout de même être moins mesquin et faire son dernier plongeon avec un peu de panache. Eh bien, non ! Ils achètent le billet le moins cher et viennent se coucher à votre porte !

— Il en vient beaucoup à Beachy Head, c'est vrai, répondit Potticary, conciliant. Mais cette fois-ci, il ne s'agit pas d'un suicide.

— Bien sûr que si ! À quoi donc servent les falaises ? Un rempart pour l'Angleterre ? Pas du tout : l'endroit idéal pour un suicide. C'est le quatrième cette année et il y en aura d'autres quand les feuilles d'impôts arriveront.

Il s'arrêta, tendit l'oreille pour écouter ce que disait Potticary.

— … une femme, en costume de bain vert vif. (Potticary appartenait à une génération qui n'employait pas le mot maillot de bain.) Au sud de la Crique, à cent mètres environ. Non, il n'y a personne… J'ai dû venir téléphoner, mais j'y retourne tout de suite… D'accord, on se retrouve là-bas… Allô ? c'est vous, sergent ? Oui, la journée commence mal, mais on a l'habitude !… Oh non ! un banal accident de baignade. Une ambulance ? Oui, vous pouvez l'amener quasiment jusqu'à la Crique. Le sentier quitte la route de Westover juste après la troisième borne kilométrique et aboutit au milieu des arbres, à l'entrée de la Crique… Très bien, je vous attendrai là.

— Comment savez-vous qu'il s'agit d'un accident de baignade ? l'interrogea Bill.

— Elle porte un costume de bain, vous n'avez pas écouté ?

— Rien ne l'empêchait d'en mettre un avant de se jeter à l'eau. Pour faire croire à un accident.

— Vous ne pouvez pas vous jeter à l'eau à cette époque de l'année. Vous tomberiez sur les galets. Et là, plus de doute possible sur vos intentions !

— Elle s'est peut-être avancée vers le large pour se noyer, rétorqua Bill, jusqu'au-boutiste par nature.

— Elle est peut-être morte d'une indigestion de bonbons à la menthe ! dit Potticary qui approuvait le jusqu'au-boutisme en Arabie, mais trouvait ça assommant dans la vie de tous les jours.

2

Un petit groupe à l'air grave entourait le corps : Potticary, Bill, le sergent, un agent de police et les deux ambulanciers. Si le plus jeune des deux redoutait de ne pas avoir l'estomac assez bien accroché et l'humiliation qui s'ensuivrait, les autres ne pensaient qu'à leur travail.

— Vous la connaissez ? demanda le sergent.

— Non, répondit Potticary, jamais vue.

Aucun d'eux ne l'avait jamais vue.

— Elle n'est sûrement pas de Westover. Personne là-bas n'aurait l'idée de venir ici, avec la magnifique plage qu'ils ont à leur porte. Elle a dû arriver de l'intérieur des terres.

— Peut-être s'est-elle baignée à Westover et la mer l'aura rejetée là, suggéra l'agent.

— Impossible, objecta Potticary. Elle n'a pas séjourné assez longtemps dans l'eau. Elle a dû se noyer dans le coin.

— Dans ce cas, comment s'y est-elle rendue ? s'enquit le sergent.

— En voiture, bien sûr, répondit Bill.

— Et où est cette voiture maintenant ?

— Là où tout le monde laisse la sienne : au bout du chemin, sous les arbres.

— Ah bon ? répliqua le sergent, mais il n'y a pas de voiture là-bas.

Les ambulanciers confirmèrent. C'était par là qu'ils étaient venus avec la police. Ils y avaient garé leur véhicule, sans remarquer la moindre voiture.

— C'est curieux, observa Potticary. C'est trop loin de tout pour qu'on vienne à pied. Du moins si tôt le matin.

— Je ne pense pas qu'elle ait été une adepte de la marche, de toute façon, remarqua le plus âgé des ambulanciers. Trop chic pour ça, ajouta-t-il, voyant qu'ils n'avaient pas l'air de comprendre.

En silence, ils examinèrent le corps quelques minutes. Oui, l'ambulancier avait raison ; cette femme prenait soin d'elle.

— Et où sont ses vêtements ? demanda le sergent, préoccupé.

Potticary défendit sa version : elle les avait laissés plus loin, à marée basse, et la mer les avait emportés.

— C'est bien possible, dit le sergent. Mais comment est-elle arrivée ici ?

— Bizarre qu'elle se soit baignée seule, risqua le jeune ambulancier, mettant son estomac à l'épreuve.

— Il n'y a rien de bizarre de nos jours, grommela Bill. Je m'étonne même qu'elle ne se soit pas amusée à sauter de la falaise en planeur ! Nager toute seule, à jeun, c'est bien trop banal. Ils me fatiguent, tous ces jeunes écervelés.

— C'est une chaînette qu'elle porte à la cheville ? dit l'agent.

Oui, c'était une chaînette. En platine. Avec de drôles d'anneaux en forme de C.

— Bon, fit le sergent en se redressant, je suppose qu'il ne nous reste plus qu'à transporter le corps à la morgue et ensuite à l'identifier. Ce qui, d'après les apparences, ne devrait pas poser trop de problèmes ; « perdu, volé, abandonné » : elle ne rentre dans aucune de ces catégories.

— En effet, acquiesça l'ambulancier. À cette heure, son maître d'hôtel, dans tous ses états, est probablement en train de téléphoner à la police.

— Sans doute, répliqua le sergent, songeur. Je continue à me demander comment elle est arrivée ici, et ce que…

Il leva les yeux vers la falaise et s'interrompit.

— Mais nous avons de la compagnie ! reprit-il.

Ils aperçurent la silhouette d'un homme qui se tenait au bord de la falaise et les observait avec une attention extrême. Dès qu'ils le fixèrent, il tourna les talons et disparut.

— C'est un peu tôt pour se balader, nota le sergent. Et pourquoi s'en va-t-il au pas de course ? Allons lui dire un mot.

Mais à peine l'agent et lui-même avaient-ils fait deux pas qu'il apparut sans équivoque que l'homme, loin de prendre la fuite, se dirigeait en fait vers l'entrée de la Crique. Sa silhouette fine et noire surgit et il accourut vers eux. Il traînait les pieds, glissait et trébuchait. Le petit groupe crut voir débouler un fou. À mesure qu'il approchait, ils l'entendaient haleter, à bout de souffle, malgré sa jeunesse et la courte distance.

Sans les regarder, il fonça vers le cercle resserré qu'ils formaient, écartant les deux policiers qui, d'instinct, avaient interposé leur masse entre le cadavre et lui.

— Oh oui, c'est elle ! C'est elle ! s'écria-t-il.

Puis soudain, il s'assit et éclata en sanglots.

Le sergent lui tapa gentiment dans le dos et dit bêtement :

— Tout va bien, fiston !

Mais le jeune homme se balança d'avant en arrière et redoubla de sanglots.

— Allons, allons ! murmura l'agent pour lui remonter le moral. (Vraiment, quel spectacle morbide en ce beau matin clair !) Ça ne sert à rien. Ressaisissez-vous... monsieur, ajouta-t-il, remarquant la finesse du mouchoir qu'il sortait de sa poche.

— Une de vos connaissances ? demanda le sergent qui oubliait le ton du professionnel pour s'adapter aux circonstances.

Le jeune homme acquiesça.

— Une amie, peut-être ?

— Elle a été si bonne pour moi, si bonne !

— Alors, vous allez au moins pouvoir nous aider. Nous nous posions des questions à son sujet. Vous devez pouvoir nous dire qui elle est.

— J'habite... chez elle.

— D'accord, mais comment s'appelle-t-elle ?

— Je ne sais pas.

— Vous... ne... savez pas ? Voyons, monsieur, reprenez-vous. Vous êtes le seul à pouvoir nous aider. Vous connaissez sûrement le nom de la dame chez qui vous habitez.

— Non, je vous assure, je ne le connais pas.

— Comment l'appeliez-vous, alors ?

— Chris.

— Chris comment ?

— Chris tout court.

— Et vous, comment vous appelait-elle ?

— Robin.

— C'est votre nom ?

— Oui, je m'appelle Robert Stannaway... Non, Tisdall. Enfin, avant c'était Stannaway, ajouta-t-il, découvrant dans les yeux du sergent qu'une explication s'imposait.

« Mon Dieu, donnez-moi de la patience ! » lisait-on dans le regard du policier. Au lieu de ça, il dit :

— Tout ça me paraît plutôt étrange, monsieur… euh…

— Tisdall.

— Tisdall. Pouvez-vous m'indiquer comment cette dame est arrivée ici ce matin ?

— En voiture.

— En voiture ? Et vous savez ce qu'est devenue la voiture ?

— Oui. Je l'ai volée.

— Comment ?

— Je l'ai volée. Mais je viens de la ramener. C'était si moche et je me suis trouvé si ignoble que je suis revenu. Comme je n'ai trouvé Chris nulle part sur la route, j'ai supposé qu'elle attendait ici. Et c'est alors que je vous ai tous vus debout autour de quelque chose… Mon Dieu ! Mon Dieu !…

Et il se balança à nouveau.

— Où habitiez-vous avec cette dame ? s'enquit le sergent sur un ton exagérément professionnel. À Westover ?

— Oh non ! Elle a – elle avait – c'est affreux ! – une petite maison, *Les Églantiers*, à la sortie de Medley.

— C'est à deux kilomètres à l'intérieur des terres, expliqua Potticary au sergent perplexe, car il n'était pas du coin.

— Vous étiez seuls ? Ou bien y a-t-il des domestiques ?

— Non, rien qu'une femme, Mrs Pitts… qui vient du village faire la cuisine.

— Je vois. (Puis, après un court silence :) C'est bon, les gars !

Le sergent fit signe aux ambulanciers qui se baissèrent pour prendre leur civière. Le jeune homme avait le souffle court, et une fois encore, il se cacha le visage dans ses mains.

— À la morgue, sergent ?

— Oui.

Tisdall découvrit brusquement son visage.

— Oh non, pas question ! Elle avait une maison. Est-ce qu'on ne ramène pas les gens chez eux ?

— On ne peut pas transporter le corps d'une inconnue dans un bungalow inhabité !

— Ce n'est pas un bungalow, corrigea le jeune homme machinalement. Non, non. Je ne le crois pas… Mais la morgue ! C'est affreux. Oh ! Dieu du ciel ! s'écria-t-il. Pourquoi a-t-il fallu que tout cela arrive ?

— Davis, ordonna le sergent à l'agent, retournez avec les autres et faites le rapport. Quant à moi, je vais aller avec Mr Tisdall aux – comment dites-vous ? – aux *Églantiers* ?

Les galets crissaient sous les pas pesants des ambulanciers que suivaient Bill et Potticary. Lorsque le bruit fut moins audible, le sergent poursuivit :

— J'imagine que vous n'avez pas voulu aller vous baigner avec votre hôtesse ?

Une grimace apparut sur le visage embarrassé de Tisdall qui répondit avec hésitation :

— Non. Je… Ce n'est pas vraiment mon style : un bain avant le petit déjeuner. Je… je ne suis pas très sportif, en fait.

Prudent, le sergent hocha la tête.

— À quelle heure est-elle partie nager ?

— Je l'ignore. Elle m'a dit hier soir qu'elle irait se baigner à la Crique si elle se réveillait tôt. Je me suis levé moi-même de bonne heure, mais elle était déjà partie.

— Je comprends. Mr Tisdall, si vous vous sentez mieux, nous pourrions nous mettre en route.

— Oui, oui, bien sûr. Je vais bien.

Il se leva et, sans mot dire, tous deux traversèrent la grève, grimpèrent les marches de la Crique et tombèrent sur la voiture, là où Tisdall disait l'avoir laissée : à l'ombre des arbres, au bout du chemin. C'était une belle voiture, un peu trop luxueuse, peut-être. Une deux places de couleur crème, avec sièges séparés et un coffre destiné aux bagages, ou, au besoin, à un passager supplémentaire. Le sergent le fouilla et en sortit un manteau de dame ainsi qu'une de ces paires de bottines en peau de mouton comme les femmes en portent aux courses l'hiver.

— C'est ce qu'elle mettait pour descendre à la plage. Juste des bottines et un manteau sur son maillot. Il y a une serviette aussi.

C'était vrai. Le sergent la prit : elle était de couleur vive, vert et orangé.

— C'est bizarre qu'elle ne l'ait pas emportée avec elle, dit le sergent.

— Elle aimait se sécher au soleil.

— Vous semblez bien connaître les habitudes d'une femme dont vous ignorez le nom !

Le sergent s'installa côté passager.

— Depuis combien de temps viviez-vous avec elle ?

— Je vivais chez elle, rectifia Tisdall qui, pour la première fois, avait un peu de mordant dans la voix. Mettons les choses au clair, sergent, cela vous épargnera peut-être beaucoup de soucis : Chris était mon hôtesse, et rien d'autre. Nous habitions seuls tous les deux dans sa maison ; mais un régiment de domestiques n'eût pas rendu nos relations plus correctes. Cela vous paraît-il si étrange ?

— Très étrange, dit son interlocuteur avec franchise. Qu'est-ce qu'il y a ici ?

Il scrutait le fond d'un sac en papier qui contenait deux brioches un peu desséchées.

— Oh ! Je les avais apportées pour elle. C'est tout ce que j'ai pu trouver. Lorsque j'étais gosse, on nous donnait toujours une brioche après le bain, alors j'ai pensé qu'elle aimerait bien manger quelque chose.

La voiture descendait la déclivité qui menait à la route principale Westover-Stonegate. Après avoir traversé la grand-route, ils s'engagèrent dans un chemin creux. Un panneau indiquait : « Medley 1, Liddlestone 3 ».

— Alors, vous n'aviez pas l'intention de voler la voiture quand vous l'avez suivie à la plage ?

— Certainement pas ! répondit Tisdall, indigné, comme si cela changeait quelque chose. L'idée ne m'en est même pas venue avant de gravir la colline et de la voir garée là. Même maintenant je n'arrive pas à le croire. J'ai agi comme un imbécile, c'est la première fois que je fais une chose pareille.

— Elle était dans l'eau à ce moment-là ?

— Je l'ignore. Je ne suis pas allé regarder. Si je l'avais vue, même de loin, je n'aurais sûrement pas agi de la sorte. J'ai jeté les brioches dans la voiture, puis j'ai filé. Quand je me suis rendu compte que j'étais à mi-chemin de Cantorbéry, j'ai fait demi-tour sans m'arrêter et je suis revenu immédiatement.

Le sergent ne fit aucun commentaire.

— Vous ne m'avez toujours pas dit depuis combien de temps vous séjourniez dans cette maison ?

— Depuis samedi minuit.

On était jeudi.

— Et vous persistez à me faire croire que vous ignoriez le nom de votre hôtesse ?

— Oui. C'est un peu bizarre, je l'admets. Moi aussi j'ai trouvé cela bizarre, au début. Il est vrai que j'ai reçu une éducation conformiste, mais pour Chris cela paraissait si naturel que, passé le premier jour, nous nous sommes très bien arrangés. C'était comme si je la connaissais depuis des années.

Le sergent demeurait silencieux. Toutefois, le doute irradiait de lui comme la chaleur d'un poêle. Tisdall ajouta avec une pointe d'agacement :

— Si je connaissais son nom, pourquoi je ne vous le dirais pas ?

— Je n'en sais rien, répondit le sergent, désarmé.

Du coin de l'œil, il étudia le visage pâle, peut-être affecté, du jeune homme qui paraissait s'être remis particulièrement vite de sa crise de nerfs et du chagrin. Des poids légers, tous ces jeunes ! Aucune émotion véritable devant quoi que ce soit. De l'hystérie, tout simplement. Ce qu'ils appelaient amour n'était qu'exercice de basse-cour. Tout le reste n'était que « sentimentalisme » à leurs yeux. Aucune discipline. Ils ne savaient pas encaisser. À la première difficulté, ils fuyaient. Pas reçu assez de claques petits. Ah ! Toutes ces idées modernes sur les enfants qu'il faut laisser agir à leur guise. Voilà à quoi ça menait : hurler sur la plage et, la minute d'après, tranquille comme Baptiste.

Le sergent remarqua alors le tremblement de ses mains fines sur le volant. Non, Robert Tisdall était tout sauf un homme tranquille.

— C'est ici ? demanda le sergent, tandis que la voiture ralentissait près d'un jardin bordé d'une haie.

— Oui, c'est ici.

C'était une maison à colombages d'environ cinq pièces, couverte de roses et séparée de la route par une haie d'églantiers et de chèvrefeuille, haute de deux mètres. Une aubaine pour les Américains, les photographes et les promeneurs du week-end. Les petites fenêtres s'ouvraient sur un intérieur paisible, et la porte bleu vif offrait son hospitalité, laissant voir, dans l'ombre, l'éclat d'une bassinoire en cuivre accrochée au mur. On avait « découvert » la maison.

Tandis qu'ils remontaient l'allée pavée, sur le perron apparut une petite femme mince, toute lumineuse dans son tablier blanc. Elle avait les cheveux tirés en un chignon sur la nuque et une espèce de nid d'oiseau en satin noir venait maladroitement couronner le sommet de sa tête ronde et rayonnante.

À sa vue, Tisdall s'effaça devant le sergent, afin que l'autorité naturelle de sa fonction l'avertisse, avec la visibilité d'une pancarte, qu'il venait lui causer des soucis.

Mais Mrs Pitts était veuve de policier et sa gentille petite figure ne trahit aucune appréhension. Un homme en uniforme qui remontait l'allée annonçait pour elle l'heure du repas ; aussi réagit-elle en conséquence.

— J'ai fait des galettes pour le petit déjeuner. Il va faire chaud et vaut mieux laisser le fourneau s'éteindre. Dites-le à Miss Robinson quand elle rentrera, s'il vous plaît, monsieur.

Puis, se rendant compte qu'elle avait en face d'elle un représentant de la loi dans l'exercice de ses fonctions :

— Vous n'avez tout de même pas conduit sans permis, monsieur ?

— Miss… Robinson, c'est bien son nom ?… a eu un accident, dit le sergent.

— La voiture ! Mon Dieu ! Elle est toujours tellement imprudente au volant. C'est grave ?

— Il ne s'agit pas de la voiture. Un accident en mer.

— Oh ! dit-elle lentement. C'est si grave que ça ?

— Que voulez-vous dire par *si grave que ça* ?

— Accident en mer, ça dit bien ce que ça veut dire.

— Tout à fait, acquiesça le sergent.

— Eh oui, fit-elle, triste et méditative. (Puis, changeant soudain de ton :) Et vous, où est-ce que vous étiez ? demanda-t-elle sèchement.

Elle examinait Tisdall complètement abattu, tout comme elle examinait le poisson du samedi soir sur l'étal de Westover. Le vernis de déférence qu'elle avait d'abord affiché à l'égard de l'« aristocratie » s'était volatilisé devant la catastrophe et l'opinion qu'elle avait toujours eue de ce « propre-à-rien » se confirmait.

Voilà qui intéressait le sergent, et pourtant, il lui rabattit son caquet.

— Ce monsieur n'était pas là-bas.

— Il aurait dû. Il est parti immédiatement après elle.

— Comment le savez-vous ?

— Je l'ai vu. J'habite la maison au bas de la route.

— Vous connaissez l'autre adresse de Miss Robinson ? Je présume qu'elle n'habite pas toujours ici ?

— Sûr que non. Elle n'était là que pour un mois. Cette maison appartient à Owen Hughes.

Elle marqua une pause théâtrale, pour qu'il assimile l'importance de ce nom.

— En ce moment, il tourne un film à Hollywood. Sur un comte espagnol, à ce qu'il m'a dit. Il a déjà joué des comtes italiens et français, mais, d'après lui, ce serait une nouvelle expérience d'interpréter un comte espagnol. Il est très gentil, Mr Hughes. Ça lui a pas tourné la tête, tout ce tapage autour de lui. Vous me croiriez pas si je vous disais qu'une fille est venue me voir un jour et m'a proposé cinq livres pour avoir les draps dans lesquels il avait couché. Moi, je lui ai dit en face ce que j'en pensais, mais ça lui a pas du tout fait honte. Elle m'a proposé vingt-cinq shillings pour une taie d'oreiller ! Je me demande bien où va le monde, oui vraiment…

— Quelle est l'autre adresse de Miss Robinson ?

— Je ne connais que celle-ci.

— Elle ne vous a pas écrit pour vous annoncer son arrivée ?

— Écrit ? Certainement pas ! Elle envoyait des télégrammes. J'imagine qu'elle savait écrire, mais je vous jure qu'elle l'a jamais fait. Il arrivait pas moins de six télégrammes par jour à la poste de Liddlestone. C'est mon Albert qui allait les chercher, presque toujours ; quand il était pas à l'école. Il y en avait qu'étaient si longs qu'il leur fallait trois ou quatre formulaires.

— Vous connaissez les gens qu'elle recevait ici ?

— Elle recevait personne… sauf Mr Stannaway, je veux dire.

— Personne !

— Non, personne. Un jour que je lui montrais comment faire fonctionner la chaîne des W.-C. (« Tirez fort, puis laissez aller gentiment »), elle m'a demandé : « Mrs Pitts, vous arrive-t-il d'en avoir assez de voir tous ces gens autour de vous ? » Je lui ai répondu que quelques-uns me fatiguaient un peu. « Pas quelques-uns, Mrs Pitts, tout le monde. – Lorsque je me sens comme ça, que je lui ai répondu, je prends une bonne cuillerée de castoréum. » Elle s'est mise à rire et m'a répondu que l'idée n'était pas mauvaise, que chacun devrait en avoir sur soi et comme ça le monde changerait en deux jours ! Elle a même ajouté : « Mussolini n'y a jamais pensé. »

— C'est de Londres qu'elle venait ?

— Oui. Elle y est remontée qu'une ou deux fois au cours de ces trois semaines. La dernière, c'était le week-end précédent, lorsqu'elle est revenue avec Mr Stannaway.

À nouveau, elle considéra Tisdall comme un moins que rien.

— Et lui, il ne connaît pas son adresse ?

— Personne ne la connaît. Je vais voir ce que je peux trouver dans ses papiers.

Mrs Pitts les introduisit dans le salon qui était frais, bas de plafond et où flottait un parfum de pois de senteur.

— Qu'en avez-vous fait… Je veux dire, du corps ?

— À la morgue.

Pour la première fois, elle parut se rendre compte du tragique de la situation.

— Mon Dieu !

Lentement, elle passa le coin de son tablier sur une table cirée.

— Et moi qui avais fait des galettes !

Ce n'était pas sur ses galettes perdues qu'elle se lamentait mais sur l'étrangeté de l'existence.

— Vous avez besoin d'un bon petit déjeuner, je pense, dit-elle à Tisdall.

Elle s'était radoucie car, inconsciemment, elle se disait que de toute façon, même les meilleurs hommes n'étaient que des pantins.

Mais Tisdall ne voulait pas de petit déjeuner. Il secoua la tête et se tourna vers la fenêtre, tandis que le sergent fouillait le bureau.

— Je prendrais bien une de ces galettes, suggéra le sergent tout en retournant des papiers.

— Vous n'en trouverez pas de plus succulentes dans tout le Kent. Et je dis pas ça parce c'est moi qui les ai faites. Peut-être que Mr Stannaway pourra avaler un peu de thé ?

Elle se dirigea vers la cuisine.

— Alors, vous ne saviez pas qu'elle s'appelait Robinson ? demanda le sergent en levant les yeux.

— Mrs Pitts l'appelait toujours « Miss ». Et d'ailleurs, est-ce qu'elle avait une tête à s'appeler Robinson ?

Le sergent non plus ne crut pas un seul instant qu'elle s'appelait Robinson, aussi laissa-t-il tomber le sujet.

— Si vous n'avez plus besoin de moi, ajouta Tisdall, je vais sortir un peu dans le jardin. On... étouffe ici.

— D'accord. N'oubliez pas qu'il me faut la voiture pour retourner à Westover.

— Ça a été un coup de tête, je vous l'ai déjà dit. De toute manière, je ne vois pas bien comment je pourrais la voler maintenant et espérer partir avec.

« Pas si bête, observa le sergent. Il a même beaucoup de tempérament. En tout cas, ce n'est pas une nullité complète. »

Le bureau était couvert de périodiques, de journaux, de paquets de cigarettes à moitié vides, de pièces de puzzle, d'une lime à ongles et de vernis, d'échantillons de soie et de quantité d'objets disparates ; tout, en fait, sauf du papier à lettres. Les seuls documents qui traînaient étaient les factures de commerçants du coin, pour la plupart acquittées. Si cette femme manquait totalement d'ordre et de méthode, du moins avait-elle fait preuve d'un minimum de prudence : les reçus étaient peut-être froissés et difficiles à retrouver si nécessaire, mais elle ne les avait pas jetés.

Apaisé par le calme du petit matin, par le bruit réconfortant des préparatifs du thé à la cuisine et par la pensée des galettes que Mrs Pitts allait lui servir, le sergent s'adonna à son unique vice : siffler. C'était un sifflement très bas, rond et doux, mais...

ça sifflait. *Sing to Me Sometimes*, sifflotait-il, sans oublier les fioritures, et son subconscient tirait grande satisfaction de cette performance. Un jour, sa femme lui avait montré un article du *Mail* qui prétendait que siffler était la marque d'un cerveau vide. Mais il lui en fallait davantage pour le guérir.

Et puis soudain, sans le moindre avertissement, cette harmonie fut brisée par des coups martelés sur la porte à demi ouverte du salon : tum-te-ta-tum-tumta-TA ! Une voix masculine cria : « C'est donc ici que tu te caches ! » La porte s'ouvrit en grand et dans l'embrasure se tenait un inconnu, petit et brun.

— Eh... eh... bi…en ! s'exclama-t-il.

Amusé, il dévisageait le sergent avec un large sourire.

— Je croyais que c'était Chris ! Mais que fait la police ici ? Un cambriolage ?

— Non, ce n'est pas un cambriolage, répondit le sergent tout en reprenant ses esprits.

— Chris n'a tout de même pas organisé une fête à tout casser ! Il y a des années qu'elle y a renoncé, je crois. D'ailleurs, cela ne cadre guère avec tous ses rôles distingués.

— Non, en vérité, il y a…

— Au fait, où est-elle ?

Il éleva la voix pour lancer un cri joyeux vers l'étage :

— Hou ! Hou ! Chris ! Descendez, ma vieille, vous vous cachez aussi de moi ?

Puis s'adressant au sergent :

— Elle nous a tous laissés tomber depuis trois semaines. Les lampes à arc sur les plateaux, tôt ou tard, ça les énerve. Mais le dernier film a été un tel succès qu'ils ont voulu en profiter, naturellement.

Avec une solennité exagérée, il fredonna une mesure de *Sing to Me Sometimes*.

— Comme vous siffliez la chanson de Chris, j'ai cru que c'était elle. Vous sifflez joliment bien, d'ailleurs.

— Sa… sa chanson ?

Le sergent, plein d'espoir, se dit qu'il allait enfin obtenir quelques bribes d'informations.

— Oui, sa chanson à elle. À qui d'autre voulez-vous que ce soit ? Vous ne supposiez tout de même pas que c'était la mienne, mon cher ami ? C'est moi qui l'ai écrite, soit. Mais ça ne compte pas. C'est sa chanson à elle. Bien sûr, elle n'a pas fait un tabac avec ! Et pourtant, n'est-ce pas un chef-d'œuvre ?

— Je ne saurais vraiment pas le dire.

Si cet homme s'arrêtait de parler, il y verrait peut-être un peu plus clair !

— Peut-être n'avez-vous pas encore vu *Barreaux de fer* ?

— Non, pas encore.

— L'ennui avec la radio et les disques, c'est qu'ils vous gâchent tout l'intérêt d'un film. Il est probable que, lorsque vous entendrez Chris chanter cette mélodie, vous en aurez une vraie nausée. C'est injuste pour le film. D'accord pour les compositeurs et consorts, mais pour un film, c'est un sale coup, vraiment. Il faudrait prendre des mesures. Ho, ho, Chris ! Elle n'est pas ici, alors que je me suis donné tant de mal pour la dénicher ? (Il fit une moue comme un bébé contrarié.) C'est tout de même plus drôle de la courser que de se faire courser par elle. Croyez-vous que…

— Un instant, monsieur… Votre nom ?

— Jay Harmer. Jason sur mon acte de naissance. C'est moi qui ai composé *If It Can't Be in June*. Vous sifflez sans doute aussi cet air-là, puisque…

— Mr Harmer, dois-je comprendre que la dame qui séjourne – enfin séjournait – ici est une actrice de cinéma ?

— Une actrice de cinéma !

Cette fois, l'étonnement coupa la parole à Jay Harmer et il pensa alors qu'il avait dû faire erreur.

— Dites, c'est bien ici que séjourne Chris ? demanda-t-il.

— Oui, la dame s'appelle Chris. Mais… peut-être allez-vous pouvoir nous aider. Il s'est passé quelque chose… de très regrettable… Et elle a prétendu s'appeler Robinson.

Très amusé, l'homme se mit à rire.

— Robinson ! En voilà une bien bonne ! J'ai toujours dit qu'elle manquait d'imagination. Incapable de la moindre trouvaille. Et vous, vous avez cru qu'elle s'appelait Robinson ?

— À vrai dire, non, cela ne me paraissait pas très vraisemblable.

— Qu'est-ce que je disais ! Eh bien, tant pis ! Puisqu'elle me traite comme un moins que rien, elle va me le payer : je vais parler. Elle me mettra sans doute au placard pendant vingt-quatre heures, mais ça vaudra le coup. Je ne suis pas une célébrité, moi, et je ne risque rien à vous dévoiler son nom. Cette dame, sergent, s'appelle Christine Clay.

— Christine Clay ! s'exclama le sergent, dont la mâchoire tomba malgré lui.

— Christine Clay ! souffla Mrs Pitts, debout sur le seuil, tenant un plateau oublié de galettes.

3

« Christine Clay ! Christine Clay ! » Le nom s'étalait sur toutes les affichettes de presse, dès la mi-journée. Les manchettes hurlaient : « Christine Clay ! » La radio martelait : « Christine Clay ! »

« Christine Clay ! » répétait-on de bouche à oreille. Le monde entier restait suspendu à ces mots : Christine Clay s'était noyée ! Dans tout le monde civilisé, le seul à poser la question : « Mais qui est Christine Clay ? » fut un brillant jeune homme au cours d'une fête à Bloomsbury. Et c'était simplement pour faire le malin.

Sur tous les points du globe, le cours des événements fut bouleversé à cause de la mort d'une femme. En Californie, quelqu'un convoqua par téléphone une jeune fille de Greenwich Village. Un pilote du Texas fit un vol de nuit supplémentaire pour transporter des films de Clay destinés à une projection d'urgence. Une entreprise new-yorkaise annula une commande. Un aristocrate italien qui avait espéré vendre son yacht à Christine fut ruiné. À Philadelphie, un journaliste s'offrit son premier bon repas depuis des mois, grâce à ses révélations : « Je l'ai connue à l'époque où… » Au Touquet, une femme se mit à chanter parce que la chance allait désormais lui sourire. Enfin, dans une cathédrale anglaise, un homme remercia Dieu à genoux.

La presse, assoupie dans le marasme de la morte-saison, se réveilla brusquement pour profiter de ces vents inespérés. Le *Clarion* rappela d'urgence son meilleur échotier, Bart Bartholomew, qui couvrait alors un concours de beauté à Brighton. Le reporter, tout heureux, rentra, non sans clamer son écœurement devant de telles manifestations. Fut également rappelé « Jammy » Hopkins, le spécialiste des « crimes passionnels », qui enquêtait, à Bradford, sur une affaire de jeux bien ennuyeuse dans un milieu très quelconque. (Pour dire combien le *Clarion* était tombé bien bas.) Les photographes désertèrent les circuits automobiles, les défilés, les mariages mondains, les matches de cricket, et lâchèrent même cet homme qui partait pour Mars en ballon ; ils vinrent tous s'abattre comme des sauterelles sur la maisonnette de South Street, dans le Kent, et sur le manoir du Hampshire loué par Christine. Cette charmante fugue campagnarde, qui plus est à l'insu de ses amis, dans une maison inconnue et inconfortable, voilà qui ajoutait un piment bien agréable à la vive sensation créée par sa mort. Des photos du manoir, prises dans le jardin de devant, à cause des ifs, s'étalaient sous le titre : « La propriété de Christine Clay » – elle ne l'avait louée que pour la saison, mais une location ne fait pas frémir les foules. À côté de ces images sensationnelles, on voyait des photos de la maisonnette couverte de roses, avec cette légende : « Son coin favori. »

Son attaché de presse en fut ému aux larmes : pourquoi un tel article sortait-il à présent ?

Tout observateur de la nature humaine qui n'aurait pas été trop impliqué dans cette affaire eût remarqué que la mort de Christine Clay – qui provoqua de la pitié, de la consternation, de l'horreur, du regret, et, à des degrés divers, une demi-douzaine d'autres émotions – ne semblait pourtant ébranler personne jusqu'à la douleur. La seule manifestation de véritable chagrin avait été la crise d'hystérie de Robert Tisdall devant le cadavre. Mais qui pouvait en évaluer la part d'égoïsme ? Christine avait une réputation trop internationale pour appartenir à un « clan ». Pourtant, chez ses proches, le sentiment dominant fut la consternation devant cette horrible nouvelle. Chez certains, du moins. Coyne, qui devait tourner en Angleterre le troisième et dernier film de l'actrice, était peut-être au bord du désespoir, mais Lejeune (alias Tomkins), engagé pour être son partenaire, éprouva un grand soulagement. Un film avec Clay était peut-être un titre de gloire, mais quel gouffre financier ! La duchesse de Trent, qui avait organisé un déjeuner en l'honneur de Clay, afin de retrouver sa réputation d'hôtesse aux yeux des Londoniens, grinçait peut-être des dents, mais Lydia Keats jubilait ostensiblement. Elle avait prédit cette mort, ce qui, même pour une voyante mondaine très en vogue, était vraiment une réussite. « C'est merveilleux, ma chère, c'est merveilleux ! » s'écriaient à l'envi ses amis tout excités. Lydia était ravie à en perdre la tête et passait toutes ses journées à courir de salon en salon, pour s'entendre dire : « Voici l'extraordinaire Lydia qui… » et savourer l'émerveillement de tous. Non, il était bien évident que nul n'avait le cœur brisé par la disparition de Christine Clay. Chacun brossait ses vêtements de deuil avec le secret espoir d'être invité aux obsèques.

4

Mais d'abord, il y eut l'enquête. Et avec elle, les premiers frémissements d'une sensation beaucoup plus forte. Ce fut Jammy Hopkins, surnommé « Jammy Gâteau », qui nota l'apparition des premières rides à la surface de l'eau. Il s'était attiré ce surnom parce que chaque fois qu'éclatait une histoire juteuse, il glapissait : « C'est du gâteau ! C'est du gâteau ! », mais aussi parce que, philosophe, il disait en période de vaches maigres : « Tout devient du gâteau si ça passe sous les rouleaux de presse. » Alors qu'il observait pour le compte de Bartholomew la variété des badauds avides d'émotions fortes qui s'agglutinaient dans la petite salle de réunion de ce village du Kent, Hopkins, qui savait renifler les scoops, s'arrêta tout net et écarquilla les yeux. Entre les mouvements de chapeaux de deux élégantes, il aperçut le visage parfaitement calme d'un homme, spectacle ô combien sensationnel dans cette salle.

— Tu as vu quelque chose ? demanda Bart.

— Si j'ai vu quelque chose !

Hopkins glissa depuis l'extrémité du banc, au moment où le coroner s'asseyait et tapait doucement pour réclamer le silence. « Tu me gardes ma place », murmura-t-il, avant de s'éclipser. Il revint par la porte du fond, se fraya habilement un passage vers la place convoitée et s'assit. L'homme tourna son regard vers l'intrus.

— Bonjour, inspecteur, dit Hopkins.

L'inspecteur ne cacha pas son dédain.

— J'ai besoin d'argent, c'est humain…

Le coroner réclama à nouveau le silence, mais les traits de l'inspecteur se détendirent.

Puis, profitant de l'agitation causée par Potticary qui montait à la barre, Hopkins reprit :

— Inspecteur, que fait Scotland Yard ici ?

— On observe.

— Ah bon ! Vous faites une étude théorique sur le déroulement d'une instruction. Les crimes sont-ils si rares de nos jours ?

L'inspecteur ne réagissant pas, son interlocuteur poursuivit :

— Allez, un peu de cœur, inspecteur. Il y a quelque chose dans l'air ? Quelque chose d'anormal autour de cette mort ? Vous avez des soupçons ?… Si vous ne souhaitez pas voir vos paroles publiées, je serai une vraie tombe.

— Vous êtes surtout un vrai taon.

— Mais voyez toutes les peaux que j'ai à piquer !

Ce qui provoqua un sourire, rien de plus.

— Voyons, inspecteur, juste une petite chose. Cette enquête va-t-elle être ajournée ?

— Cela ne me surprendrait pas.

— Merci. Voilà qui est clair, reprit Hopkins, mi-sérieux, mi-sarcastique.

Il se dirigea de nouveau vers la sortie.

Il arracha Albert Pitts de la fenêtre où il se cramponnait comme une bernique à son rocher, le persuada que deux shillings valaient plus que quelques bribes de délibérations ennuyeuses et le dépêcha à Liddlestone avec un télégramme qui fit bourdonner comme une ruche les bureaux du *Clarion*. Après quoi il vint rejoindre Bart.

— Il y a un problème, annonça-t-il du coin des lèvres à son confrère qui fronçait les sourcils. Scotland Yard s'est déplacé. Et celui-là, derrière le chapeau rouge, c'est Grant. L'enquête va être ajournée. Trouve l'assassin !

— Il n'est pas ici, rétorqua Bart, après avoir examiné l'auditoire.

— Exact… Qui est ce type en pantalon de flanelle ?

— Son copain.

— Je croyais que son copain, c'était Jay Harmer.

— Oui, avant. Maintenant, c'est celui-ci.

— Crime passionnel ?

— Je serais prêt à le parier.

— Elle n'était pourtant pas du genre à s'enflammer.

— C'est ce qu'on dit. Elle s'est bien moquée d'eux, apparemment. Une assez bonne raison pour tuer, je suppose.

Les dépositions tournèrent le plus classiquement du monde autour de la découverte et de l'identification du corps, puis le coroner leva immédiatement la séance, sans fixer de nouvelle date.

Puisque la mort de Christine Clay n'était apparemment pas accidentelle et que Scotland Yard ne se trouvait pas encore en mesure de procéder à une arrestation, Hopkins pressentit que le personnage à exploiter était, sans aucun doute, cet homme en pantalon de flanelle. Il s'appelait Tisdall. Bart l'informa que tous les journalistes d'Angleterre avaient tenté de l'interviewer la veille – Hopkins, en mission pour cette affaire de jeux, était alors en route –, mais le jeune homme s'était montré particulièrement réfractaire. Il les avait traités de vampires, de vautours, de rats et de bien d'autres noms, et il avait paru ne faire aucun cas de la considération due à la presse. Plus personne ne manquait de respect à l'égard de la presse, du moins impunément.

Mais Hopkins, lui, croyait fermement en son pouvoir de persuasion.

— Vous ne vous appelleriez pas Tisdall, par hasard ? demanda-t-il avec désinvolture, au moment où il tomba sur le jeune homme, au beau milieu de la foule qui se dirigeait vers la sortie.

Une franche hostilité durcit instantanément les traits de son visage :

— Si, répondit-il, agressif.

— Vous n'êtes pas le neveu du vieux Tom Tisdall ?

Brusquement, le visage s'éclaira.

— Si. Vous connaissiez oncle Tom ?

— Vaguement, répondit Hopkins, nullement surpris de découvrir que ce Tom Tisdall existait pour de bon.

— Vous semblez savoir aussi que j'ai abandonné Stannaway.

— Oui, c'est ce qu'on m'a dit, répondit Hopkins qui se demandait ce que Stannaway pouvait bien être – une propriété sans doute. Que faites-vous à présent ?

Avant de franchir la porte, Hopkins avait gagné la partie.

— Puis-je vous déposer quelque part ? Et si on déjeunait ensemble ?

Quelle aubaine ! Dans une demi-heure, il aurait accouché d'une histoire pour la une. Dire qu'ils pensaient tous que le bébé se présentait mal ! Non, il n'y avait pas de doute, lui, James Brooke Hopkins, était le meilleur journaliste qui soit.

— Excusez-moi, Mr Hopkins, intervint Grant d'une voix douce par-dessus son épaule. Je n'ai pas envie de troubler votre tête-à-tête, mais Mr Tisdall et moi-même avons rendez-vous.

Tisdall laissa paraître sa surprise et Hopkins sembla en tirer des conclusions immédiates. Aussi l'inspecteur ajouta-t-il :

— Nous pensons qu'il pourrait nous aider.

— Je ne comprends pas, déclara Tisdall.

Hopkins, voyant que celui-ci ignorait qui était Grant, prit un malin plaisir à le renseigner :

— Inspecteur Grant, de Scotland Yard. L'homme qui n'a jamais laissé un crime impuni.

— J'espère que vous écrirez ma notice nécrologique, dit Grant.

— Je le souhaite sincèrement, répliqua le journaliste avec conviction.

À ce moment-là, ils furent frappés par le visage de Tisdall, comme vidé de toute substance, pareil à un vieux parchemin. Seule une pulsation rapide de sa tempe donnait à penser qu'il était encore vivant. Le journaliste et le policier observaient avec un égal étonnement l'effet si inattendu des présentations. Là-dessus, voyant que les genoux du jeune homme commençaient à flancher, Grant se précipita pour le soutenir.

— Venez vous asseoir. Ma voiture est là.

À travers la foule qui se perdait en conjectures, il guida Tisdall, qui semblait ne rien voir, et le poussa sur le siège arrière d'une voiture noire.

— À Westover, s'il vous plaît, dit-il au chauffeur, et il monta près de Tisdall.

Tandis qu'à une allure d'escargot le véhicule fendait la foule vers la grand-route, Grant aperçut Hopkins planté là où ils l'avaient laissé. Si le journaliste pouvait rester immobile plus de trois minutes d'affilée, c'est qu'il ruminait quelque chose. Le taon allait désormais se transformer en limier, soupira l'inspecteur.

Ce dernier avait également matière à réfléchir. C'était la veille au soir que la police du comté, tracassée, avait fait appel à lui. Certes, les autorités ne voulaient pas risquer le ridicule en faisant une montagne d'une taupinière, cependant elles étaient dans l'incapacité de donner une explication satisfaisante à un tout petit détail, fort embarrassant, qui entravait leurs recherches. Ils avaient tous examiné le problème, depuis le chef de la police jusqu'à l'agent qui avait fait le constat sur la grève. On en était venu aux injures lorsque chacun avait présenté sa version, et pour finir, tous s'étaient mis d'accord sur un seul point : il fallait se décharger de cette responsabilité sur quelqu'un d'autre. Il était bien sûr grisant d'élucider son crime à soi jusqu'au bout, et d'en recueillir la gloriole, lorsqu'il y avait vraiment crime. Toutefois, décréter publiquement, de sang-froid, qu'il y a crime en s'appuyant sur une preuve si fragile – un vulgaire petit objet –, risquer, non pas l'humiliation de l'échec, mais celle du ridicule, ils ne s'en sentaient pas capables. Grant avait donc annulé au *Criterion* et avait pris la route pour Westover. Il avait étudié sous toutes les coutures le petit détail qui clochait, écouté avec patience les théories de chacun et avec respect le rapport du médecin légiste, et s'était couché peu avant l'aube, avec le vif désir d'interroger Robert Tisdall. Et voilà que Tisdall était là, à ses côtés, toujours muet et presque évanoui, pour s'être trouvé inopinément face à Scotland Yard. Oui, il y avait bien une affaire, pas de doute. Néanmoins, comment poser des questions au jeune homme avec Cork au volant ? Il valait mieux le laisser recouvrer ses esprits jusqu'à leur retour à Westover. Grant attrapa alors un flacon dans la poche latérale de la portière et le présenta à Tisdall qui l'accepta tout tremblant, mais en fit abondamment usage.

L'instant d'après, il s'excusait de son moment de faiblesse.

— Je ne sais pas ce qui m'est arrivé. Cette catastrophe m'a bouleversé. Je n'ai pas dormi. Je n'ai pas cessé de ressasser des choses, c'est plus fort que moi. Et puis, à l'enquête, il m'a semblé… Il y a vraiment quelque chose d'anormal ? Je veux dire… ce n'était pas une simple noyade ? Pourquoi a-t-on ajourné l'enquête ?

— Il y a un ou deux détails qui intriguent la police.

— Lesquels ?

— Je ne veux pas en parler avant notre arrivée à Westover.

— Ce que je dirais serait donc retenu contre moi ?

C'était dit avec un sourire, mais très sérieusement.

— J'allais justement vous le dire, répondit Grant d'un ton badin.

Puis le silence retomba.

Le temps d'arriver dans les bureaux du chef de la police, Tisdall avait récupéré, même s'il paraissait un peu fatigué. À tel point que, lorsque Grant le présenta, le chef de la police, qui était une bonne âme sauf lorsqu'on touchait à son portefeuille, faillit lui serrer la main. Il se ressaisit de justesse.

— Comment allez-vous, h… hum !

Il se racla la gorge pour gagner du temps. C'était inconvenant. Mon Dieu ! Un meurtrier présumé ! Il n'en avait pas l'air, pardi ! Mais on ne sait jamais de nos jours. Les gens les plus charmants étaient… eh oui, il se passait désormais des choses qu'il ne soupçonnait pas naguère. C'était bien triste. À l'évidence, il ne pouvait pas lui serrer la main, non, vraiment pas.

— H… hum ! Une belle matinée ! Pas fameuse pour les courses de chevaux, mais splendide pour les vacanciers ! Faut pas être égoïste, pour les loisirs. Vous êtes amateur de courses ? Vous allez à l'hippodrome de Goodwood ? Oh, peut-être que… Non, je suppose que vous et… et notre ami que voici… vous… (Mieux valait ne pas insister sur le métier de Grant. Gentil garçon. Bien élevé et tout…) aimeriez discuter tranquillement. Je vais déjeuner… au *Ship*, ajouta le chef de la police à l'intention de l'inspecteur, pour le cas où il aurait besoin de lui. Ce n'est pas que la nourriture y soit extraordinaire, mais c'est une maison respectable. C'est autre chose que *La Marine* où, pour un steak-frites, on vous fait traverser toutes ces salles vitrées.

Là-dessus, il sortit.

— On jurerait Freedy Lloyd, dit Tisdall.

Grant, sensible à ce commentaire, leva les yeux tout en avançant une chaise.

— Vous êtes amateur de théâtre ?

— J'ai été amateur de bien des choses.

L'emploi du passé lui paraissant étrange, Grant l'interrogea :

— Pourquoi dites-vous : « J'ai été » ?

— Parce que je suis ruiné et qu'il faut de l'argent pour se distraire.

— Attention ! Vous n'êtes pas en train d'oublier la formule : « Tout ce que vous direz... » ?

— Non, merci de me le rappeler. De toute façon, cela n'a pas d'importance. Moi, je ne puis que vous dire la vérité. Si vous, vous en tirez des conclusions erronées, ce sera votre faute et non la mienne.

— C'est donc moi qui suis sur la sellette ? Bonne observation. Je l'apprécie. Allons-y alors... Je voudrais bien savoir pourquoi vous habitiez la même maison qu'une femme dont vous ignoriez le nom. C'est ce que vous avez déclaré à la police du comté, non ?

— Exactement. La chose doit paraître incroyable. Ridicule, même. Pourtant, c'est très simple. Un soir, très tard, je déambulais sur le trottoir, en face du théâtre The Gaiety, sans savoir que faire. J'avais cinq pence en poche, mais c'était encore cinq pence de trop, car mon but était de claquer tout mon fric, et j'hésitais : allais-je dépenser ces cinq pence – cela dit, on ne va pas loin avec cinq pence ! – ou bien, allais-je faire comme si je n'avais plus rien ? Aussi...

— Permettez. Vous pourriez peut-être expliquer à un esprit obtus pourquoi ces cinq pence avaient tant d'importance.

— C'était ce qui restait de toute une fortune, voyez-vous. Trente mille livres. Un héritage de mon oncle, le frère de ma mère. Mon vrai nom est Stannaway, mais l'oncle Tom avait exigé que je prenne son nom à lui en même temps que son argent. Cela ne me gênait guère, car les Tisdall sont bien supérieurs aux Stannaway : ils ont du ressort, du caractère, et tout le toutim. Si j'avais été un Tisdall, je ne serais pas fauché aujourd'hui... hélas, je suis cent pour cent Stannaway, ou presque. Le parfait imbécile. L'exemple même à ne pas suivre. À l'époque où j'ai hérité, je travaillais chez un architecte, je logeais en meublé et je vivotais ; alors l'argent m'a grisé et j'ai voulu m'offrir ce que, jusque-là, je n'avais jamais pu m'accorder. J'ai quitté mon travail et j'ai visité tous ces endroits dont je n'osais même plus rêver : New York, Hollywood, Budapest, Rome, Capri… que sais-je encore ! De retour à Londres, il me restait environ deux mille livres que j'avais l'intention de placer avant de chercher du travail. Deux ans auparavant, il n'y aurait pas eu de problème – pour placer l'argent, j'entends ; car à l'époque, personne ne se trouvait là pour m'aider à le dépenser. Mais entre-temps je m'étais fait beaucoup d'amis de par le monde et c'est par douzaines qu'ils arrivaient à Londres. Bref, un beau matin, je m'aperçus que je n'avais plus que cent livres. Quelle douche froide ! Pour la première fois depuis deux ans, je pris le temps de réfléchir. J'avais le choix entre deux solutions : disparaître ou bien vivre aux crochets des autres – on peut vivre six mois dans le luxe dans toutes les capitales du monde, si on sait s'y prendre ; je suis bien placé pour le savoir, ayant moi-même entretenu une théorie de parasites. La première solution me semblait la plus simple. Il m'était très facile de m'éloigner. Les gens se contenteraient de demander : « Où donc est encore passé Bobby Tisdall ? » et ils trouveraient tout à fait normal que je sois dans l'un de ces coins du monde fréquentés par ceux de leur espèce, comme ils trouveraient tout à fait normal de m'y croiser l'un de ces jours. On me croyait immensément riche, voyez-vous, et il était moins compliqué de les plaquer là, avec leurs illusions, que de rester, pour être la risée de tous, lorsque la vérité apparaîtrait au grand jour.

« Je payai mes dettes, après quoi je disposais encore de cinquante-sept livres. Je pourrais bien tenter une dernière fois ma chance au jeu, pensai-je, pour voir si je gagnerais assez pour repartir sur de nouvelles bases. J'ai donc misé trente livres – quinze pour et quinze contre (c'est mon côté Tisdall) – sur Red Rowan, à *L'Éclipse*. Le cheval a fini cinquième. Avec vingt livres et quelques, on ne va pas loin ; il ne reste plus qu'à faire le vagabond. Cette idée ne me troublait pas outre mesure – cela me changerait –, excepté qu'avec vingt-sept livres à la banque on n'est pas un vagabond ; aussi décidai-je de dépenser le reliquat dans une dernière réception grandiose. Je m'étais juré de sortir de là complètement fauché et, ensuite, de mettre au clou ma tenue de soirée pour m'acheter des vêtements plus simples, avant de me lancer sur les routes. Mais ce n'est pas une mince affaire, un samedi soir à minuit, dans ce quartier chic du West End. Impossible, pourtant, de jouer au vagabond, en tenue de soirée, sans éveiller l'attention. J'étais donc là sur le pavé, furieux d'avoir encore ces cinq pence, ne sachant que faire de mes vêtements ni où trouver un lit pour la nuit. C'est alors qu'une voiture s'arrêta au feu rouge sur Aldwych où je me trouvais, juste avant de tourner dans Lancaster Place. Chris était au volant, seule...

— Chris ?

— J'ignorais jusqu'à son prénom, alors. Elle me dévisagea quelques instants. La rue était déserte ; rien que nous deux. Et nous étions si près l'un de l'autre qu'il sembla tout naturel qu'elle se mette à sourire et à dire : « Puis-je vous déposer quelque part, monsieur ? – Oui, répondis-je, à Land's End[1].

1. Il s'agit de la pointe des Cornouailles. *(Toutes les notes sont des traducteurs.)*

– Cela me ferait un long détour, reprit-elle. Je peux vous emmener à Chatham, Faversham, Cantorbéry, ou ailleurs vers l'est ? » C'était une solution, si on veut ; je ne pouvais pas rester planté là, pas plus que je ne pouvais raconter à un ami une histoire à dormir debout pour qu'il m'offre un lit. De plus, je me sentais déjà si loin de tous ces gens ! Je suis donc monté dans la voiture sans trop réfléchir et elle s'est montrée charmante à mon égard. Je ne lui ai évidemment pas fait état de ma situation, mais elle a vite découvert que j'étais complètement fauché. Lorsque j'ai voulu tout lui expliquer, elle m'a rétorqué : « Cela ne me regarde pas. Acceptons-nous comme nous sommes. Vous êtes Robin et moi Chris. » Je lui avais dit que je m'appelais Robert Stannaway, et d'emblée elle a utilisé le petit nom que l'on me donnait en famille. Mes amis, eux, m'appelaient Bobby et cela me fit du bien d'entendre Robin à nouveau.

— Pourquoi avez-vous déclaré vous appeler Stannaway ?

— Je l'ignore. Peut-être un désir inconscient d'oublier l'argent. De toute manière, je n'avais guère fait honneur à ce nom, et au fond de moi, je me suis toujours considéré comme un Stannaway.

— Bon. Continuez.

— J'ai presque tout dit. Elle m'a offert l'hospitalité, a ajouté qu'elle était seule mais que… que je ne serais qu'un invité. Je l'ai avertie qu'elle prenait peut-être un risque. « C'est possible, a-t-elle rétorqué, j'en ai pris toute ma vie, et cela ne m'a pas mal réussi, jusque-là. » Je m'attendais à vivre une situation plutôt embarrassante, or c'est l'inverse qui s'est produit. Elle avait raison, il était bien plus facile de s'accepter comme ça. On eût juré, en un sens, que nous nous connaissions depuis des années (c'était bizarre, mais c'était ainsi). S'il avait fallu partir de zéro et cheminer ensemble, nous aurions mis des semaines à parvenir au même stade. Nous nous aimions beaucoup. Pas d'amour, bien sûr, quoique Chris fût éblouissante à regarder ; je la trouvais extraordinaire, en somme… Je n'avais pas de vêtements à me mettre ; aussi ai-je passé la journée du lendemain avec le maillot de bain et la robe de chambre laissés là par quelqu'un. Et le lundi, Mrs Pitts est entrée dans ma chambre et m'a dit : « Vos bagages, monsieur », tout en posant à terre une valise que je n'avais jamais vue. Celle-ci contenait une veste de tweed, un pantalon de flanelle, des chaussettes, des chemises – tout le nécessaire, acheté à Cantorbéry. La valise, elle, n'était pas neuve, mais on y avait accroché une étiquette à mon nom. Chris s'était même souvenue de mon nom ! Oh, les mots me manquent pour exprimer mon émotion : c'était la première fois, depuis des années, qu'enfin quelqu'un me donnait quelque chose. Les autres, eux, ne faisaient que prendre, prendre. « Bobby paiera. » « Bobby prêtera sa voiture. » Jamais ils ne pensaient à moi, jamais. Ils ne m'ont jamais vraiment regardé, je crois bien… Ce cadeau m'a fendu le cœur. Je serais mort pour Chris ! Elle a éclaté de rire quand elle m'a vu dans mon costume, du prêt-à-porter, évidemment, qui m'allait très bien : « Je ne l'ai pas fait confectionner à Bruton Street, il est vrai, mais ça ira. Et c'est votre taille, vous aurez noté que j'ai l'œil. » C'est ainsi que nous avons passé du bon temps ensemble, à musarder, lire, causer, nager, à faire la cuisine en l'absence de Mrs Pitts, et je n'ai plus pensé à l'avenir. Chris m'avait prévenu qu'elle devait quitter la maison dans une dizaine de jours.

Par politesse, j'ai souhaité m'en aller le deuxième jour – elle n'a rien voulu entendre, et je n'ai plus insisté. Et voilà comment je suis resté chez elle, sans même connaître son nom.

Il s'enfonça dans son siège en soupirant.

— En vous faisant ces confidences, j'ai éprouvé un plaisir que je n'ai pas connu depuis longtemps, et je comprends pourquoi les psychanalystes gagnent tant d'argent.

Grant ne put s'empêcher de sourire. Ce garçon possédait une candeur si séduisante !

Puis, comme un chien qui sort de l'eau, il s'ébroua dans son for intérieur.

Le charme. L'arme la plus insidieuse de toute la panoplie humaine. Et voici que quelqu'un s'en servait à sa barbe. Avec froideur, il se mit à observer cette bonne âme au visage veule. Il se souvint d'un meurtrier qui présentait le même type : yeux bleus, gentil, inoffensif. Et pourtant, il avait découpé sa fiancée en morceaux et l'avait enterrée dans une fosse pleine de cendres. Tisdall avait les yeux d'un bleu particulier, chaud et opaque, que Grant avait si souvent remarqué chez les hommes pour qui la compagnie des femmes était une nécessité vitale. Les enfants gâtés avaient ces yeux-là ; les coureurs de jupons aussi, parfois.

En tout cas, il allait bientôt le vérifier sur Tisdall.

— Vous n'allez tout de même pas me faire croire qu'en quatre jours de vie commune vous n'avez rien soupçonné de l'identité de Miss Clay ! lança-t-il, pour gagner du temps avant d'amener Tisdall au problème crucial sans éveiller ses soupçons.

— J'ai supposé qu'elle était actrice, à cause de certaines de ses paroles et, surtout, parce que la maison était remplie de revues de cinéma et de théâtre.

Un jour, je lui en ai parlé, mais elle a répondu : « Pas vu, pas pris, c'est un bon dicton, Robin. Ne l'oubliez pas. »

— Je comprends. Est-ce qu'il y avait un manteau, avec les vêtements qu'elle vous a achetés ?

— Non, j'en avais un. Elle m'a donné un imperméable.

— Vous portiez un manteau sur votre habit de soirée ?

— Oui, car il bruinait au moment où nous sommes partis pour le restaurant… ma bande et moi, je veux dire.

— Ce manteau, vous l'avez toujours ?

— Non, on me l'a volé dans la voiture quand nous sommes allés à Dymchurch. Pourquoi ? ajouta-t-il, le regard soudain plein d'inquiétude. Ce manteau a quelque chose à voir avec cette affaire ?

— Il était de couleur claire ou foncée ?

— Foncée, évidemment. Plutôt gris anthracite. Pourquoi ?

— Vous avez porté plainte ?

— Non, car nous ne voulions pas attirer l'attention. Mais quel rapport ?

— Racontez-moi la matinée de jeudi, s'il vous plaît.

Le visage qu'il avait en face de lui perdait peu à peu de sa candeur pour redevenir méfiant et hostile.

— J'ai cru comprendre, ajouta l'inspecteur, que vous n'êtes pas allé vous baigner avec Miss Clay. Est-ce exact ?

— Oui. Mais je me suis réveillé presque aussitôt après son départ.

— Si vous dormiez, comment savez-vous l'heure à laquelle elle est sortie ?

— Parce qu'il n'était que 6 heures : il n'y avait sûrement pas longtemps qu'elle était partie. Et Mrs Pitts a dit par la suite que je l'avais suivie de très près.

— Donc, pendant l'heure et demie – grosso modo – qui s'est écoulée entre votre lever et le moment où on a trouvé le corps de Miss Clay, vous êtes allé jusqu'à la Crique, vous avez volé la voiture et pris la direction de Cantorbéry. Vous avez eu des remords, vous êtes revenu et vous avez appris que Miss Clay s'était noyée ? Est-ce bien cela ?

— Oui… je crois.

— Si vous lui étiez si reconnaissant, vous avez agi d'une manière bien étrange.

— Étrange ? Le mot n'est pas exact. Je ne m'explique toujours pas mon geste.

— Vous êtes bien sûr que vous ne vous êtes pas baigné ce matin-là ?

— Absolument. Pourquoi ?

— Quand vous êtes-vous baigné pour la dernière fois ? Je veux dire… avant jeudi matin ?

— À midi, mercredi.

— Pourtant, jeudi matin votre maillot était trempé.

— Comment le savez-vous ? Il l'était, en effet, mais pas d'eau de mer. Je l'avais mis à sécher sur le toit sous ma mansarde et, jeudi matin en m'habillant, j'ai remarqué que les oiseaux perchés dans l'arbre – le pommier qui domine le pignon – avaient pris quelques libertés. Je l'ai donc lavé tout en faisant ma toilette.

— Vous ne l'avez pourtant pas remis à sécher, apparemment ?

— Non, pas dehors cette fois ! Sur le porte-serviettes. Mais bon sang ! Quel rapport avec la mort de Chris ? Ces questions que je ne comprends pas, vous ne voyez donc pas qu'elles me torturent ? Je suis à bout, et l'enquête de ce matin m'a donné le coup de grâce. Tous ces détails sur la découverte, et sur le « corps », alors que c'est de Chris qu'il s'agissait ! De Chris ! Et maintenant, tout ce mystère et ces soupçons. S'il y a des points obscurs autour de sa noyade, qu'est-ce que mon manteau vient faire là-dedans ?

— On a retrouvé ceci emmêlé dans ses cheveux.

Grant ouvrit une boîte en carton posée sur la table et en sortit un bouton noir, un bouton de pardessus. Il avait été arraché, et avec les fils usés qui pendaient, était enchevêtrée une petite mèche de cheveux clairs.

Tisdall, debout, les mains sur le bord de la table, fixait l'objet.

— Vous croyez donc que quelqu'un *l'a noyée* ? Je veux dire… de cette manière-là ? Mais ce bouton n'est pas à moi. Il en existe des milliers comme celui-là. Pourquoi supposez-vous que ce soit un des miens ?

— Je ne suppose rien du tout, Mr Tisdall. Je me contente d'écarter des hypothèses, et tout ce que je vous demande, c'est quelques explications sur un éventuel vêtement qui aurait des boutons semblables à celui-ci. Vous avez admis en avoir possédé un qu'on vous a volé.

Tisdall, hébété, regarda l'inspecteur ; il ouvrait et fermait machinalement la bouche.

Il y eut un coup très léger, et la porte s'ouvrit doucement. Une adolescente de seize ans, petite et maigrichonne, nu-tête, les cheveux noirs en désordre et portant une vieille veste de tweed, entra dans la pièce.

— Oh, pardon ! Je croyais que mon père était ici. Excusez-moi.

Tisdall s'effondra sur le plancher.

Grant, qui était assis de l'autre côté de la grande table, se précipita, mais la jeune fille le devança sans manifester le moindre affolement.

— Mon Dieu ! s'écria-t-elle.

Elle saisit le corps inerte par les épaules et le retourna.

Grant prit alors un coussin sur une chaise.

— Il ne faut pas faire ça, dit-elle. On doit laisser la tête en arrière, sauf en cas de congestion cérébrale. Et il est un peu jeune pour ça, non ?

Elle lui desserra son col, sa cravate et sa ceinture avec la maîtrise d'un cuisinier qui met la dernière main à sa tarte. Grant remarqua que les poignets hâlés de l'adolescente étaient couverts de petites cicatrices et d'égratignures, plus ou moins anciennes, et qu'ils dépassaient de ses manches trop courtes.

— Je crois, ajouta-t-elle, qu'il y a du cognac dans l'armoire. Mon père n'y a pas droit, mais il n'est pas raisonnable.

Grant trouva le cognac et, lorsqu'il revint, la fille tapotait avec insistance le visage de Tisdall, inconscient.

— Vous paraissez experte, dit Grant.

— Oh ! À l'école, j'ai été cheftaine scout, répliqua-t-elle d'une voix à la fois claire et douce. Cette activité, si stupide soit-elle, nous changeait de notre routine. C'était ça le plus important, rompre la monotonie.

— Vous avez appris cela chez les scouts ?

— Non, bien sûr ! Les éclaireuses, elles brûlent du papier d'Arménie, respirent des sels et tout à l'avenant. C'est dans le vestiaire de Bradford Pete que je l'ai appris.

— Où ça ?

— Le boxeur, vous savez. J'avais grande confiance en Pete, mais je crois qu'il a perdu de sa vitesse récemment. Qu'en pensez-vous ? J'espère bien, du moins, que c'est une question de vitesse… Il est en train de revenir à lui tout doucement, continua-t-elle, parlant de Tisdall. Il prendrait bien un peu d'alcool maintenant, je crois. C'est vous qui l'avez passé à tabac ? demanda-t-elle à Grant qui lui faisait boire le cognac. Vous êtes de la police, non ?

— Ma chère demoiselle… Je ne connais même pas votre nom !

— Erica. Erica Burgoyne.

— Chère Miss Burgoyne, la fille du chef de la police doit bien savoir que les seules personnes passées à tabac en Grande-Bretagne sont les membres de la police.

— Alors, pourquoi s'est-il évanoui ? Il est coupable ?

— Je l'ignore, dit Grant machinalement.

— Moi, je ne le crois pas, il n'a pas l'air bien méchant, rétorqua-t-elle avec ce sérieux qu'elle apportait à tout ce qu'elle faisait.

Elle regardait maintenant Tisdall qui commençait à bredouiller.

— Ne vous fiez pas aux apparences, Miss Burgoyne.

— Sûrement pas. Du moins au sens où vous l'entendez. D'ailleurs, ce n'est pas du tout mon type d'homme. Toutefois, une personne avertie peut bien juger sur les apparences. Vous n'achèteriez pas un cheval bai aux yeux trop rapprochés, j'imagine ?

« Voilà une conversation des plus étonnantes », songea Grant.

Erica était maintenant debout, les mains enfoncées dans les poches de sa veste en tweed, ce qui formait deux bosses sur ce vêtement déjà soumis à rude épreuve : les manches étaient râpées et tout effilochées par les ronces ; elle portait une jupe trop courte et l'un de ses bas était entortillé sur une jambe fine comme une allumette. Seules ses chaussures de bonne qualité, bien que aussi éraflées que ses mains, laissaient deviner que ce n'était pas une fille élevée dans un orphelinat.

Les yeux de l'inspecteur se concentrèrent sur le petit triangle de son visage satiné : non, ce n'était pas un orphelinat qui lui avait donné cette assurance tranquille.

— Allons ! dit-elle à Tisdall, pour l'encourager, tandis que Grant aidait celui-ci à se lever et le faisait asseoir. Vous allez vous remettre. Buvez encore un peu du cognac de mon père : il vous fera plus de bien qu'à ses artères. Il faut que je parte maintenant… (Puis se tournant vers Grant :) Vous savez où est mon père ?

— Il est allé déjeuner au *Ship*.

— Merci… (S'adressant à Tisdall encore abasourdi :) Votre col de chemise est bien trop serré !… (Et à Grant qui lui ouvrait la porte :) Vous ne m'avez pas dit votre nom ?

— Grant. Pour vous servir, lui répondit-il avec une courbette.

— Je n'ai besoin de rien pour le moment, mais un jour, peut-être… fit-elle en le dévisageant.

L'inspecteur se mit à espérer, avec une intensité qui le surprit lui-même, qu'elle ne le classait pas parmi les chevaux bais.

— Vous, vous êtes beaucoup plus mon type. J'aime bien les visages aux pommettes larges. Au revoir, Mr Grant.

— Qui était-ce ? demanda Tisdall sur le ton monocorde des gens qui reprennent connaissance.

— La fille du chef de la police.

— Elle n'avait pas tort en parlant de ma chemise.

— C'est l'une des chemises de cette valise ?

— Oui. Est-ce que vous allez m'arrêter ?

— Absolument pas.

— Ce ne serait pas une mauvaise idée, pourtant.

— Ah bon ? Pourquoi ?

— Mon avenir immédiat serait assuré, car ayant quitté cette maison ce matin, je ne suis qu'un vagabond désormais.

— Vous parlez sérieusement ? Vous allez vraiment prendre la route ?

— Dès que j'aurai trouvé les vêtements qu'il faut.

— Je préfère que vous restiez dans un endroit où je pourrais au besoin vous poser d'autres questions.

— Je comprends. Mais comment faire ?

— Et cet architecte ? Pourquoi ne pas lui demander du travail ?

— Jamais je ne retournerai dans un bureau. Pas chez un architecte, en tout cas. Je n'avais été embauché que parce que je sais dessiner.

— Dois-je comprendre que vous vous jugez définitivement incapable de gagner votre vie ?

— Pfff ! Ça, c'est bas… Certainement pas. Il faudra bien que je travaille. Mais que faire ?

— Les deux années passées à fréquenter le beau monde ont dû vous apprendre quelque chose… ne fût-ce qu'à conduire une voiture !

On frappa à la porte et ce fut le sergent qui se montra.

— Désolé de vous déranger, inspecteur, mais j'ai quelque chose à prendre dans les dossiers du chef. C'est assez urgent.

Avec sa permission, il entra donc.

— Il s'en passe, des choses, sur cette côte, pendant la saison, inspecteur, ajouta-t-il tout en fouillant dans les dossiers. C'est pire que sur le continent ! Le cuisinier de *La Marine* – c'est notre circonscription, puisque c'est juste à l'entrée de la ville – a poignardé un des serveurs parce qu'il avait des pellicules, apparemment. L'un est en route pour la prison et l'autre pour l'hôpital, on pense qu'il a le poumon perforé. Bon, merci, inspecteur. Excusez-moi de vous avoir dérangé.

Grant jeta un coup d'œil à Tisdall qui, triste et distrait, finissait de nouer son nœud de cravate. Leurs regards se croisèrent et le jeune homme, d'abord perplexe, comprit soudain.

— Dites donc, sergent, savez-vous s'ils ont quelqu'un pour remplacer ce serveur ?

— Je suis certain qu'ils n'ont personne. Mr Toselli, le patron, s'arrache les cheveux.

— Vous n'avez plus besoin de moi ? demanda Tisdall à l'inspecteur.

— Pas pour le moment. Bonne chance !

5

— Non, aucune arrestation, expliqua Grant au téléphone à son directeur, le *Superintendent*[1] Barker, en début de soirée. Toutefois, à mon avis, il s'agit bien d'un crime, il n'y a aucun doute. Et le médecin légiste en est convaincu lui aussi. Le bouton dans les cheveux, c'est peut-être un hasard – et pourtant si vous le voyiez, vous seriez persuadé du contraire –, mais en tout cas, elle s'était cassé les ongles en s'agrippant à quelque chose. On a fait analyser les résidus sous les ongles ; peu de chose, bien sûr, après une heure dans l'eau salée… Oui, il y a évidemment des indices qui convergent dans telle ou telle direction, cela dit, ils finissent par se neutraliser. Ce sera dur, je crois. Je vais laisser Williams sur place pour continuer l'enquête de routine et je rentre à Londres ce soir. Il faut que je voie son avocat, Me Erskine. Il s'était déplacé pour les dépositions, mais je l'ai manqué, car j'ai eu Tisdall sur les bras par la suite. Pourriez-vous m'arranger un rendez-vous avec lui ce soir ? Les obsèques auront lieu lundi à Golders Green… Oui, elle sera incinérée. Je crois que j'aimerais bien y assister, pour observer ses intimes…

1. Grade équivalent à celui de commissaire de police.

D'accord... Je passerai peut-être prendre un verre si je ne suis pas trop en retard. Merci.

L'inspecteur raccrocha et comme il était encore trop tôt pour dîner, il prit une collation avec Williams qui adorait les œufs au bacon avec des toasts.

— Demain, c'est dimanche, ce sera plus difficile de continuer les recherches sur ce bouton, dit Grant en s'asseyant près de lui. Alors, qu'a raconté Mrs Pitts ?

— Elle avoue ignorer si Tisdall portait un manteau. Tout ce qu'elle a vu, c'est le sommet de sa tête par-dessus la haie. Mais peu importe qu'il l'ait porté ou pas, puisque, à ce qu'elle dit, le manteau se trouvait habituellement avec celui de Miss Clay à l'arrière de la voiture. Elle ne se souvient pas à quand remonte la dernière fois où elle le lui a vu sur le dos. Tisdall le portait assez souvent, semble-t-il. Matin et soir. C'était un « petit frileux », sans doute parce qu'il rentrait de l'étranger, d'après elle. Elle ne le tient pas en haute estime.

— Vous croyez qu'elle le considère comme un sale type ?

— Non, plutôt comme quantité négligeable, tout simplement. Franchement, inspecteur, vous est-il venu à l'esprit que c'est un type intelligent qui a fait ce boulot ?

— Pourquoi ?

— Sans ce bouton arraché, personne ne se serait douté de rien. On aurait trouvé cette femme noyée après sa baignade matinale – le plus naturellement du monde. Pas d'empreintes de pas, ni d'arme, ni de traces de violence. Bien ficelé, tout ça !

— Oui, en effet.

— Vous n'avez pas l'air bien convaincu.

— Non, à cause du manteau. Si vous étiez sur le point d'aller noyer une femme dans la mer, est-ce que vous enfileriez votre manteau ?

— Je n'en sais rien. Tout dépend de la manière dont je déciderais de la noyer.

— Et comment vous y prendriez-vous ?

— J'irais me baigner avec elle et je lui maintiendrais la tête sous l'eau.

— Dans ce cas, il y a gros à parier que vous auriez des égratignures. De vrais indices !

— Moi non. Avant qu'elle n'aille trop vers le large, je l'attraperais par les pieds, je la maintiendrais la tête dans l'eau, jusqu'à ce qu'elle se noie.

— Williams ! Quelle imagination ! Et quelle férocité !

— Et vous, chef, comment feriez-vous ?

— Je n'avais pas pensé à des méthodes aquatiques. Si j'étais meurtrier, je pourrais très bien ne pas savoir nager, ou ne pas avoir de goût pour le bain le matin, ou ne pas supporter de faire trempette en compagnie d'un cadavre. Non, je crois que je me hisserais sur un rocher entouré de beaucoup d'eau. J'attendrais qu'elle vienne me parler et alors je lui saisirais la tête que je maintiendrais sous l'eau. Ainsi, les seules parties de mon corps qu'elle pourrait griffer seraient mes mains. Par conséquent, je porterais des gants de cuir. En quelques secondes, elle perdrait connaissance.

— Parfait, inspecteur. Sauf que vous ne pourriez pas utiliser cette méthode à moins d'aller à plusieurs kilomètres de la Crique.

— Pourquoi ?

— Il n'y a pas de rochers.

— C'est vrai, mon cher, néanmoins il y a quelque chose d'équivalent : une petite jetée.

— Oui, oui, tout à fait. Alors vous supposez que c'est ainsi qu'on a procédé ?

— Je n'en sais rien. C'est une hypothèse. Toutefois, le manteau continue à me troubler.

— Je ne vois pas pourquoi, inspecteur. Par un matin brumeux un peu frais, à 6 heures, n'importe qui aurait pu porter un manteau.

— M'ouais… répondit Grant, dubitatif.

Il ne voulait plus y penser, et pourtant, il lui arrivait d'être distrait par un de ces détails illogiques qui troublaient son raisonnement d'ordinaire logique. Et c'est ainsi que, bien souvent, ses efforts se voyaient récompensés là où la logique avait échoué. Il donna des instructions à Williams pour continuer ses recherches pendant que lui-même serait à Londres.

— Je viens de passer encore quelques minutes avec Tisdall. Il a été engagé comme serveur à *La Marine.* Bien que je ne croie pas qu'il cherche à s'enfuir, vous auriez intérêt à le faire surveiller. Mettez Sanger sur le coup. Voici, continua-t-il, en remettant un papier au sergent, l'itinéraire qu'il a suivi en voiture jeudi matin. Vérifiez-le. Malgré l'heure matinale, peut-être quelqu'un se souviendra-t-il l'avoir aperçu. Portait-il un manteau ou non ? Voilà la question importante. Je pense, pour ma part, qu'il a pris la voiture comme il l'a déclaré, mais pas pour la raison qu'il invoque.

— En lisant sa déposition, j'ai trouvé cette raison stupide moi aussi, et je me suis dit qu'il aurait pu inventer quelque chose de mieux ! À votre avis, qu'a-t-il fait ?

— Je pense qu'après avoir commis le crime il n'avait qu'une idée en tête : fuir. Une voiture lui permettait d'être à l'autre bout de l'Angleterre et même hors du pays, avant qu'on ne découvre le corps. Il s'est donc enfui. Puis il s'est rendu compte qu'il faisait une bêtise. Le bouton perdu le tracassait peut-être et il a senti qu'il valait mieux rester sur place et jouer au naïf. Il s'est alors débarrassé du manteau suspect – car, même si le bouton ne l'avait pas inquiété, la manche devait être trempée d'eau de mer presque jusqu'au coude –, il a remis la voiture en place, constaté que le cadavre avait été découvert à marée montante, puis nous a offert une excellente comédie sur la grève. Cela n'a pas dû être bien difficile : l'idée même du pétrin dans lequel il avait failli se mettre aurait suffi à le faire éclater en sanglots.

— Vous le croyez donc coupable ?

— Je n'en sais rien. Je ne pige pas le mobile du crime. Tisdall n'avait plus un sou et Miss Clay était une femme généreuse. Il avait donc tout intérêt à ce qu'elle reste en vie. Il était très attiré par elle, ça crève les yeux, même s'il prétend ne pas avoir été amoureux d'elle. Nous ne possédons pas d'autre témoignage que le sien. Pourtant, je pense qu'il dit la vérité lorsqu'il affirme qu'il n'y avait rien entre eux. Il en a probablement été frustré. Et si tel était le cas, il se serait plutôt acharné sur elle. Or ce meurtre, Williams, a été commis avec un étonnant sang-froid.

— Oui, tout à fait étonnant. J'en ai la nausée, convint le sergent en savourant une grosse bouchée de l'excellent bacon.

Grant lui sourit, de ce sourire qui encourageait ses subordonnés à se dévouer corps et âme pour lui. Williams et lui avaient souvent collaboré en toute amitié, et non sans une admiration réciproque. D'autant plus que Williams, par bonheur, n'était pas un policier aux dents longues. Il se contentait d'être le mari satisfait d'une femme jolie et toute dévouée.

— Je regrette d'avoir manqué son avocat après l'enquête judiciaire. J'ai une foule de questions à lui poser et Dieu sait où il passera le week-end. J'ai, bien entendu, demandé le dossier de la victime à Scotland Yard, mais l'avocat me serait d'une plus grande utilité, car il nous faut découvrir à qui profite cette mort. Si c'est un malheur pour Tisdall, ce doit être une aubaine pour bien des gens. Christine est américaine et son testament doit donc se trouver quelque part aux États-Unis. Scotland Yard sera en mesure de m'informer dès demain matin.

— Christine Clay n'était pas américaine ! lança Williams avec stupeur.

— Comment cela ?

— Native de Nottingham.

— Mais tout le monde la dit américaine.

— Je sais. Pourtant elle est née à Nottingham où elle a été à l'école. On dit qu'elle a travaillé dans un atelier de dentelle, même si personne n'en est sûr.

— J'oubliais que vous êtes passionné de cinéma, Williams. Poursuivez.

— Oh, ce que j'en sais, je l'ai lu dans des revues de cinéma et de photos. Les journalistes ne racontent que des foutaises la plupart du temps, mais d'un autre côté, ils ne rechignent pas à dire la vérité si ça peut faire un bon papier. Christine Clay n'aimait pas les interviews et chaque fois, elle leur sortait une version différente. Quand on le lui faisait remarquer, elle répondait : « C'est trop monotone ! J'en ai une bien meilleure à vous raconter aujourd'hui ! » Avec elle, personne ne savait sur quel pied danser. Une femme fantasque, répétait-on, naturellement.

— Et vous, vous n'êtes pas de cet avis ? demanda Grant, toujours attentif à la moindre inflexion de voix.

— Je n'en sais rien. J'ai toujours pris ça pour – comment dirais-je ? – une volonté de se protéger… si vous voyez ce que je veux dire. On ne peut avoir barre sur vous que lorsqu'on vous connaît – lorsqu'on sait ce qui a de l'importance pour vous. Si vous entretenez le mystère autour de vous, ce sont les autres les victimes, pas vous.

— Une fille qui a commencé par travailler la dentelle dans une fabrique de Nottingham pour devenir ensuite une vedette de cinéma ne devait pas être très vulnérable.

— Si, c'est justement parce qu'elle a commencé comme dentellière qu'elle était… comme vous dites. Elle changeait de milieu tous les six mois, son ascension a été rapide. Cela suppose une capacité à s'adapter – comme chez le plongeur qui remonte par paliers : c'est un ajustement de tous les instants à la pression subie. Elle avait besoin d'une coquille pour se protéger, et cette coquille, c'était le mystère dont elle cherchait à s'entourer.

— Vous étiez donc un grand admirateur de Christine Clay, Williams ?

— Pour ça oui, répondit ce dernier avec ferveur.

Ses joues déjà roses s'enflammèrent, tandis qu'il tartinait rageusement ses toasts de marmelade.

— Ce dossier ne sera pas clos avant que j'aie passé les menottes au type qui l'a tuée, affirma le sergent. Voilà une résolution qui me donne du courage.

— Vous avez donc une piste ?

— Si je puis me permettre, inspecteur, il y a un homme qui avait un mobile évident et que vous n'avez pas interrogé.

— Qui ça ?

— Jason Harmer. Pourquoi rôdait-il dans les parages à huit heures et demie du matin ?

— Il arrivait de Sandwich. Il y avait passé la nuit au pub.

— C'est ce qu'il a dit. Est-ce que la police du comté l'a vérifié ?

Grant consulta ses notes.

— Peut-être que non. Il leur a fait cette déclaration avant la découverte du bouton et ils l'ont donc cru sur parole. Et depuis, tous les soupçons se sont concentrés sur Tisdall.

— Il avait un tas de raisons, ce Harmer ! Christine Clay le laisse tomber, il la retrouve, seule en compagnie d'un homme, dans une petite maison de campagne.

— Oui, très plausible. Alors, ajoutez Harmer à votre liste. Faites l'inventaire de sa garde-robe. J'ai déjà lancé un message pour qu'on cherche le manteau abandonné. J'espère que ça donnera quelque chose. Un vêtement est une meilleure pièce à conviction qu'un simple bouton. Au fait, Tisdall déclare avoir vendu toute sa garde-robe, sauf son habit de soirée, à un dénommé Togger. Mais il ignore l'adresse de son dépôt. Ce n'est pas le type qui était sur Craven Road ?

— Si, inspecteur.

— Où est-il maintenant ?

— À Westbourne Grove. Tout au bout de la rue.

— Merci. Ce n'est pas que je mette en doute la déclaration de Tisdall. Mais, avec un peu de chance, nous trouverons un bouton du même modèle sur un autre manteau. Ça peut nous être utile. Bon, dit-il en se levant, continuons nos élucubrations. En parlant d'élucubrations, en voici un bel échantillon pour accompagner votre troisième tasse de thé.

L'inspecteur sortit de sa poche la première édition du *Sentinel*, journal du soir appartenant au *Clarion*, et le posa à côté de l'assiette de Williams qui put lire le gros titre : « LA MORT DE CHRISTINE CLAY EST-ELLE ACCIDENTELLE ? »

— Ça, c'est du Hopkins tout craché ! s'emporta le sergent tandis qu'il versait du sucre dans son thé sans lait.

6

Comme il seyait à une grande actrice des théâtres de St. James's et de Haymarket, Marta Hallard habitait une de ces résidences aux escaliers recouverts de tapis épais et aux couloirs silencieux comme des cloîtres. Grant grimpa péniblement les marches en appréciant la moquette, non sans une pensée émue pour le malheureux chargé de la nettoyer. L'ascenseur rose foncé venait d'être appelé au moment même où l'inspecteur franchissait le tambour d'entrée et, plutôt que d'attendre son retour, il avait choisi de monter les deux étages à pied. Marta était chez elle, avait dit le portier. Elle était rentrée du théâtre vers 11 heures du soir en compagnie de plusieurs personnes. Grant regrettait qu'elle ne fût pas seule, mais il était bien résolu à ne pas laisser passer la journée sans avoir obtenu quelques lumières sur Christine Clay et son entourage. Barker n'avait pu joindre Erskine, l'avocat. Il était sous le choc des événements de ces trois derniers jours, avait répondu son employé, et il passait le dimanche à la campagne ; adresse inconnue. « Un avocat sous le choc des événements, vous avez déjà entendu une ânerie pareille, vous ? » s'était écrié Barker. Il fallait donc remettre à lundi le problème le plus important aux yeux de Grant : les dernières volontés de Christine Clay. À Scotland Yard, il avait pris connaissance du dossier – forcément incomplet – qu'on avait constitué en quelques heures. Sur les cinq pages, il n'avait trouvé que deux détails dignes d'intérêt.

Son vrai nom était, semble-t-il, Christina Gotobed.

Et elle n'avait jamais eu d'amants.

Pas officiellement, du moins. Même en ces années décisives où la petite danseuse de Broadway devenait une vedette de comédies musicales, elle n'avait apparemment pas eu de protecteur attitré. Pas davantage lorsque, fatiguée de ce genre de films, son ambition l'avait poussée vers l'art dramatique. Elle ressemblait à une fusée filant vers les étoiles sous l'effet de sa propre poussée. En conséquence, de deux choses l'une : ou bien elle était restée vierge jusqu'à son mariage, à l'âge de vingt-six ans (ce que Grant trouvait tout à fait plausible, lui qui avait de la vie une plus grande expérience qu'il n'en avait des livres de psychologie) ; ou bien elle n'accordait ses faveurs que lorsque son cœur (ou son imagination, selon que vous êtes sentimental ou cynique) était pris.

Quatre ans auparavant, elle avait rencontré à Hollywood lord Edward Champneis (prononcé *Chins*), cinquième fils du vieux duc de Bude et, un mois plus tard, ils étaient mariés. À l'époque, elle tournait son premier long métrage, et l'on s'accordait généralement à dire qu'elle avait fait un bon mariage. Deux ans plus tard, c'est lord Edward qui était devenu « le mari de Christine Clay ».

Il avait, disait-on, accepté la situation avec noblesse et leur union avait duré. Celle-ci s'était changée en une banale relation de camaraderie, en partie à cause des contraintes et des déplacements imposés par la profession de Christine, mais aussi parce que l'intérêt essentiel d'Edward Champneis (après Christine) était de partir à la conquête des régions difficiles de pays inaccessibles et mal gouvernés, pour en tirer des livres. Pendant la période d'écriture intensive, les deux époux vivaient plus ou moins sous le même toit et paraissaient très heureux. Bien que n'étant pas l'héritier en titre de son père, puisqu'il ne venait qu'au cinquième rang, Edward possédait une grosse fortune personnelle héritée du frère de sa mère (Bremer, le roi du cuir), ce qui avait protégé leur mariage des écueils les plus manifestes. L'admiration passionnée qu'il portait à sa femme avait fait le reste.

Dans cette vie telle que la décrivait le dossier, où caser un meurtre ? se demanda Grant qui continuait à grimper péniblement les marches feutrées. Harmer avait-il pu tuer Christine ? Il avait été pour elle un compagnon permanent pendant les trois mois qu'elle avait passés en Angleterre. Ils avaient, en effet, travaillé ensemble – les producteurs aimaient toujours insérer une chanson au milieu des films de Christine, sinon le public se sentait frustré de ne pas l'entendre chanter –, mais le reste du monde, qui se distrait d'un rien, n'avait aucun doute sur l'état de leurs relations… Ou alors était-ce Tisdall ? Un garçon déséquilibré qu'elle avait recueilli dans un moment de caprice ou de générosité, à une époque où il était instable et désorienté ?

Eh bien, lui, Grant, se renseignerait plus à fond sur Tisdall. Et aussi sur tous les Harmer qui avaient peuplé la vie de Christine.

Arrivé au deuxième palier, il entendit la porte de l'ascenseur se refermer doucement et tomba sur Hopkins qui venait d'appuyer sur la sonnette.

— Oh, mais il y a une fête, ici !

— J'espère que vous avez une invitation, rétorqua Grant.

— Et moi, j'espère que vous avez un mandat d'arrêt. Les gens réclament leur avocat à cor et à cri dès qu'un policier se présente à leur porte. Écoutez, inspecteur, se hâta d'ajouter le journaliste sur un ton différent, ne nous compliquons pas la vie. Nous avons tous les deux pensé à Marta. Mettons donc nos résultats en commun ; mais il ne faut pas trop de gens sur le coup.

Grant en déduisit que Hopkins craignait d'être mal accueilli. De fait, celui-ci le suivit dans l'entrée et évita de se présenter ; Grant, qui appréciait son ingéniosité, se refusa toutefois à introduire un journaliste sous le manteau :

— Je crois que ce monsieur est du *Clarion*, dit-il à la domestique qui s'apprêtait à les annoncer.

— Ah ! répondit-elle, d'un ton neutre, en se retournant pour dévisager Hopkins. Miss Hallard est toujours très fatiguée le soir et elle reçoit des amis en ce moment…

Cependant, la chance sourit au journaliste. La porte à double battant du salon était ouverte et il fut accueilli par un concert de voix stridentes et excitées.

— Oh ! C'est Mr Hopkins ! Quelle joie ! Vous allez enfin pouvoir nous commenter les journaux de l'après-midi !… J'ignorais, ma chère Marta, que vous connaissiez Mr Hopkins !

— Qui eût cru qu'un jour je serais heureux d'entendre la voix de cette femme ? murmura Hopkins à Grant tout en s'avançant pour la saluer.

L'inspecteur se tourna vers Marta Hallard, qui arrivait du salon.

— Ah ! Alan Grant ! s'exclama-t-elle avec le sourire. Visite d'affaires ou bien d'amitié ?

— Les deux. Accordez-moi une faveur. Ne dites pas à ces personnes qui je suis. Continuez à parler comme avant mon arrivée, et essayez de vous en débarrasser assez vite, car j'aimerais vous entretenir seul à seul un instant.

— Pour vous, que ne ferais-je ? Chaque fois que je me passe ce bijou autour du cou, dit-elle en montrant son collier de perles, je pense à vous.

Ce n'était pas un cadeau de Grant, mais c'est grâce à lui qu'elle l'avait, un jour, récupéré.

— Venez faire la connaissance de mes invités. Vous ne m'avez pas présenté votre ami.

— Ce n'est pas un ami. C'est Hopkins, du *Clarion*.

— Ah ! Maintenant je comprends l'enthousiasme de Lydia. On dit pourtant que les journalistes courent après la célébrité !

La maîtresse de maison introduisit Grant et lui présenta les gens à tour de rôle. Le premier fut Clement Clements, le photographe mondain, superbe dans un costume de couleur pourpre et une chemise en soie jaune pâle. Il n'avait manifestement jamais entendu parler d'Alan Grant. Puis ce fut le capitaine Untel, humble et inclassable serviteur de Marta. L'homme s'accrochait à son verre de whisky soda, seul objet familier dans ce terrain inconnu. La troisième était Judy Sellers, une blonde maussade qui jouait les figurantes dans les salons d'un bout à l'autre de l'année et dont l'existence était perpétuellement tiraillée entre la gourmandise et l'excès de poids. La quatrième n'était autre que cette amie intime des vedettes, Miss Lydia Keats, qui prenait un plaisir manifeste à flatter Hopkins.

— « Monsieur » Grant ? coupa méchamment Hopkins, lorsqu'on présenta l'inspecteur.

— Comment ! Ce n'est pas « Monsieur » ? s'enquit Lydia en écarquillant les yeux de curiosité.

— Non, absolument pas !

Toutefois, ayant croisé le regard du policier, le journaliste n'eut pas le cran d'aller au bout de son envie. N'était-ce pas une folie de faire de l'inspecteur de Scotland Yard son ennemi ?

— Il possède un titre de noblesse grecque, mais il en a honte, car il l'a obtenu en sauvant la chemise d'un royaliste grec de l'incendie d'une blanchisserie.

— Ne lui prêtez pas attention, monsieur Grant ! Il adore s'écouter parler. Je le sais, moi qu'il a interviewée si souvent sans jamais tenir compte de mes réponses. Ce n'est d'ailleurs pas sa faute. Les Bélier sont souvent bavards. La première fois qu'il a franchi le pas de ma porte, j'ai tout de suite deviné qu'il était du mois d'avril. Quant à vous, Mr Grant, vous êtes Lion, n'est-ce pas ?… Non, inutile de me le confirmer, je le sais. Même si je ne l'ai pas ressenti – là –, dit-elle tout en frappant sa poitrine décharnée, vous en présentez toutes les caractéristiques.

— J'espère que ces caractéristiques ne présagent rien de sinistre ? répliqua Grant qui se demandait quand il allait être débarrassé de cette mégère.

— Sinistre ! Cher Mr Grant ! N'avez-vous donc aucune connaissance en astrologie ? Les Lion sont des rois, les favoris des astres. Nés pour le succès, promis à la gloire. Ce sont les grands de ce monde.

— Et à quelle date faut-il avoir vu le jour pour bénéficier de ces privilèges ?

— Entre la mi-juillet et la mi-août. Je présume que vous, vous êtes né début août.

Grant espérait paraître moins étonné qu'il ne l'était en réalité, car, effectivement, il était né le 4 août.

— Lydia est extraordinaire, intervint Marta en tendant un verre à l'inspecteur. Il y a environ un an, elle a fait l'horoscope de la pauvre Christine Clay et prédit sa mort.

— Vous parlez d'un coup de veine ! commenta cette peste de Judy de sa voix traînante tout en choisissant un sandwich.

Le visage maigre de la voyante se convulsa de fureur et Marta s'empressa de mettre de l'huile dans les rouages.

— Ce que vous dites là n'est pas juste, Judy ! Ce n'est pas la première fois que les prédictions de Lydia se réalisent. Elle avait mis Tony Pickin en garde avant son accident. S'il l'avait écoutée et avait fait un peu plus attention, il aurait ses deux jambes aujourd'hui. Elle m'avait également conseillé de ne pas accepter l'offre de Clynes, et elle…

— Ne prenez pas la peine de me défendre, ma chère Marta. Du reste, le mérite ne m'en revient pas, car je ne fais que lire ce qui est écrit. Les astres ne mentent pas. Mais peut-on attendre d'un Poissons qu'il soit doté de la faculté de voir ou même de croire ?

— Que les soigneurs quittent le ring, murmura Hopkins qui, d'une chiquenaude, fit légèrement tinter le bord de son verre.

Mais le combat n'eut pas lieu car Clements fit diversion :

— Ce qui m'intéresse, c'est, non pas ce que Lydia a découvert dans les astres, mais ce que la police a découvert à Westover.

— Et moi, ce qui m'intéresse, c'est de savoir qui a tué Christine, lança Judy qui mordait à belles dents dans son sandwich.

— Judy ! protesta Marta.

— Des balivernes, tout cela ! reprit Judy. Nous pensons tous la même chose, vous le savez bien, et nous avons nos suspects. Personnellement, je mise sur Jason. Qui veut renchérir ?

— Pourquoi Jason ? l'interrogea Clements.

— C'est l'un de ces hommes toujours tout feu tout flamme, un volcan en ébullition.

— Jason, un volcan en ébullition ? se récria Marta. Quelle absurdité ! Il se contente de frémir… comme une bouilloire musicale. (Grant lui lança un coup d'œil. Elle s'attachait donc à défendre Jason Harmer ? Jusqu'où allaient leurs relations ?) Jason est bien trop versatile pour bouillonner.

— En tout cas, dit Clements, les hommes de passion ne sont pas des meurtriers. Seuls voient rouge les êtres de glace : ils sont habités par le désir de tuer pour se venger de ce qu'ils ont enduré.

— Je croyais que les masochistes étaient rarement des sadiques ? objecta Grant.

— Vrai ou pas, ce n'est pas le cas pour Jason, insista Marta. Il ne ferait pas de mal à une mouche.

— Ah ! Vous croyez cela ? dit Judy sur qui s'arrêtèrent tous les regards.

— Vous pouvez nous préciser votre pensée ? insista Clements.

— Cela n'a guère d'importance. Je parie pour Jason.

— Il avait donc un motif pour la tuer ?

— Je suppose qu'elle voulait lui échapper.

— Judy, vous savez bien que cela est absurde, interrompit brusquement Marta. Vous savez pertinemment qu'il n'y avait rien entre eux.

— Pas si sûr ! Il la suivait comme son ombre.

— Une garce croit que le monde n'est fait que de garces, murmura Hopkins à l'oreille de Grant.

— Moi, dit Lydia qui entra dans la mêlée à son tour, je soupçonne Hopkins d'en savoir beaucoup plus que nous. Il est allé à Westover, aujourd'hui, pour son journal.

Hopkins devint aussitôt le centre d'intérêt. Quelle était son opinion ? Quelles informations la police détenait-elle ? Qui soupçonnait-elle ? Et toutes ces insinuations des journaux du soir sur un homme avec lequel Christine aurait vécu étaient-elles exactes ?

Hopkins s'amusait bien. Il lança des noms de suspects, discourut brillamment sur la criminalité, disserta sur la nature humaine et diffama la police et ses méthodes, le tout avec un regard de contentement rivé sur le pauvre Grant qui n'en pouvait plus.

— On arrêtera sûrement le type avec lequel elle vivait, conclut-il. C'est moi qui vous le dis. C'est un beau garçon du nom de Tisdall qui fera sensation au banc des accusés.

— Tisdall ? Jamais entendu ce nom, reprirent tous les autres à l'unisson, sauf Judy Sellers.

Celle-ci, navrée, demeura quelques instants bouche bée et serra les mâchoires ; une ombre passa alors sur son visage. Grant observait la scène avec surprise et intérêt.

— C'est complètement ridicule ! déclara Marta d'un ton méprisant. Peut-on imaginer que Christine ait ainsi entretenu une liaison cachée ? Ce n'était pas du tout son genre. À ce compte-là… À ce compte-là, Edward aurait été tout autant capable de commettre un crime !

Il y eut quelques rires.

— Et pourquoi pas ? protesta Judy. Il revient en Angleterre pour découvrir que son épouse adorée lui est infidèle et la rage le submerge.

— À 6 heures du matin, sur une plage si froide ? Vous imaginez Edward ?

— Champneis n'est rentré que jeudi, rappela Hopkins, il ne peut donc être dans le coup.

— Je trouve cette conversation des plus cruelles et des plus détestables, intervint Marta. Parlons d'autre chose.

— Oui, bonne idée, acquiesça Judy, cette discussion est stérile. D'autant plus que c'est vous, naturellement, qui l'avez tuée de vos propres mains.

— Moi ?

Marta resta là, immobile, plongée dans le silence et la stupéfaction.

— Évidemment, dit Clements, rompant ce silence. Vous convoitiez le rôle qu'elle devait jouer dans le prochain film ! Nous avions oublié ce détail !

— Eh bien, si l'on cherche des mobiles, mon cher Clements, vous, vous écumiez de fureur lorsqu'elle a refusé de poser pour vous. Si mes souvenirs sont bons, elle a même ajouté que vos photos, c'était de la bouillie pour chats.

— Clements ne l'aurait pas noyée, il l'aurait plutôt empoisonnée, rectifia Judy. Avec une boîte de chocolats, à la façon des Borgia. Non, à la réflexion, c'est Lejeune qui a fait le coup, par peur de devoir jouer dans la même pièce qu'elle. C'est un dur : son père était boucher et il a sans doute hérité d'un cœur sans pitié !... Et pourquoi pas Coyne ? Il l'aurait volontiers étranglée pendant le tournage de *Barreaux de fer*, s'il n'y avait eu des témoins.

Apparemment, tout le monde y avait passé, sauf Jason.

— Vous allez, s'il vous plaît, cesser ce bavardage insensé ! s'exclama Marta, fâchée. Je sais bien qu'un choc s'atténue au bout de trois jours. Mais Christine était notre amie à tous et il est affreux de plaisanter sur la mort d'un être cher.

— Foutaises ! s'écria Judy qui venait de finir son cinquième verre. Nous nous souciions tous d'elle comme d'une guigne. Pour la plupart, nous sommes ravis d'être débarrassés d'elle.

7

Dans la fraîcheur de ce lundi matin clair, Grant descendait Wigmore Street en voiture. Il était encore tôt et la rue était calme : les clients de Wigmore Street ne passaient pas leurs week-ends en ville. Avec les roses trop ouvertes du samedi, les fleuristes composaient d'imposants bouquets, assez denses pour donner de la tenue aux pétales défraîchis. Les antiquaires déplaçaient un tapis douteux pour le placer de l'autre côté de la vitrine et le soustraire à l'éclairage trop indiscret du soleil matinal. Les cafés servaient leurs vieilles brioches maison, et se montraient pleins de morgue et agacés par ces clients qui réclamaient inconsidérément les scones du jour. Les boutiques de vêtements sortaient de leurs étagères les soldes du samedi pour y remettre les anciens prix.

Grant se rendait chez le tailleur de Tisdall, et le côté contrariant des choses le mettait de mauvaise humeur. Si le manteau avait été confectionné à Londres, rien de plus facile que de s'informer auprès du tailleur sur le genre de boutons utilisés pour les manteaux et lui demander s'il avait cousu les mêmes pour celui de Tisdall. Le problème ne serait pas entièrement résolu pour autant, mais on aurait fait un pas décisif. Hélas ! Le vêtement venait de Los Angeles. « Le manteau que je portais, avait-il expliqué, était trop chaud pour le climat californien, si bien que j'en ai acheté un autre là-bas. »

C'était vraisemblable, mais quelles complications ! Une grande maison de Londres aurait pu continuer, cinquante ans encore, à vous dire, sans problèmes et avec courtoisie – à condition que vous soyez connu –, quelle sorte de boutons ils avaient mis. Mais, à Los Angeles, qui pouvait le dire six mois après ! De plus, c'est ici qu'on avait besoin du bouton en question ; on ne pouvait donc guère l'expédier à Los Angeles. Il ne restait qu'une possibilité : leur en demander un échantillon. À condition, évidemment, qu'ils s'en souviennent !

L'inspecteur avait grand espoir que le manteau lui-même serait retrouvé, puis reconnu comme ayant appartenu à Tisdall et qu'il lui manquerait un bouton. Le jeune homme portait ce vêtement lorsqu'il s'était enfui en voiture, selon les dires du sergent Williams qui contribuait ainsi à la cause de la justice et à sa promotion personnelle. Ce dernier avait retrouvé un fermier qui avait vu la voiture au carrefour de Wedmarsh, le jeudi matin, peu après 6 heures. 6 h 20, à vue de nez, car l'homme n'avait pas de montre et n'en avait que faire, il était capable de dire l'heure à tout moment, soleil ou pas. Il menait son troupeau de moutons, ce qui avait obligé la voiture à ralentir, et il était catégorique : le chauffeur était jeune et portait un manteau foncé. Il ne se croyait pas capable de le reconnaître – pas sous serment, du moins –, toutefois, il se souvenait bien de la voiture, car c'était la seule croisée ce matin-là.

L'autre rapport de Williams fut moins heureux : Jason Harmer n'était pas descendu à l'hôtel de

Sandwich où il avait prétendu avoir passé la nuit ; en fait, il n'avait pas du tout séjourné dans cette ville.

Grant n'avait pas touché à ses rognons au bacon du dimanche et avait foncé interroger Mr Harmer. Celui-ci était dans son appartement rose de Devonshire House, entouré de partitions musicales, pas rasé et enveloppé dans une robe de chambre en soie pourpre.

— Il est rare que je sois debout à cette heure, avait-il dit en débarrassant une chaise de feuilles de papier griffonnées pour l'offrir à Grant. Mais j'ai été plutôt bouleversé par la mort de Chris. Nous étions de très bons amis, inspecteur. Certains disaient qu'elle était difficile à vivre, pas moi. Pourquoi ? Vous savez pourquoi ? Nous avions tous deux peu confiance en nous et nous avions peur que les gens ne s'en aperçoivent. Vous savez, les hommes sont de vraies brutes : si vous menez une vie de milliardaire, ils vous lécheront les bottes ; mais, si vous leur laissez voir que vous êtes vulnérable, ils se jetteront sur vous comme des fourmis sur une guêpe qui se meurt. La première fois que je l'ai rencontrée, j'ai compris que Chris bluffait. D'ailleurs, personne n'a rien à m'apprendre là-dessus : c'est en bluffant que je suis entré aux États-Unis, et c'est en bluffant que j'ai réussi à faire publier ma première chanson. L'éditeur ne s'en est aperçu que lorsque la chanson a connu un vrai succès et il a alors préféré oublier que je lui avais jeté de la poudre aux yeux… Vous prendrez bien quelque chose ? Je sais, c'est un peu tôt. Moi-même je ne bois guère avant l'heure du déjeuner, bien que, après le sommeil, il n'y ait rien de meilleur au monde. D'ailleurs j'ai un contrat pour deux chansons que je dois terminer. Pour… pour (sa voix n'était plus qu'un murmure) pour le prochain film de Coyne, acheva-t-il à la hâte. Vous est-il arrivé de composer une chanson sans avoir une seule idée en tête ? Non, bien sûr que non. Eh bien, c'est une vraie torture. Et puis, qui va les chanter ? Cette Hallard n'a pas de voix ! Avez-vous entendu Christine interpréter *Sing to Me Sometimes* ?

Oui, Grant l'avait entendue.

— Voilà ce que j'appelle mettre une chanson en valeur. Ce n'est pas la meilleure que j'ai composée, je l'admets. Mais la voix de Christine en a fait la plus belle de tous les temps. À quoi bon écrire des chansons pour qu'elles soient massacrées par Marta Hallard, cette chanteuse minable ?

Harmer allait et venait, déplaçant une pile de feuilles ici ou là, sans raison. Grant l'observait avec intérêt. Voilà donc l'homme que Marta avait surnommé la « bouilloire musicale » et Judy, « un volcan en ébullition ». Pour Grant, il n'était ni l'un ni l'autre. C'était tout simplement le type même du gars ordinaire sorti d'une contrée perdue d'Europe, qui se croit continuellement exploité et persécuté par ses semblables, s'apitoyant sur son sort, sans éducation, tout à la fois émotif et féroce. Il n'était pas beau, mais plaisait aux femmes. Grant se souvint que deux tempéraments aussi différents que Marta Hallard et Judy Sellers lui portaient de l'intérêt, car chacune d'entre elles interprétait sa personnalité selon sa propre vision. Il avait le talent d'être ce que les gens voulaient voir en lui. Ce qui était certain, c'est qu'il avait été aimable à l'égard de cette détestée Marta qui, pourtant, ne mettait guère de passion à défendre ses adorateurs tièdes. Il avait, pour ainsi dire, passé sa vie à bluffer, comme il venait à l'instant de l'admettre. Et en ce moment même, ne bluffait-il pas ?

— Je regrette de vous déranger de si bonne heure, dit l'inspecteur. Vous savez que nous enquêtons sur la mort de Miss Clay et qu'il nous faut vérifier les faits et gestes de tous ceux qui la connaissaient. Tous, indifféremment, suspects ou non. Or, jeudi, en causant avec le sergent de la police du comté, vous avez déclaré avoir passé la nuit dans un hôtel de Sandwich. Vérification faite, dans le cadre de l'enquête, nous avons constaté que ce n'était pas le cas.

Harmer farfouilla dans sa musique sans lever les yeux.

— Où donc avez-vous passé la nuit, Mr Harmer ?

Il regarda Grant et se mit à rire.

— Voici qui est plutôt amusant ! répondit-il. Un monsieur charmant vient vous rendre une visite tout à fait amicale, à l'heure du petit déjeuner, s'excuse de vous déranger et espère qu'il ne vous causera aucune gêne. Or il se trouve que ce monsieur est un inspecteur de police qui vient vous demander de bien vouloir répondre à quelques-unes de ses questions, parce que, la dernière fois, vos réponses n'ont pas été aussi précises qu'elles auraient dû l'être. C'est charmant, tout ça. Et ça marche, en plus. Les gens craquent et fondent en larmes parfois, devant tant de gentillesse. De la bonne tourte, comme en faisait ma mère ! Cette méthode, l'utilisez-vous aussi dans les quartiers pauvres de Pimlico, ou bien la réservez-vous aux riches de Park Lane ? C'est ce que j'aimerais bien savoir.

— Et moi, ce que je voudrais savoir, monsieur, c'est où vous avez passé la nuit mercredi dernier.

— « Monsieur » appartient également au vocabulaire de Park Lane, je suppose. En fait, si vous aviez parlé au Jason d'il y a dix ans, vous m'auriez fait conduire au poste et vous m'auriez brutalisé, exactement comme les flics de tous les pays. Ils sont tous les mêmes, ne respectent que les nantis !

— Je n'ai sans doute pas l'expérience que vous avez des polices du monde entier, monsieur.

— Tiens ! lança Harmer, un rictus au coin des lèvres, j'ai touché juste ! Un flic n'apprend à jongler avec la brutalité et la politesse qu'après avoir reçu bien des coups. Toutefois ne vous méprenez pas, inspecteur. La police n'a laissé aucune marque sur moi. Quant à la nuit du mercredi, je l'ai passée dans ma voiture.

— Vous voulez dire que vous ne vous êtes pas couché du tout ?

— C'est très exactement ce que je veux dire.

— Et où se trouvait votre voiture ?

— Sur le bas-côté herbu d'un chemin bordé de haies hautes comme des maisons. Dans ce pays, les bas-côtés sont d'immenses espaces perdus, celui-ci faisait plus de dix mètres de large.

— Et vous dites que vous avez dormi dans votre voiture ? Quelqu'un vous a-t-il vu ?

— Non, impossible dans un tel lieu. J'avais sommeil, je m'étais égaré et n'avais nulle envie de poursuivre ma route.

— Égaré ? Dans l'est du Kent ?

— Oui, monsieur, cela est tout à fait possible, et n'importe où dans le Kent. Avez-vous quelquefois essayé de trouver un village, de nuit, en Angleterre ? C'est pire que dans le désert. Vous découvrez enfin un panneau « Machin, 4 km », et vous pensez : « Chouette ! J'y suis presque ! » Bravo la signalisation ! Et moins d'un kilomètre plus loin, vous tombez sur un carrefour à trois routes, au centre duquel, planté dans un bout de gazon, se dresse un joli piquet propret dont chacune des foutues pancartes indique un nom ; mais vous croyez que l'une d'elles va mentionner « Machin » ? Pas du tout, ce serait bien trop facile ! Alors vous restez là, à les lire plusieurs fois, en espérant que quelqu'un passera avant que vous ne preniez votre décision, mais personne ne passe. Depuis l'autre mardi, cela fait donc plus d'une semaine, on n'y a vu personne. Pas une maison, rien que des champs et une publicité pour un cirque qui s'est produit en avril dernier. Vous prenez donc l'une de ces trois routes et, après deux autres panneaux qui ignorent le village que vous cherchez, vous arrivez devant un autre qui vous annonce : « Machin, 11 km ». Alors vous reprenez la route, vous faites six autres kilomètres, évidemment dans la mauvaise direction, et tout est à recommencer. Au bout d'une demi-douzaine de tentatives, vous n'avez plus qu'une envie : vous arrêter n'importe où et dormir. C'est ainsi que je me suis garé à cet endroit et m'y suis endormi. Vu l'heure qu'il était, c'était d'ailleurs trop tard pour aller chez Chris.

— Pas trop tard, cependant, pour prendre une chambre dans une auberge.

— À condition de savoir où en trouver une. Du reste, si j'en juge par celles que j'ai vues ici, on dort tout aussi bien dans sa voiture.

— Vous avez une barbe fournie, à ce que je vois, reprit Grant, l'œil sur le menton pas rasé de Harmer.

— Oui. Je dois me raser deux fois certains jours. Si je sors tard le soir. Pourquoi ?

— Vous étiez rasé de près en arrivant chez Miss Clay. Comment expliquez-vous cela ?

— J'ai toujours un rasoir dans la voiture. C'est indispensable avec la barbe que j'ai.

— Et vous n'aviez pas pris de déjeuner ce matin-là ?

— Non, je comptais le prendre chez Chris. De toute façon, je me contente de café ou de jus d'orange. Du jus d'orange en Angleterre. Mon Dieu, votre café !… Comment diable le font-elles ? Les femmes, je veux dire. Il est…

— Oublions le café quelques instants et venons-en au fait. Pourquoi avez-vous raconté au sergent que vous aviez passé la nuit à Sandwich ?

Le visage de l'homme se transforma imperceptiblement. Jusque-là, il avait répondu avec aisance et machinalement ; les traits de son large visage, ordinairement jovial, étaient détendus et gardaient leur gentillesse. Mais maintenant ils se tendaient, devenaient méfiants, voire hostiles.

— Parce que j'ai flairé quelque chose de louche et je ne voulais pas y être mêlé.

— Voilà qui est plutôt curieux ! Comment avez-vous flairé ça alors que personne n'en savait encore rien ?

— Ce n'est pas si curieux. J'ai appris que Chris s'était noyée, or je savais qu'elle nageait comme une anguille. J'avais, de plus, passé la nuit dehors et, par-dessus le marché, le sergent me dévisageait d'un air inquisiteur.

— Pourtant le sergent ignorait que la noyade n'était pas un accident. Il n'avait donc aucune raison de vous dévisager ainsi.

Grant décida de mettre de côté pour l'instant le mensonge fait au policier.

— À propos, comment avez-vous su l'adresse de Miss Clay ? Je croyais qu'elle avait gardé son escapade secrète.

— Oui, elle s'était enfuie en nous abandonnant tous à notre sort, moi compris. Elle était fatiguée et peu satisfaite de son dernier film. Du tournage, je veux dire, car il n'est pas encore sorti. Coyne ne savait pas comment la prendre. Elle l'intimidait quelque peu et, d'un autre côté, il avait peur qu'elle ne le laisse tomber. Bien sûr, s'il l'avait appelée « ma petite » ou encore « mon bonbon », comme le faisait le vieux Joe Myers aux États-Unis, elle aurait ri et travaillé pour lui comme une esclave. Mais Coyne a une haute idée de lui-même – il se voit comme un « grand metteur en scène » – aussi ne s'entendaient-ils pas trop bien tous les deux. Elle était donc fatiguée, en avait assez et tout le monde lui conseillait de prendre des vacances et de voyager. Elle n'arrivait pas à se décider, et puis un beau matin, elle a disparu. Bundle, sa femme de chambre, ignorait où elle était partie, avait reçu l'ordre de ne pas faire suivre son courrier puisqu'elle serait de retour dans un mois. Il n'y avait donc pas lieu de s'inquiéter. Alors, deux semaines durant, on n'a plus entendu parler d'elle. Puis, mardi dernier, j'ai rencontré Marta Hallard à l'occasion d'un cocktail chez Libby Seemon – elle doit chanter dans sa prochaine pièce – et elle m'a dit avoir, le samedi, rencontré Chris qui achetait des chocolats dans une confiserie de Baker Street (Chris ne pouvait y résister entre deux films !) et avoir essayé de lui faire avouer où elle se cachait. Or celle-ci avait refusé de lui donner le moindre indice, du moins le croyait-elle. Car elle avait ajouté : « Peut-être ne reviendrai-je jamais. Vous avez entendu parler de ce vieux Romain qui cultivait lui-même ses légumes et qui, si fier du résultat obtenu, décida d'en faire profession. Eh bien moi, hier, j'ai participé à la cueillette des premières cerises pour le marché de Covent Garden et, croyez-moi, recevoir un oscar, ce n'est rien à côté ! »

Harmer esquissa un sourire.

— Je la vois d'ici raconter ça, reprit-il avec tendresse. De chez Seemon j'ai filé à Covent Garden et j'ai trouvé d'où provenaient ces cerises : d'un verger à Bird's Green. Et un mercredi matin de bonne heure, me voici en route pour Bird's Green. Ce ne fut pas très facile à dénicher, mais j'y suis arrivé vers 3 heures. Il m'a encore fallu chercher le verger et les gens qui y travaillaient le vendredi. Je m'attendais à y trouver Chris sans problèmes, mais personne n'avait l'air de la connaître. Quand ils avaient fait la cueillette, tôt le vendredi matin, une dame qui passait par là en voiture s'était, me dirent-ils, arrêtée pour regarder et avait ensuite proposé son aide. Le propriétaire avait répondu qu'il n'avait pas besoin de main-d'œuvre, mais que si ça l'amusait, grand bien lui fasse ! « Elle se débrouillait très bien. Si elle revenait une autre fois, eh ben ! j'la paierais. » Puis son petit-fils déclara l'avoir revue – du moins le croyait-il – à la poste de Liddlestone, à dix kilomètres de là. Je m'y suis donc rendu. La postière était rentrée chez elle prendre le thé et il m'a fallu attendre son retour. Elle m'a alors informé que la dame qui expédiait « tous ces télégrammes » – ils n'en avaient jamais vu autant de leur vie, semble-t-il – habitait à Medley. Je me suis donc lancé à la recherche de ce village et j'ai fini par dormir dans un chemin. Et que j'aie passé la nuit à la belle étoile ou pas, pendant tout ce temps, j'ai accompli un meilleur travail de détective que vous ce matin, inspecteur Grant !

— Ah ! Vraiment ? sourit Grant avec bonne humeur. Eh bien, j'ai presque fini, continua-t-il en se levant pour partir. Je suppose que vous aviez un manteau dans la voiture ?

— Évidemment.

— En quel tissu est-il ?

— En tweed marron. Pourquoi ?

— Vous l'avez là ?

— Oui.

Harmer se dirigea vers un placard, dans le couloir entre le salon et la chambre et en ouvrit la porte à glissière.

— Examinez toute ma garde-robe. Vous serez plus malin que moi si vous trouvez ce bouton.

— Quel bouton ? lança Grant plus vite qu'il ne l'aurait voulu.

— Il y a toujours une histoire de bouton, n'est-ce pas ? dit Harmer dont les yeux marron, si vifs sous leurs paupières paresseuses, fixaient Grant avec assurance.

L'inspecteur ne dénicha rien dans la garde-robe qui fût digne d'intérêt et prit congé. Il se demandait que croire dans tout ce que Harmer venait de lui raconter. Il avait toutefois acquis une certitude : il n'y était pour rien. Les espoirs de la police, si l'on peut dire, reposaient donc sur Tisdall.

En garant sa voiture le long du trottoir, par ce matin clair et frais, Grant repensait à la garde-robe de Jason et sourit en lui-même. Le compositeur ne s'habillait pas chez Stacey & Brackett, ce petit magasin sombre et miteux qu'il découvrit en ouvrant la porte. À ce moment il crut entendre le rire narquois de Jason. Ces Anglais ! Ils étaient à la tête de cette maison depuis cent cinquante ans et voilà tout ce qu'ils avaient réussi à en faire. C'était probablement encore les comptoirs d'origine, et l'éclairage aussi. Cela réchauffa pourtant le cœur de Grant : voilà l'Angleterre qu'il connaissait et qu'il aimait. Les modes pouvaient bien changer, les dynasties tomber, les sabots des chevaux céder la place, dans les rues paisibles, aux innombrables klaxons des taxis, Stacey & Brackett continuaient à fabriquer des vêtements avec une efficacité tranquille pour des messieurs efficaces et tranquilles.

Il n'y avait plus ni Mr Stacey ni Mr Brackett, mais un Mr Trimley. Mr Stephen Trimley (pour le différencier de Mr Robert et de Mr Thomas !) aperçut l'inspecteur Grant et fut tout à sa disposition. En effet, il avait fait des vêtements pour Mr Robert Tisdall. Oui, parmi ces vêtements, il y avait un manteau foncé qui allait avec une tenue de soirée. Non, ce bouton ne provenait certainement pas du manteau en question. Il n'avait jamais mis de bouton semblable sur aucun manteau. Ce n'était pas le type de bouton que la maison avait l'habitude d'utiliser. Que l'inspecteur veuille bien pardonner à Mr Trimley – Mr Stephen Trimley –, le bouton en question était, à son avis, d'une qualité très inférieure, et aucun tailleur d'une certaine classe n'en choisirait de pareil. À la vérité, il ne serait pas surpris que le bouton soit d'origine étrangère.

— Américaine, peut-être ? suggéra Grant.

Peut-être. Mais Mr Trimley penchait plutôt pour le continent. Non, il n'avait certainement aucune raison pour faire de telles conjectures. Du pur instinct. Il se trompait sans doute. Et il espérait que l'inspecteur ne ferait pas état de son opinion. Il espérait également que Mr Tisdall n'avait pas d'ennuis, car c'était un jeune homme charmant, vraiment. Les écoles de ce pays – les plus anciennes particulièrement – formaient des jeunes gens très raffinés. Souvent plus distingués, même – n'était-ce pas l'avis de l'inspecteur ? – que ceux qui sortaient de certaines public schools. Il y avait, chez les familles qui fréquentaient ces écoles, une qualité de tradition bien enracinée – les générations succédant aux générations dans le même établissement – que l'on ne retrouvait que dans les public schools de renom.

Bien que Grant n'eût rien remarqué de tel chez Tisdall, il ne voulut pas ouvrir la discussion sur ce front et se contenta de rassurer Mr Trimley en lui certifiant que Mr Tisdall ne connaissait aucun ennui pour le moment.

Mr Trimley se déclara heureux de l'apprendre, car il se faisait vieux et sa foi dans la génération montante n'était que trop souvent ébranlée. Chaque génération pensait peut-être que celle qui montait avait perdu le sens des valeurs élémentaires dans son comportement et dans sa mentalité, mais cette génération-ci lui paraissait particulièrement… Ah oui ! Il se faisait vieux et les malheurs de la jeunesse l'accablaient plus qu'autrefois. Son lundi matin était assombri, oui, complètement assombri, à la pensée que Christine Clay, une actrice si douée, se transformait en cendres en cette minute même. Il faudrait bien des années, des générations peut-être – Mr Trimley pensait en générations : la maison qu'il dirigeait avait cent cinquante ans d'existence –, avant qu'on ne revoie sa pareille. Elle avait de la classe, une classe incroyable, n'était-ce pas l'avis de l'inspecteur ? On la disait d'extraction très modeste, mais quelle éducation elle avait dû recevoir ! Une fille comme Christine Clay ne naissait pas par génération spontanée. Elle avait dû être programmée par la Nature. Il n'avait rien d'un fanatique du cinéma, concédait-il, mais il n'avait pas manqué un seul des films de Miss Clay depuis que sa nièce l'avait emmené la voir dans son premier rôle dramatique. Il avait complètement oublié qu'il était dans une salle de cinéma, c'était l'extase. Si ce nouvel art réussissait à produire tant de force et de richesse, il ne fallait certainement plus regretter la Duse ou Sarah Bernhardt.

Grant partit, s'émerveillant encore devant le génie omniprésent de Christine Clay. Le monde entier semblait orienter sa pensée vers Golders Green. Quelle fin étrange pour cette petite dentellière de Nottingham ! Étrange aussi pour une vedette adulée de tous. « Et c'est dans un four qu'ils l'ont fait brûler, comme si… » Oh non ! Il fallait écarter ces pensées. Ces pensées horribles. Pourquoi horribles ? Il n'en savait rien. Une incinération à l'extérieur de la ville. Logique, après tout. Et sans doute beaucoup moins de cris et de larmes pour tout le monde. Mais, pour quelqu'un qui avait illuminé le firmament de l'univers, il eût fallu un bûcher qui s'élève à des dizaines de mètres. Quelque chose de grandiose. Des funérailles de Viking. Et non pas un crématorium de banlieue ! Il lança son moteur et fonça dans la circulation.

Après de multiples tergiversations, Grant avait décidé la veille de ne pas assister aux funérailles. Comme la piste Tisdall progressait normalement, il n'avait pas éprouvé le besoin de s'imposer cette heure douloureuse dont il pouvait se passer. Il se félicitait à présent d'y avoir échappé. Pourtant, étant donné sa nature, il se mit aussitôt à se demander si, au fond, il n'aurait pas dû y aller, si ce n'était pas son subconscient qui lui avait dicté sa décision. Il jugea que non, car il était désormais inutile de se mettre à étudier la psychologie d'obscurs amis de Christine. Chez Marta, on lui en avait présenté quelques bons échantillons, et cela ne lui avait pas appris grand-chose, après tout. La réunion s'était prolongée contre vents et marées. Jammy s'était remis à parler, espérant les entraîner dans son jeu. Mais Marta avait interdit de poursuivre la conversation sur Christine, et bien qu'on y soit revenu à plusieurs reprises, même le bagou de Jammy n'avait pas réussi à les y faire rester. Lydia, incapable d'oublier longtemps son violon d'Ingres, s'était mise à lire dans les lignes de leurs mains, car la chiromancie était pour elle une activité annexe lorsqu'elle ne disposait pas de l'horoscope de quelqu'un. Elle avait offert une lecture assez perspicace du caractère de Grant et elle lui avait bien recommandé de ne pas prendre, dans l'avenir immédiat, une décision malencontreuse : « Voilà un conseil que l'on peut donner sans se compromettre à n'importe qui ! » s'était-il dit. Finalement, la maîtresse de maison n'avait pu congédier ses hôtes avant 1 heure du matin. Grant s'était attardé, non pas, chose assez curieuse, parce qu'il avait des questions à lui poser – la conversation lui avait fourni des réponses – mais parce qu'elle brûlait d'envie de l'interroger. Avait-on fait appel à Scotland Yard pour l'enquête sur la mort de Christine ? Qu'y avait-il d'anormal ? Qu'avait-on découvert ? Que soupçonnait-on ?

Grant avait répondu qu'on avait effectivement fait appel à eux – ce n'était plus désormais un secret – mais que, pour le moment, on n'avait que des soupçons. Elle avait versé quelques larmes, comme il se doit, sans causer trop de dégâts à son mascara, l'avait gratifié d'un petit couplet sur Christine – la femme et l'artiste. « Une grande dame. Il lui a fallu un caractère extraordinaire pour surmonter les handicaps qu'elle avait au départ. » Et ensuite d'énumérer ces handicaps...

Grant était alors sorti dans la nuit tiède, avait soupiré sur la nature humaine, puis haussé les épaules.

Pourtant, cette nature humaine offrait aussi quelques points lumineux. Grant arrêta sa voiture au bord du trottoir et, tout sourire, il interpella une petite silhouette vêtue d'un tailleur gris :

— Bonjour !

— Oh ! bonjour, Mr Grant, répondit Erica en se dirigeant vers lui.

Elle esquissa un bref sourire, quoiqu'elle parût contente de le voir. On le devinait malgré ses manières de garçon manqué. Elle portait des vêtements « de ville », qui ne valaient guère mieux que ses vêtements « de campagne ». Propres, assurément, et de bonne qualité, mais démodés. Le chapeau, assorti, était démodé lui aussi.

— J'ignorais que vous séjourniez parfois en ville.

— J'y suis simplement venue pour un bridge.

— Un bridge ?

— Oui, c'est très long et je dois revenir une autre fois. Aujourd'hui, il s'est contenté de me mettre du plâtre plein la bouche.

— Ah ! Vous parlez du dentiste ! Je croyais que seules les vieilles dames portaient des bridges.

— Et cette cochonnerie qu'il m'a mise la dernière fois ne tient pas. Elle ne fait que partir avec les caramels. J'ai perdu plusieurs dents, en tombant lors d'une course d'obstacles, l'hiver dernier, avec mon cheval, Flight. J'avais la tête enflée comme une citrouille. Et le dentiste m'a dit qu'il ne me restait plus qu'à mettre un bridge.

— Flight ? Bien mal approprié !

— Oui et non. Il était presque à l'autre bout du comté lorsqu'on l'a rattrapé[1].

— Où allez-vous maintenant ? Je peux vous déposer quelque part ?

— Vous ne voudriez pas me faire visiter Scotland Yard, par hasard ?

— Si, volontiers. Mais, dans vingt minutes, j'ai rendez-vous avec un avocat.

1. *Flight* signifie la « fuite ».

— Dans ce cas, peut-être pourriez-vous me conduire jusqu'à Cockspur Street où j'ai une course à faire pour Nannie ?

« Sa gouvernante », pensa-t-il, tandis qu'elle montait à ses côtés, car aucune mère n'aurait choisi pareils vêtements, commandés sans doute chez une couturière, comme son uniforme d'école : « Une veste de flanelle grise et un chapeau pour aller avec. » Malgré son indépendance d'esprit et son assurance, Erica avait une allure de fillette abandonnée.

— Chouette, dit la jeune fille. Bien qu'elles ne soient pas très hautes, je déteste marcher avec.

— Avec quoi ?

— Avec mes chaussures. (Elle leva un pied et montra son talon qui était plutôt bas.) Nannie pense que c'est le style de chaussures qu'on porte en ville, mais je perds l'équilibre avec, c'est horrible.

— On s'y habitue à la longue. Il faut se conformer aux lois de la tribu.

— Et pourquoi donc ?

— On est tranquille quand on fait comme tout le monde !

— Peut-être bien... Ce n'est pas souvent que je viens à Londres, vous n'auriez pas le temps de prendre une glace avec moi ?

— Hélas, non ! Et si nous remettions cela à mon retour à Westover ?

— Ah oui, vous allez revenir. Je l'avais oublié. J'ai vu votre victime hier, ajouta-t-elle sur le ton de la conversation.

— Ma victime ?

— Oui, l'homme qui s'est évanoui.

— Vous l'avez vu ? Où donc ?

— Mon père m'a emmenée déjeuner à *La Marine*.

— Je croyais que votre père détestait ce restaurant ?

— C'est vrai. Il dit que jamais il n'a vu pareille bande d'empoisonneurs si infatués d'eux-mêmes. Le mot est un peu fort car, après tout, le repas n'était pas si mal que ça. Le melon était délicieux.

— Est-ce que votre père vous a dit que Tisdall y avait trouvé une place de serveur ?

— Non, c'est le sergent qui me l'a dit. Il n'a pourtant pas la tête de l'emploi. Mr Tisdall évidemment, pas le sergent. Trop gentil et trop attentif aux personnes. Un serveur de métier n'a pas vraiment le temps de s'intéresser aux personnes. Il a même oublié les cuillères pour la glace. C'est sans doute qu'il a été complètement bouleversé la veille ! Par vous !

— Bouleversé ? Par moi ?

Grant respira profondément, puis exprima le souhait qu'Erica ne laisse pas les malheurs d'un beau jeune homme faire des ravages dans son cœur.

— Sûrement pas ! Il a le nez trop long. D'ailleurs, je suis amoureuse de Togare.

— Togare ? Qui est-ce ?

— Le dompteur de lions, voyons. (Elle se tourna vers lui, étonnée.) Vous n'avez jamais entendu parler de Togare ? Est-ce possible ?

Eh oui, c'était possible.

— Vous n'allez donc pas au cirque Olympia à Noël ? Mais vous devriez ! Je demanderai à Mr Mills de vous envoyer des billets.

— Ça me fera plaisir. Et depuis combien de temps êtes-vous amoureuse de ce Togare ?

— Depuis quatre ans. Je suis très fidèle, vous savez.

Grant n'en doutait aucunement.

— Arrêtez-moi à l'Agence d'Orient, s'il vous plaît, dit-elle sur le même ton.

Et Grant la laissa près du paquebot aux cheminées jaunes.

— Vous partez en croisière ?

— Pas du tout. Je fais le tour des agences de voyages pour y prendre des dépliants. Nannie en raffole. Elle n'a jamais quitté l'Angleterre car elle a une peur bleue de la mer. Par contre, elle adore rester là en toute sécurité et rêver. Au printemps dernier, je lui ai trouvé de merveilleux prospectus de montagne à la Maison de l'Autriche dans Regent Street. Et elle sait un tas de choses sur les villes d'eaux allemandes. Au revoir. Merci de m'avoir déposée. Comment saurai-je que vous êtes à Westover ?... Pour la glace, je veux dire.

— Je vous le ferai dire par votre père. Ça ira ?

— Parfait. Au revoir.

Elle s'engouffra dans l'agence.

Et Grant, le cœur réchauffé, poursuivit sa route pour rencontrer l'avocat et le mari de Christine Clay.

8

Tout le monde appelait Edward Champneis par son prénom pour une raison tout à fait évidente. C'était un homme de grande taille, très digne, avec beaucoup d'allure et extrêmement conformiste. Il s'intéressait aux gens avec une certaine gravité, voire avec gentillesse et, s'il souriait rarement, il le faisait avec charme. À côté des gesticulations de l'irritable et tatillon Me Erskine, son calme lui donnait l'air d'un paquebot tiraillé par les manœuvres d'un remorqueur.

C'était la première fois que Grant le rencontrait. Champneis, qui avait été absent près de trois mois, était rentré à Londres le jeudi après-midi, pour y apprendre la mort de sa femme. Il était immédiatement descendu à Westover pour identifier le corps. Puis, le vendredi, il s'était entretenu avec la police du comté que l'histoire du bouton intriguait suffisamment pour faire appel à Scotland Yard. Les innombrables formalités consécutives à sa longue absence et à la mort de sa femme l'avaient ramené à Londres au moment même où l'inspecteur quittait la ville.

Il avait l'air très fatigué, mais ne laissait paraître aucune émotion. Grant se demanda en quelles circonstances ce pur produit de cinq cents ans de privilèges et d'obligations pourrait bien manifester de l'émotion.

Et puis, soudain, en tirant une chaise pour s'asseoir, il lui vint à l'esprit qu'Edward Champneis n'avait rien du conformiste. Si le jeune lord avait réellement respecté les traditions de son rang, comme il l'affectait en apparence, il se serait marié avec une petite cousine, serait devenu haut fonctionnaire, aurait géré un domaine et lu le *Morning Post*. Or il n'en était rien. Il était allé chercher une artiste à l'autre bout du monde pour l'épouser, il était explorateur par plaisir et écrivait des livres. Quelle chose étrange, une simple attitude pouvait complètement donner le change !

— Lord Edward a lu le testament, bien entendu, dit l'avocat. Il en connaissait déjà depuis quelque temps les clauses les plus importantes, car lady Edward lui avait exprimé ses dernières volontés au moment où l'acte avait été dressé. Pourtant, il contient une surprise. Peut-être aimeriez-vous lire le document par vous-même, inspecteur ?

Il tourna vers Grant l'impressionnante feuille de papier posée sur la table.

— Lady Edward a fait antérieurement deux testaments, tous deux aux États-Unis. Mais, sur ses instructions, ils ont été détruits par ses avocats américains. Elle voulait à tout prix que ses biens soient administrés en Angleterre car elle admirait beaucoup dans ce pays la stabilité des institutions.

Christine n'avait rien légué à son mari. « Je ne laisse pas d'argent à mon époux Edward Champneis, parce qu'il en a toujours eu, et en aura toujours, plus qu'il ne pourra en dépenser, et parce que l'argent ne l'a jamais beaucoup intéressé. »

Toutefois devaient lui revenir, sauf avis contraire, tous les biens personnels de sa femme qu'il lui plairait de garder. Elle avait fait de nombreux legs en numéraire, soit en capital, soit en rente, à des amis et à des domestiques : à Bundle, sa gouvernante et ancienne habilleuse ; à son chauffeur noir ; à Joe Myers qui avait dirigé ses plus grands succès ; à un groom d'hôtel à Chicago, « pour l'achat de cette station-service ». Au total, une trentaine de personnes de par le monde, issues des milieux les plus divers. Aucune mention n'était faite de Jason Harmer.

Grant jeta un coup d'œil sur la date. Le document remontait à dix-huit mois : Christine ne devait pas encore connaître Harmer.

Les dons, bien que généreux, laissaient intacte une grande part de sa fortune, laquelle était destinée, ô surprise, non pas à un individu, mais à une cause : « la préservation de la beauté de l'Angleterre » ! Une fondation aurait pour mission d'acquérir tout monument ou lieu en péril et de pourvoir à son entretien. Ce fut la troisième surprise de Grant.

La quatrième provint du libellé du dernier legs : « À mon frère Herbert, un shilling pour des bougies. »

— Un frère ? s'étonna Grant.

Avant la lecture du testament, lord Edward ignorait que Christine eût un frère. Ses parents étaient morts depuis très longtemps et on n'avait jamais entendu parler d'autres membres de la famille vivants, à l'exception de Christine.

— « Un shilling pour des bougies. » Est-ce que cela vous dit quelque chose ? demanda Grant en se tournant vers Champneis qui hocha la tête.

— Une vieille querelle de famille, je suppose. Une histoire qui doit remonter à leur enfance. Ce sont souvent ces histoires-là que l'on pardonne le moins. Chaque fois que je revois Alicia, ajouta-t-il en regardant l'avocat, je repense encore à la collection d'œufs d'oiseaux qu'elle m'a cassée !

— Il ne s'agit pas *forcément* d'une querelle d'enfants, observa Grant. Elle a dû revoir son frère beaucoup plus tard.

— Il faudrait interroger Bundle. Elle habillait mon épouse lorsqu'elle était toute jeune actrice à New York. D'ailleurs, quelle importance ? Après tout, il a suffi d'un shilling pour écarter cet homme.

— C'est important, car c'est la première marque d'inimitié réelle que je découvre dans les relations de Miss Clay. On ne sait jamais où cela peut nous mener.

— L'inspecteur changera peut-être d'avis quand il aura lu ceci, intervint Erskine. Voici la surprise dont je vous ai parlé.

Cette surprise n'avait donc pas été couchée sur le testament. Grant prit le papier que lui tendait l'avocat d'une main sèche et un peu tremblante. C'était un papier à lettres brillant, épais, de couleur crème, et c'est sur ce papier ordinaire que l'on trouve dans les magasins de tous les villages anglais que Christine avait écrit à son avocat avec l'en-tête : « *Les Églantiers*, Medley, Kent. » Dans cette lettre, elle donnait des instructions pour qu'on ajoute un codicille à son testament : elle léguait son ranch de Californie – cheptel et matériel compris – plus une somme de cinq mille livres sterling à un certain Robert Stannaway, habitant anciennement Yeoman's Row, à Londres.

— Comme vous le constatez, ce codicille a été rédigé mercredi, dit l'avocat. Et jeudi matin…

Il s'arrêta, ému.

— Est-ce légal ? l'interrogea Grant.

— Je ne suis guère enclin à le contester. Il est entièrement rédigé à la main, dûment signé de son nom complet et la signature a été certifiée par

Margaret Pitts. De plus, la clause et la formulation en sont tout à fait claires.

— Aucun risque que ce ne soit un faux ?

— Pas le moindre. Je connais parfaitement l'écriture de lady Edward et, remarquez-le, elle est originale et difficile à imiter… D'autre part, j'ai l'habitude de son style qui est encore plus personnel.

— Eh bien, soupira l'inspecteur, n'en croyant pas ses yeux en relisant la lettre, voilà qui change tout. Il faut que je retourne à Scotland Yard. Avant ce soir, nous aurons sans doute procédé à une arrestation.

Puis il se leva.

— Je vous accompagne, dit Champneis.

— Si vous voulez, répondit Grant machinalement. Je vais d'abord m'assurer que mon directeur est à son bureau.

Il décrocha le combiné et songea : « Harmer avait raison. Nous ne traitons pas tout le monde de la même manière. Si le mari avait été un petit agent de compagnie d'assurances à Brixton, il n'est pas du tout évident que nous l'aurions admis à une délibération à Scotland Yard ! »

— Le *Superintendent* Barker est-il à son bureau ?… Ah… à la demie ? Dans vingt minutes. Bon, dites-lui que l'inspecteur Grant est en possession de renseignements importants et désire une réunion d'urgence. Oui, le directeur adjoint aussi, s'il est là.

Il raccrocha.

— Merci pour votre aide si précieuse, dit-il en prenant congé d'Erskine. À propos, si vous dénichez son frère, Herbert, je vous saurais gré de m'en informer.

Il descendit avec Champneis l'escalier sombre et étroit, et ils se retrouvèrent bientôt au soleil.

— Croyez-vous, demanda Champneis qui avait déjà une main sur la portière de la voiture de Grant, croyez-vous que nous aurions le temps d'aller boire quelque chose ? Je sens qu'un remontant me ferait du bien, car la matinée a été très… éprouvante.

— Bien sûr. Par les quais, on arrive à Scotland Yard en dix minutes. Où voulez-vous aller ?

— Mon club est sur Carlton House Terrace, mais je ne veux pas rencontrer des gens que je connais. Au *Savoy*, je suis connu aussi…

— Il y a un charmant petit pub par ici, intervint Grant qui avait déjà lancé la voiture ; et il est très calme à cette heure-ci. Et frais, par-dessus le marché.

Comme la voiture tournait au coin de la rue, Grant aperçut les manchettes au pied d'un kiosque à journaux :

LES OBSÈQUES DE CHRISTINE CLAY : DES SCÈNES SANS PRÉCÉDENT. DIX FEMMES S'ÉVANOUISSENT. LES ADIEUX DE LONDRES À CLAY.

Et, pour le *Sentinel* : L'ULTIME PUBLIC DE CLAY.

Il appuya sur l'accélérateur et son passager lui murmura :

— C'était tout simplement effroyable.

— Je vous comprends.

— Toutes ces femmes… Je crois que c'en est bientôt fini de la grandeur de notre peuple. Nous nous sommes bien sortis de la guerre, cependant au prix d'un effort trop violent peut-être qui nous a rendus… épileptiques. De grandes émotions produisent un tel effet, parfois…

Il se tut un instant.

— J'ai vu en Chine, reprit-il, l'air songeur, des mitrailleuses se retourner contre des troupes à découvert et cette tuerie m'a révolté. Ce matin, en revanche, c'est avec une joie indescriptible que j'aurais aimé voir ce ramassis d'hystériques criblés de balles. Pas tellement parce qu'il s'agissait de… Chris, mais parce que j'ai eu honte d'être homme, d'appartenir à la même espèce.

— J'avais espéré qu'à une heure si matinale il y aurait très peu de démonstrations. La police aussi l'espérait, je le sais.

— Nous également. Voilà pourquoi nous avons choisi cette heure-là. À présent que j'ai assisté à ces débordements, je me rends compte que rien n'aurait pu les arrêter. Les gens sont fous !

Champneis se tut, puis se mit à rire, d'un rire un peu forcé.

— Elle n'a jamais beaucoup aimé l'humanité, reprit-il. Si elle a légué son argent de cette manière, c'est qu'elle trouvait les gens… décevants. Et ses admirateurs m'ont prouvé ce matin qu'elle les avait bien jugés.

Le pub était aussi frais, calme et discret que Grant l'avait décrit. Personne ne fit attention à Champneis et, sur les six hommes présents, trois saluèrent l'inspecteur et les trois autres parurent méfiants. Edward qui, même dans la douleur, restait bon observateur, demanda :

— Et vous, où allez-vous quand vous voulez passer inaperçu ?

— Je n'ai pas encore trouvé l'endroit idéal, répondit Grant avec un sourire. J'ai débarqué un jour du yacht d'un ami, au Labrador, et le commerçant du village m'a dit : « Vous portez la moustache plus court maintenant, sergent ! » Après cela, je me suis dit que c'était peine perdue.

Ils se mirent à parler du Labrador, puis de la Galeria[1] où Champneis venait de passer quelques mois.

— Avant, je trouvais l'Asie primitive tout comme certaines tribus indiennes d'Amérique du Sud, mais l'est de l'Europe les bat tous ! Les villes exceptées, la Galeria est encore plongée dans l'obscurantisme.

— J'ai lu récemment que leur grand héros patriotique venait de disparaître dans la nature, répliqua Grant.

— Rimnik ? Oui. Mais il reparaîtra quand son parti sera fin prêt. Voilà comment est gouverné ce pays arriéré.

— Combien y a-t-il de partis ?

— Une dizaine, sans compter les différentes factions. Et il y a au moins vingt ethnies dans cette ingouvernable pétaudière. Toutes, elles revendiquent leur autonomie à cor et à cri, et toutes ont une mentalité moyenâgeuse. C'est un pays fascinant. Vous devriez y aller un jour. Leur vitrine, c'est la capitale – une quasi-réplique de toutes les autres capitales, à la mesure de leurs moyens : avec opéra, tramways, éclairage électrique, une gare imposante, des cinémas… Mais à une trentaine de kilomètres de là, on troque les femmes. Des filles alignées là, leur dot à leurs pieds, attendent d'être allouées au plus offrant. J'ai vu une vieille paysanne, folle à lier, traînée hors de l'ascenseur d'un immeuble. Elle se croyait ensorcelée et il a fallu la conduire à l'asile. Corruption en ville, superstition à la campagne – et pourtant, ce pays offre des possibilités illimitées.

1. Pays imaginaire d'Europe de l'Est.

Grant le laissa parler, ravi de pouvoir, ne serait-ce qu'un instant, oublier l'horreur de cette matinée. Ses pensées à lui n'allaient pas vers la Galeria mais vers Westover… Il avait donc réussi son coup, ce jeune homme émotif à l'air innocent ! Il avait soutiré à son hôtesse un ranch et cinq mille livres, puis il s'était arrangé pour en hériter sans plus attendre. L'attrait personnel qu'éprouvait Grant pour Robert Tisdall s'estompa sur-le-champ. Désormais, ce dernier ne valait pas mieux à ses yeux que cette mouche qu'il écrasa sur la vitre, un vaurien qu'il fallait exterminer aussi vite que possible et sans embarras. Si, au plus profond de lui-même, il regrettait que le personnage si charmant de Tisdall n'existât que sous une façade, il ressentait avant tout un immense soulagement à l'idée que l'affaire allait désormais être rapidement résolue… Le résultat de la délibération ne faisait aucun doute, on avait déjà assez de preuves. D'autres viendraient avant le début du procès.

Le *Superintendent* Barker et son directeur adjoint furent du même avis. Tout était clair, un garçon ruiné, sans abri, perdu. Une femme riche le recueille et voilà que quatre jours plus tard, un codicille est rédigé à son avantage. Le lendemain matin, de très bonne heure, la femme va se baigner et il la suit dix minutes plus tard. Lorsqu'on découvre le corps, lui a disparu. Enfin il reparaît et raconte une incroyable histoire de voiture volée, puis rendue. On trouve un bouton noir entortillé dans les cheveux de la morte. Or le manteau du jeune homme a été dérobé deux jours auparavant, prétend-il. Mais un passant l'a vu dans la matinée et affirme qu'il le portait.

Oui, le dossier semblait assez bien ficelé : on avait l'occasion, le mobile, la preuve.

Le seul à protester contre le mandat d'arrêt fut, fait singulier, Edward Champneis lui-même.

— C'est un peu simpliste, non ? dit-il. Vous pensez qu'un homme sain d'esprit aurait commis le meurtre dès le lendemain ?

— Vous oubliez, lord Edward, lui rétorqua Barker, que nous avons bien failli ne pas découvrir qu'il s'agissait d'un crime.

— De plus, fit observer Grant, Tisdall était pressé par le temps et ne disposait que de quelques jours. En effet, la location de la maison expirait à la fin du mois et il le savait. D'autre part, il était fort possible qu'elle ne retourne pas se baigner ou que le temps se gâte, ou encore, qu'elle ait envie d'aller dans les terres. Enfin, les circonstances étaient idéales : une plage déserte au petit matin et une brume qui se dissipait à peine… L'occasion était trop belle pour ne pas en profiter.

Oui, vraiment, tout était limpide. Edward Champneis retourna à la demeure de Regent's Park, qu'il avait reçue en héritage en même temps que la fortune de son oncle Bremer et qu'entre deux pérégrinations il considérait comme son foyer. Quant à Grant, il se rendit à Westover, le mandat d'arrêt en poche.

9

Toselli exécrait la police. Toute sa vie il avait détesté quelque chose ou quelqu'un. Petit serveur, Toselli détestait le maître d'hôtel, une fois maître d'hôtel, il avait détesté la direction et, devenu patron, il détestait le chef cuisinier, la pluie, sa femme, la moustache du portier, les clients qui exigeaient de le voir dès le petit déjeuner… bref, toute une foule de choses ! Mais par-dessus tout, c'est la police qu'il détestait. Elle nuisait aux affaires et elle gâtait la digestion. Un policier qui franchissait la porte vitrée de son hôtel suffisait à lui couper l'appétit et à lui remettre en mémoire la note annuelle qu'il dépensait en cadeaux de Nouvel An au profit des agents de la police locale : trente bouteilles de scotch, trente de gin, deux caisses de champagne et six de cognac, tout cela rien que pour l'an dernier. Mais l'invasion de policiers venus de Londres, auxquels il n'avait pas accordé autant d'intérêt et qui, par suite, se moquaient bien de la bonne marche d'un hôtel – toujours fragile et délicate –, c'était plus que ne pouvaient supporter la graisse qui l'enveloppait et l'hypertension artérielle qui le congestionnait.

Voilà pourquoi il sourit si aimablement à Grant avant de lui offrir un de ses meilleurs cigares – toute sa vie les sourires de Toselli s'étaient étirés en travers de sa rage, pareils à une corde tendue en travers d'un précipice. L'inspecteur Grant voulait interroger le nouveau serveur ? Très bien ! Très bien ! C'était son heure de pause, entre le déjeuner et le thé de 4 heures, mais on allait le faire venir tout de suite.

— Attendez, le coupa Grant, vous dites qu'il prend sa pause ? Savez-vous où il se trouve ?

— Dans sa chambre, très probablement. Vous comprenez, les employés aiment bien s'allonger un instant pour se délasser les jambes.

— Je préfère le voir là-haut.

— Mais certainement… Tony ! dit Toselli à un chasseur qui passait devant la porte de son bureau. Conduisez ce monsieur jusqu'à la chambre du nouveau serveur.

— Merci. Est-ce que vous serez là quand je redescendrai ? Je voudrais vous parler.

— À l'évidence, répondit l'hôtelier, théâtral et résigné, en faisant de grands gestes et élargissant son sourire. La semaine dernière, il s'agissait de coups de couteau et cette semaine… de quoi ? Un vol ? Une recherche de paternité ?

— Je vous dirai tout cela dans un instant, Mr Toselli.

— Je serai là, confirma de nouveau celui-ci avec un sourire qui devenait féroce. Mais pas pour longtemps, je vous l'assure ! Je suis sur le point d'acheter un restaurant où il suffit de mettre quelques pièces dans une machine et votre repas est servi. Là, du moins, on aura la paix.

— Même là, il y a de fausses pièces ! rétorqua Grant qui suivait Tony jusqu'à l'ascenseur. Sanger, montez avec moi, continua-t-il tandis qu'ils traversaient le hall encombré de l'hôtel. Vous, Williams, attendez-nous là. Nous le ferons sortir par ici. Cela fera moins d'histoires que par l'escalier de service. On n'y verra que du feu. Une voiture nous attend ?

— Oui, inspecteur.

Grant et Sanger prirent l'ascenseur. Durant ces courtes secondes de calme et de tranquillité soudaine, Grant se demanda pourquoi il n'avait pas montré son mandat d'arrêt, ni donné à Toselli la raison de sa visite, ce qui eût été normal. Pourquoi était-il si impatient de tenir l'oiseau ? Était-ce cette circonspection héritée de ses origines écossaises ou bien avait-il le pressentiment que… que quoi ? Il l'ignorait. Il était sûr d'une chose : maintenant qu'il était arrivé dans cet hôtel, il n'y avait pas une minute à perdre. Les explications viendraient plus tard. Pour l'heure, il devait arrêter cet homme.

Le bruit étouffé de la cabine au sein de ce silence rappelait celui d'un lever de rideau.

Les chambres du personnel logé par l'hôtel de *La Marine* à Westover étaient situées sous les toits de l'énorme bâtiment. Alors que, de son poing décharné, le chasseur s'apprêtait à frapper à la porte, Grant arrêta son geste.

— C'est bon. Merci.

Et chasseur et liftier de disparaître dans les profondeurs de l'hôtel vers le luxe et la foule, abandonnant les deux policiers sur la natte en fibres de coco du palier. Ici c'était le calme parfait.

Grant frappa à la porte. Et d'une voix neutre, Tisdall lui dit d'entrer.

La pièce était si exiguë que, machinalement, Grant pensa à la cellule où il allait conduire son prisonnier et qui ne serait guère plus petite. D'un côté un lit, de l'autre une fenêtre, et en face deux portes de placard dans le mur. Tisdall était allongé sur le lit, en bras de chemise, ses chaussures sur le parquet. Un livre ouvert reposait à l'envers sur le couvre-pied.

De toute évidence il s'attendait à la visite d'un collègue. Lorsqu'il vit l'inspecteur, il ouvrit de grands yeux, puis découvrant Sanger derrière Grant dans l'embrasure de la porte, il comprit soudain.

— Ce n'est pas possible, dit-il, avant que l'inspecteur n'ait eu le temps de prononcer un mot.

— Eh bien si ! répondit Grant qui se mit à réciter la formule classique d'arrestation.

Tisdall, assis sur le bord du lit, les jambes ballantes, semblait ne pas écouter. Lorsque l'inspecteur eut achevé, il ajouta lentement :

— C'est exactement comme la mort lorsqu'elle vient vous prendre, je pense. Terriblement injuste mais inévitable.

— Comment avez-vous deviné pourquoi nous étions venus ?

— Il n'est pas nécessaire de venir à deux prendre de mes nouvelles, répliqua-t-il d'une voix légèrement plus forte. Je voudrais bien savoir pourquoi vous faites cela. Qu'est-ce que vous avez contre moi ? Comment donc avez-vous pu prouver que ce bouton était à moi ? Car il n'est pas à moi. Pourquoi ne me dites-vous pas de quoi il s'agit, que je puisse m'expliquer ? Si vous disposez de preuves nouvelles, il vous est tout de même facile de me demander une explication. J'ai bien le droit de savoir, non ? Que je puisse me justifier !

— Vous n'avez plus rien à nous expliquer, Tisdall. Vous feriez mieux de vous préparer à nous suivre.

Il se leva, stupéfait : ce qui lui arrivait était absolument incroyable.

— Je ne peux pas partir dans cette tenue, dit-il en regardant sa livrée de serveur. Est-ce que je puis me changer ?

— Bien sûr. Emportez aussi quelques affaires.

Grant lui fouilla les poches d'une main experte et n'y trouva rien. Puis il reprit :

— Seulement, vous allez devoir vous changer en notre présence. Ne soyez pas trop long, s'il vous plaît. Attendez là, Sanger, dit-il en fermant la porte.

Quant à lui, il alla se placer près de la fenêtre. Celle-ci était très haute, se dit-il, et Tisdall était du genre à se suicider. Pas assez de tripes pour avouer crânement son crime. Pas assez de vanité sans doute pour vouloir les feux de la rampe à tout prix. À coup sûr, le type d'homme qui pensait « ma mort les fera tous pleurer ».

Désormais l'inspecteur suivait de près ses faits et gestes. Pour un profane, il n'était qu'un banal visiteur appuyé contre la fenêtre et qui tenait des propos banals. En réalité, il était prêt à parer à toute éventualité.

Mais tout se déroula sans énervement. Tisdall tira sa valise qui était sous le lit, puis machinalement, méthodiquement, il enfila son pantalon de flanelle et sa veste de tweed. Si cet homme avait du poison sur lui, se disait Grant, ce serait dans ses vêtements de travail ; il se détendit donc tout naturellement lorsque le serveur déposa sa livrée. Il n'y aurait pas de problèmes : le jeune homme allait le suivre tranquillement.

— J'ai eu tort de me tourmenter pour savoir de quoi j'allais vivre, observa-t-il. On dirait qu'il y a une morale quelque part dans ce procédé tout à fait immoral. Oh, à propos, comment vais-je me procurer un avocat alors que je n'ai ni argent ni amis ?

— On vous en fournira un.

— Tout comme on vous fournit une serviette de table, sans doute.

Il ouvrit le placard le plus proche de Grant, décrocha des vêtements de leurs portemanteaux et les plia avant de les mettre dans sa valise.

— Vous pourriez au moins me dire quel est mon mobile, demanda-t-il soudain, comme frappé par une nouvelle idée. Vous pouvez confondre des boutons, vous pouvez même souhaiter trouver un bouton sur un manteau alors même qu'on ne l'y a jamais cousu, mais il vous est impossible de dénicher un mobile qui n'existe pas.

— Vous n'aviez donc pas de mobile ?

— Certes non. C'est tout le contraire. Ce qui s'est passé jeudi matin a été la pire catastrophe de ma vie. Ça crève les yeux, même du premier venu.

— Et, bien sûr, vous ne vous doutiez pas le moins du monde que Miss Clay avait ajouté un codicille à son testament pour vous léguer un ranch et une grosse somme d'argent ?

Tisdall, qui arrangeait les plis d'un de ses habits, s'arrêta net, le vêtement encore dans les mains, et se mit à dévisager Grant.

— Elle a fait cela ? Non, non, je ne le savais pas. C'est merveilleux !

Un instant, le doute revint dans l'esprit de l'inspecteur. Tout avait été si bien calculé : le rythme, l'expression du visage, les gestes. Aucun acteur professionnel ne l'eût mieux fait. Toutefois, le doute s'évanouit bien vite. Il croisa les jambes à nouveau, c'était sa façon de se ressaisir, se remémora le charme et l'innocence de certains criminels qu'il avait connus (par exemple, Andrew Hamey dont la spécialité était d'épouser des femmes pour les noyer ensuite, et qui avait l'air d'un enfant de chœur ; ou d'autres, encore plus capables de charme et de cynisme). Puis il recouvra la paix intérieure du policier qui tient son homme.

— Ainsi donc, vous avez réussi à dénicher le bon mobile. Pauvre Chris ! Elle qui croyait me rendre un fier service ! Et vous n'avez rien trouvé pour ma défense ?

— Ce n'est pas à moi de le dire.

— Malgré tout le respect que j'ai pour vous, inspecteur Grant, je crois que, même sur l'échafaud, je clamerai encore mon innocence.

Il referma le premier placard et alla ouvrir le second dont le battant empêchait Grant de voir l'intérieur.

— Cela étant, vous me décevez en un sens, poursuivit Tisdall. Je vous croyais meilleur psychologue. Samedi matin, en vous racontant mon histoire, je pensais vraiment que vous étiez trop perspicace pour me croire coupable. Je vois maintenant que vous n'êtes qu'un policier comme les autres.

Tout en gardant la main sur la poignée, il se pencha à l'intérieur comme pour y ramasser ses chaussures.

Une clé arrachée à sa serrure grinça, la porte du placard se ferma brusquement et, au moment où Grant bondissait, on entendit la clé tourner de l'intérieur.

— Tisdall ! cria ce dernier. Ne faites pas l'imbécile ! Écoutez-moi !

Il passa en revue les antidotes des divers poisons… Mon Dieu, quelle bêtise il avait faite ! pensa-t-il.

— Sanger, venez m'aider à ouvrir cette porte. Il s'est enfermé dans le placard.

Les deux hommes se jetèrent de tout leur poids contre la porte. En vain.

— Écoutez-moi, Tisdall, haleta Grant entre deux efforts. Ne soyez pas assez fou pour prendre du poison. Nous vous rejoindrons assez vite pour vous donner un antidote, et vous souffrirez l'enfer pour rien. Alors réfléchissez.

L'inspecteur regarda Sanger.

— La hache d'incendie ! s'exclama Grant. Je l'ai vue en montant. Au fond du couloir, contre le mur. Vite !

Sanger s'élança et, en huit secondes, revint avec la hache.

Au premier coup, un collègue de Tisdall, à demi vêtu et à moitié endormi, sortit de la chambre voisine et cria :

— Le boucan qu'tu fais ! Comme si les flics étaient dans la maison ! (Puis, voyant la hache dans la main de Sanger :) Oh ! qu'est-ce que tu fous là, bon Dieu !

— Allez-vous-en de là, idiot ! Un homme est en train de se suicider dans ce placard.

— Se suicider ! Dans le placard !

Perplexe, le serveur passa la main dans ses cheveux noirs, comme un enfant mal réveillé.

— Mais c'est pas un placard, ça ! dit-il.

— Pas un placard ?

— Ben non, c'est – comment ça s'dit déjà ? – c'est une sortie d'secours. Pour les incendies, quoi !

— Bon sang ! s'écria Grant qui se dirigeait vers le couloir. Où aboutit-elle ? Dans la cage d'escalier ? cria-t-il au garçon.

— Près du vestibule d'entrée.

— Il y a huit étages, dit l'inspecteur à Sanger. C'est peut-être plus rapide par l'ascenseur.

Il l'appela donc.

— Williams l'arrêtera s'il tente de sortir par la porte de l'hôtel, continua-t-il, pour se donner du courage.

— Williams ne l'a jamais vu, inspecteur. Du moins, je ne pense pas.

Grant proféra des jurons qu'il n'avait plus sortis depuis qu'il s'était battu en France.

— Et le policier de faction à l'arrière, il le connaît, lui ?

— Très certainement, inspecteur. C'est pour cela qu'on l'a placé là, afin qu'il l'arrête. Williams, lui, est juste là pour nous attendre.

Grant demeura interloqué.

L'ascenseur arriva et, trente secondes plus tard, ils étaient dans le hall d'entrée. L'expression souriante du visage rose de Williams leur laissa deviner le pire, le sergent n'avait certainement arrêté personne.

Des clients entraient, d'autres sortaient, d'autres encore allaient prendre un thé au restaurant, une glace au salon d'été, un verre au bar ; d'autres venaient rencontrer des amis pour aller prendre le thé au *Lyons* – le vestibule de l'hôtel de *La Marine* était une espèce de creuset américain par la diversité de sa population. Pour être repéré dans une telle foule, il aurait fallu marcher sur les mains.

Williams affirma qu'un jeune homme aux cheveux bruns, tête nue, vêtu d'un pantalon de flanelle et d'une veste de tweed, était sorti depuis cinq minutes… En fait, il y en avait même eu deux.

— Deux ! Et ils étaient ensemble ?

Non, Williams avait vu deux hommes qui répondaient à cette description sortir séparément, au cours des cinq dernières minutes. Et d'ailleurs, voici qu'il en arrivait un troisième.

Eh oui, il en venait un troisième. Lorsque Grant le vit, il sentit une vague de désespoir l'engloutir tout entier. Oui, il y en aurait certainement bien d'autres. Rien que dans le Kent, il y avait, à cette époque de l'année, des milliers d'hommes qui correspondaient au signalement de Tisdall.

Grant recouvra son sang-froid et entreprit la tâche ingrate d'installer un cordon de police.

10

Jammy Hopkins pouvait se flatter d'avoir réussi le meilleur scoop de sa carrière de journaliste. Les autres journaux du soir donnaient des photos terrifiantes de la foule au cimetière de Golders Green : des visages de Méduse, en gros plan, qui hurlaient dans l'objectif ; des furies ébouriffées, cheveux au vent, bouche ouverte, se griffant mutuellement dans un accès de haine… Et leurs directeurs étaient satisfaits. Rien, bien sûr, n'était plus important en ce jour que les funérailles de Christine Clay. Et ils étaient fiers de leurs photographes. Ils avaient toutes les raisons d'être enchantés.

Mais ce n'était pas en vain que Hopkins avait suivi Grant depuis Wigmore Street jusqu'aux bureaux de l'Agence d'Orient, de l'Agence d'Orient au tribunal et du tribunal à Scotland Yard. Ce n'est pas en vain qu'il avait fait le pied de grue au coin de la rue pendant que son mercenaire gardait l'œil sur Scotland Yard afin de lui signaler les sorties de Grant. Ce n'était pas en vain qu'il l'avait suivi jusqu'à Westover. Le *Sentinel* pouvait titrer :

LE MEURTRIER DE CHRISTINE CLAY
ARRÊTÉ

Et les gens se pressaient en masse autour des vendeurs de journaux excités. Dans les salles de rédaction des journaux rivaux, on s'arrachait les cheveux et des rumeurs de licenciements circulaient. Inutile de rappeler aux rédacteurs en chef, déjà assez furieux, que Scotland Yard leur avait promis de les informer lorsqu'il y aurait des nouvelles disponibles. Les rédacteurs en chef se demandaient bien pourquoi ils étaient payés. Pour rester assis sur leur derrière, attendant qu'on les appelle et qu'on leur communique quelques miettes d'informations officielles ? Pour qui les prenait-on ? Pour des employés du pari mutuel ?

Jammy Hopkins, en revanche, était dans les bonnes grâces de ceux qui signaient ses chèques. Il réserva une suite à l'hôtel de *La Marine* – et s'y installa bien plus princièrement que Grant, qui y avait une chambre lui aussi, mais qui, ces temps-ci, devait passer le plus clair de ses jours et de ses nuits au poste de police – et le journaliste bénissait les dieux d'avoir ménagé une fin si spectaculaire à Christine Clay.

Quant à l'inspecteur, il croulait, ainsi qu'il l'avait prévu, sous des tonnes de renseignements. Dès le mardi midi, Tisdall avait été aperçu dans presque tous les coins d'Angleterre et du pays de Galles, et à l'heure du thé, on commençait à signaler sa présence en Écosse. On l'avait vu pêcher sur le pont d'une rivière du Yorkshire et, méfiant, il avait rabattu son chapeau sur le visage lorsque l'informateur s'était approché. On l'avait vu sortir d'un cinéma à Aberystwyth. Il avait retenu une chambre à Lincoln d'où il était parti sans payer. (Il était décidément souvent parti sans payer, se dit Grant.) À Lowestoft, il avait demandé une place sur le bateau, ainsi qu'en une demi-douzaine d'autres ports. (Il était affligeant de voir le nombre de jeunes qui ne pouvaient payer leurs logeuses et qui voulaient fuir le pays.) On l'avait même découvert mort sur une lande près de Penrith (ce qui occupa tout un après-midi de l'inspecteur). On l'avait trouvé ivre dans une ruelle de Londres. Il avait acheté un chapeau à Hythe, Grantham, Lewes, Tonbridge, Dorchester, Ashford, Luton, Aylesbury, Leicester, Chatham, East Grinstead, ainsi que dans quatre magasins de Londres. Il avait encore acheté un paquet d'épingles de nourrice chez Swan & Edgars. Il avait avalé un sandwich au crabe au comptoir d'un snack dans Argyll Street, deux petits pains au lait dans une pâtisserie à Hastings, un sandwich au fromage dans une auberge à Haywards' Heath. Il avait dérobé tous les articles possibles et imaginables dans tous les lieux possibles et imaginables, et même une carafe à vin dans un magasin de vaisselle à Croydon. Lorsqu'on demanda à l'informateur ce que Tisdall pouvait bien faire avec une carafe à vin, il répondit que c'était là une arme redoutable.

Trois téléphones n'arrêtaient pas de sonner comme s'ils étaient détraqués. La poste, le télégraphe, la radio, et même des témoins qui se présentaient en personne continuaient à déverser des informations dont les neuf dixièmes ne serviraient à rien. Cependant il fallait prendre le temps de les écouter car certaines d'entre elles ne se révèleraient inutiles qu'après une enquête minutieuse. Grant regarda l'énorme tas de dépêches et, un instant, il perdit son sang-froid :

— Je paie cher une seconde d'inattention, dit-il.

— Courage, inspecteur, répondit Williams. Ça pourrait être pire.

— Pire ! Voudriez-vous me dire quels faits pourraient, à votre avis, venir ajouter à l'horreur de la situation ?

— Par exemple, aucun cinglé n'est encore venu s'accuser d'être l'auteur du crime, et donc nous faire perdre notre temps.

Mais le cinglé se présenta le lendemain matin.

Grant était en train d'examiner un manteau trempé de rosée lorsque, levant les yeux, il aperçut Williams qui fermait mystérieusement la porte et qui, tout aussi mystérieusement, s'avançait vers lui.

— Quoi de neuf, Williams ? demanda-t-il d'une voix que l'attente angoissée rendait aiguë.

— Le cinglé, répondit Williams.

— Le quoi ?

— La personne qui vient se confesser, inspecteur, reprit le sergent avec un air un peu fautif, comme s'il sentait que le fait d'en avoir parlé la veille leur avait porté malheur.

Grant poussa un gémissement.

— Ce n'est pas le type de personne à qui nous avons affaire habituellement. Très intéressante. Très élégante.

— Physiquement ou moralement ?

— Oh, je voulais parler des vêtements qu'elle porte.

— Elle ? Il s'agit d'une femme ?

— Oui. Une dame, inspecteur.

— Faites-la entrer.

De petits picotements de rage envahirent tout son corps. Comment se pouvait-il qu'une femme en mal de sensationnel lui fasse perdre son temps pour satisfaire un appétit pervers et dépravé ?

Williams ouvrit la porte et introduisit une femme vêtue à la dernière mode. C'était Judy Sellers.

Celle-ci, sans un mot, entra dans le bureau de Grant, déterminée et maussade. Tout étonné qu'il fût de la voir, Grant pensa qu'en dépit de son extérieur soigné elle avait l'air d'une fille sortie d'une maison de correction. Cette hargne qu'elle manifestait contre l'humanité en général et contre son propre destin en particulier, il en avait l'habitude.

Grant, qui savait être intimidant, lui présenta une chaise sans ouvrir la bouche.

— C'est bien, sergent, vous pouvez disposer… Mademoiselle, ce que vous faites n'est pas très beau, vous ne trouvez pas ?

— Pas très beau ?

— Je travaille vingt-trois heures sur vingt-quatre sur un dossier terriblement important et vous trouvez convenable de venir me faire perdre mon temps à écouter une confession mensongère ?

— Ce ne sont pas des paroles mensongères que je viens vous dire.

— Si, et j'ai bien envie de vous renvoyer sans vous laisser ajouter un seul mot.

Judy fit un geste pour l'empêcher d'ouvrir la porte.

— Vous n'avez pas le droit de faire ça. D'ailleurs, je vais m'adresser à un autre poste de police et tout leur avouer ; ainsi ils me dirigeront vers vous. *C'est moi* qui l'ai fait !

— Non, non ! Ce n'est pas vous !

— Et pourquoi donc ?

— Pour la bonne raison que vous étiez loin de là.

— Comment savez-vous où je me trouvais ?

— Vous oubliez avoir déclaré, au cours de la conversation de samedi soir, que le mercredi soir vous étiez à Chelsea chez Miss Keats.

— Je n'y suis allée que pour un cocktail et suis partie de bonne heure car Lydia était invitée à une fête sur la Tamise avec des amis.

— Même si c'est vrai, vous ne pouviez guère vous trouver sur une plage, à proximité de Westover, dès le lever du jour le lendemain matin.

— Si je vous avais dit que j'étais au nord de l'Angleterre, cela ne vous aurait pas surpris, n'est-ce pas ? Je suis descendue en voiture, si vous voulez savoir. Allez donc interroger la fille avec qui je partage mon appartement : elle vous dira que je ne suis rentrée qu'à l'heure du déjeuner le jeudi.

— Cela ne prouve pas que vous étiez en train de perpétrer un meurtre.

— Eh si, pourtant. Je suis allée en voiture jusqu'à la Crique, je me suis cachée dans le bois et j'ai attendu qu'elle vienne se baigner.

— Et naturellement, vous portiez un manteau d'homme ?

— Oui, mais comment l'avez-vous appris ? Il faisait froid pour conduire et j'ai mis le manteau que l'un de mes frères avait oublié dans la voiture.

— Est-ce que vous l'avez gardé pour descendre à la plage ?

— Oui, je tremblais de froid et je déteste me baigner tôt le matin.

— Parce que vous vous êtes baignée ?

— Évidemment. Je vois mal comment j'aurais pu la noyer en restant sur le rivage !

— Et vous avez laissé le manteau sur la plage ?

— Mais non, voyons, dit-elle avec un sarcasme calculé. Je l'ai gardé pour nager !

Grant respira, car il avait eu une minute d'émotion.

— Donc, vous avez mis votre maillot de bain, vous êtes descendue à la plage, enveloppée dans le manteau de votre frère et… et ensuite ?

— Clay était au large. Je me suis mise à l'eau, j'ai nagé jusqu'à elle et je l'ai noyée.

— Comment vous y êtes-vous prise ?

— Elle m'a dit : « Bonjour, Judy. » J'ai répondu : « Bonjour. » Je lui ai donné un léger coup sur le menton car mon frère m'a montré à quel endroit frapper quelqu'un pour l'étourdir. Puis j'ai plongé, je l'ai tirée par les chevilles et maintenue sous l'eau jusqu'à ce qu'elle soit noyée.

— Impeccable ! dit Grant. Et vous avez bien combiné tout cela ! Vous avez réussi à vous trouver un mobile également ?

— Oh ! C'est tout simple : je ne pouvais pas la sentir. Je la détestais, à vrai dire. À cause de son succès, de sa beauté et de sa suffisance. Elle m'agaçait à un point tel que je ne pouvais la supporter un jour de plus.

— Tiens donc… Et vous voulez bien m'expliquer pourquoi, après avoir réussi ce crime presque parfait, vous êtes venue calmement nous voir et vous passer la corde au cou ?

— Parce que vous accusez quelqu'un.

— Autrement dit, Robert Tisdall. Et voilà la clé de tout. Maintenant que vous m'avez fait perdre quelques minutes précieuses de mon temps, vous pourriez peut-être me payer de retour et vous racheter par la même occasion en me disant ce que vous savez de Tisdall.

— Rien du tout, si ce n'est qu'il serait le dernier au monde à commettre un crime. Pour quelque raison que ce soit.

— Vous le connaissiez donc bien ?

— Non, à peine.

— Vous n'étiez pas… amis ?

— Non, ni amants non plus, si c'est ce que vous cherchez à me faire dire. Bobby Tisdall m'a parfois tendu un verre à l'occasion, pour le reste il ignorait que j'existais.

— Et malgré cela, reprit Grant gentiment en changeant de ton, vous iriez jusque-là pour le tirer d'embarras ?

Elle se rebiffa devant cette gentillesse.

— Si vous aviez commis un meurtre, est-ce que vous ne l'avoueriez pas pour sauver un innocent, vous ?

— Cela dépendrait du degré de naïveté que j'attribue à la police. Vous nous sous-estimez, Miss Sellers !

— Je vous considère comme une bande d'imbéciles. Voilà un homme qui est innocent. Vous vous acharnez contre lui. Et vous refusez d'écouter quelqu'un qui vous fait des aveux tout à fait sincères.

— C'est que, voyez-vous, mademoiselle, il y a dans toute enquête des détails que seule la police connaît et que l'on n'apprend pas par les journaux. Votre erreur a été de bâtir votre histoire à partir des articles de presse. Il y a une seule chose que vous ignoriez et une seule que vous avez oubliée.

— Qu'est-ce que j'ai oublié ?

— Que personne ne savait où se cachait Christine Clay.

— Sauf le meurtrier !

— Justement. Bon… J'ai beaucoup de travail.

— Alors, vous ne croyez pas un mot de ce que je vous ai dit ?

— Mais si. Je vous crois en grande partie : le mercredi vous êtes sortie toute la nuit, vous avez probablement pris un bain et vous êtes rentrée le jeudi à l'heure du déjeuner. Toutefois, rien de tout cela ne prouve votre culpabilité.

À son corps défendant, elle se leva avec nonchalance et sortit son rouge à lèvres.

— Donc… dit-elle d'une voix traînante tout en se remaquillant, puisque j'ai échoué dans mon petit coup de publicité, il me faut continuer à jouer les blondes sans cervelle pour le restant de mes jours. Heureusement que j'ai acheté un billet aller-retour.

— Allons, ne me faites pas marcher, répondit Grant en lui ouvrant la porte avec un sourire qui ne se voulait pas trop sévère.

— Bon, d'accord, vous avez peut-être raison sur ce point. Oh et puis allez au diable ! Mais vous avez tort d'accuser Tisdall. Tellement tort que vous serez la risée de tous avant la fin de l'affaire.

Elle sortit en trombe devant un Williams éberlué, puis devant deux employés, et elle disparut.

— Ainsi donc, dit le sergent, voilà la première à passer aux aveux. Les gens sont bizarres, inspecteur ! Vous savez, si nous annoncions qu'il manque un bouton au manteau que nous cherchons, il y aurait des gens pour en arracher un au leur et pour nous l'apporter. Rien que pour s'amuser. Comme si on n'avait pas assez de problèmes sans ça… Celle-ci n'était pas tout à fait ordinaire, vous ne trouvez pas, inspecteur ?

— Non, pas tout à fait. Et vous, Williams, que pensez-vous d'elle ?

— Petite chanteuse d'opérette en mal de publicité pour sa carrière. Et sans cœur, en plus.

— Erreur sur toute la ligne : elle joue dans un théâtre, déteste sa profession et elle a le cœur si tendre qu'elle irait jusqu'à se sacrifier.

Le sergent eut l'air décontenancé.

— N'oubliez pas que je n'ai pas eu l'occasion de lui parler, moi, rappela-t-il à l'inspecteur.

— C'est vrai, mais votre premier coup d'œil a été très perspicace, Williams. Je voudrais bien avoir la même perspicacité pour comprendre cette affaire… Vous-même, que feriez-vous une fois sorti de l'hôtel de *La Marine* ? lui demanda-t-il tout en se passant les doigts dans les cheveux.

Le sergent comprit qu'il devait se mettre à la place de Tisdall.

— Je m'engouffrerais dans le premier autobus bondé qui se présenterait. Je descendrais parmi une foule de gens et je marcherais comme si je savais où j'allais. En fait, partout où j'irais, je ferais comme si j'étais sûr de moi.

— Et après cela ?

— Il me faudrait sans doute prendre un autre bus pour quitter la ville.

— Vous vous dirigeriez vers une zone inhabitée ?

— Sans l'ombre d'un doute, répondit Williams, surpris.

— On se fait plus vite repérer en rase campagne, pourtant.

— Mais il y a des bois. En fait, il serait facile pour un homme de se cacher dans certains de ces bois pendant une éternité. Et si quelqu'un gagnait Ashdown Forest à l'ouest, il faudrait une centaine d'hommes pour la passer au peigne fin.

— Et la nourriture ? Et le logement ? objecta Grant qui hochait la tête.

— On peut dormir dehors, il fait chaud.

— Ça fait maintenant deux nuits qu'il est dehors. S'il a pris la direction de la campagne, il doit être sale et négligé à cette heure. Mais est-ce bien là qu'il se trouve ? Avez-vous remarqué que personne n'a signalé qu'il avait acheté un rasoir ? Il se cache peut-être chez des amis. Je me demande si…

Le regard de l'inspecteur se posa sur la chaise que Judy avait occupée, puis il ajouta :

— Non, elle n'irait pas jusqu'à courir ce risque inutile.

Williams souhaita, à part lui, que son supérieur aille à l'hôtel dormir un peu. Il prenait beaucoup trop à cœur son échec dans l'arrestation de Tisdall. Il arrivait aux meilleurs de commettre des erreurs et Grant était connu de tous comme un excellent policier. Il avait tout Scotland Yard derrière lui. Quel besoin de se rendre malade pour une chose qui aurait pu arriver à n'importe qui ? Il y avait bien un ou deux râleurs – des gens qui convoitaient sa place –, mais personne ne faisait attention à eux et on savait pertinemment où ils voulaient en venir. Grant qui, de l'avis unanime, faisait de l'excellente besogne, était donc bien bête de se tracasser à ce point pour une toute petite inadvertance. S'il n'est pas faux de dire que le cœur d'un policier peut souffrir, alors oui, le gros cœur du sergent souffrait pour son supérieur.

— Virez-moi cet affreux vêtement, ordonna Grant en montrant le manteau. Il a au moins vingt ans et il y a dix ans qu'il n'a plus un seul bouton ! Voyez-vous, Williams, un détail me tourmente : Tisdall avait son manteau sur la plage et, quand il est revenu, il ne l'avait plus. Il s'en est forcément débarrassé en chemin. Cette route n'est pas si longue, tout compte fait, et il n'a pas eu le temps de s'en écarter beaucoup car il devait avoir hâte de revenir pour dissimuler sa fuite. Et nous n'avons pas encore mis la main sur ce manteau. Deux mares à canards, toutes deux peu profondes et toutes deux draguées.

Trois ruisseaux où on ne cacherait pas une pièce d'un penny et où on ne ferait pas flotter un bateau en papier. Des fossés passés au crible, des murs de jardins examinés des deux côtés, deux bosquets fouillés. Rien du tout ! Qu'est-ce qu'il a bien pu en faire ? Et vous, qu'est-ce que vous en feriez ?

— Il l'a brûlé.

— Il n'en a pas eu le temps. D'ailleurs, tout était humide et le manteau probablement trempé.

— Alors, il a pu le rouler en un paquet serré et le coincer dans la fourche d'un arbre. C'est par terre que tout le monde pense à chercher !

— Williams, vous êtes un criminel-né. Exposez votre thèse à Sanger et demandez-lui de la mettre en application dès cet après-midi. J'aimerais encore mieux dégoter le manteau que Tisdall lui-même. Il faut absolument que je le retrouve !

— À propos de rasoir, vous ne pensez pas, inspecteur, qu'il a pu emporter le sien ?

— Je n'y avais pas pensé et je ne crois pas qu'il ait eu assez de présence d'esprit. Il est vrai que je ne le croyais pas non plus capable de songer à fuir. Où sont ses affaires ?

— Sanger a tout ramené dans la valise. Tout ce qu'il avait.

— Vérifiez si son rasoir y est. Mieux vaut s'assurer s'il est rasé ou non.

Il n'y avait pas de rasoir.

— Ça alors ! s'exclama Grant. Qui l'eût cru ?... « Vous me décevez, inspecteur », avait dit Tisdall en glissant tranquillement le rasoir dans sa poche et en combinant son évasion, tout ça sous les yeux d'un policier. Je suis le roi des imbéciles ! Je me suis trompé au sujet de ce gars-là, sergent. Du tout au tout. Quand je l'ai emmené après l'enquête judiciaire, je croyais avoir affaire à l'un de ces hystériques prêts à céder à leurs impulsions premières. Puis, après lecture du testament, j'ai changé d'avis mais je le prenais encore pour un pauvre type. Et maintenant je découvre qu'il se préparait à me filer sous le nez… et il a réussi son plan ! Ce n'est pas Tisdall le minus, c'est moi !

— Du courage, inspecteur. La chance n'est pas de notre côté pour le moment. Mais à nous deux, vous et moi, et personne d'autre – Dieu nous aide ! –, nous allons remettre à sa place cette brute impitoyable, déclara Williams avec passion.

Il ne se doutait pas que le meurtrier de Christine Clay allait être arrêté grâce à une petite femme assez sotte qui habitait Kansas City et qui n'avait jamais entendu parler d'aucun d'entre eux.

11

Erica freina et arrêta sa petite guimbarde. Puis, comme elle était allée trop loin, elle fit marche arrière sur quelques mètres et s'arrêta de nouveau. Intéressée, elle examina la semelle d'une chaussure d'homme, visible au milieu de la lande, puis regarda l'immense paysage vide et, brillant au soleil, le chemin droit et crayeux, long de deux kilomètres et bordé de véronique et d'armérie maritime.

— Vous pouvez sortir de là. Il n'y a personne en vue à des lieues à la ronde.

La semelle disparut et le visage ahuri d'un homme se montra dans les buissons.

— Ouf ! Je suis soulagée, souffla Erica. J'ai craint un moment que vous ne soyez mort.

— Comment avez-vous su que c'était moi ? Car vous saviez bien que c'était moi, je suppose ?

— Oui, il y a un drôle de dessin sur la cambrure de votre semelle à l'endroit où l'on a effacé le prix. Je l'avais noté lorsque vous étiez allongé par terre dans le bureau de mon père.

— Ah oui ! Je vois qui vous êtes, bien sûr. Vous feriez un très bon détective.

— Et vous, un très mauvais évadé. N'importe qui aurait pu voir ce pied.

— Vous ne m'avez guère laissé le temps de le cacher. Je n'ai entendu votre voiture que lorsqu'elle était presque sur moi.

— Alors, c'est que vous êtes sourd, car elle est l'objet de plaisanteries dans tout le comté, pauvre Tinny. Tout comme le chapeau de lady Middleway et la collection de coquillages du vieux Mr Dyne.

— Tinny ?

— Oui. Avant je l'appelais Christina, mais l'inévitable est arrivé… Impossible que vous ne l'ayez pas entendue.

— Peut-être me suis-je endormi une minute ou deux. Je… j'ai un peu de sommeil en retard.

— Je m'en doute. Vous avez faim ?

— Est-ce une question en l'air ? Ou… ou bien m'offrez-vous vraiment à manger ?

La jeune fille prit à l'arrière de la voiture une demi-douzaine de petits pains, un bocal de langue de bœuf en conserve, une demi-livre de beurre et quatre tomates.

— J'ai oublié l'ouvre-boîte, dit-elle en lui tendant le bocal, mais si vous tapez sur le couvercle d'un coup sec avec un caillou, vous ferez un trou.

Elle sortit un canif de sa poche, coupa en deux l'un des petits pains et se mit à le beurrer.

— Est-ce que vous transportez toujours de quoi manger dans votre voiture ? questionna-t-il, méfiant.

— Oui, toujours. J'ai très bon appétit et souvent je ne rentre pas chez moi de la journée. Voici le couteau. Coupez une tranche de langue et mettez-la là-dessus, continua-t-elle en lui tendant le pain beurré. Mais rendez-le-moi pour que je vous coupe un autre petit pain.

Il exécuta les ordres de la jeune fille, tandis que celle-ci lui préparait un nouveau sandwich. Elle détourna poliment les yeux, afin de ne pas l'obliger à jouer les indifférents devant cette nourriture. Il eût été bien en peine de le faire.

— Vous êtes consciente que tout ceci est très mal, j'imagine, dit le jeune homme quelques secondes plus tard.

— Et pourquoi est-ce mal ?

— Premièrement, vous venez en aide à un criminel en fuite, ce qui est mal en soi, et ça l'est doublement dans votre cas à vous, la fille de qui nous savons. Deuxièmement – et voilà qui est bien plus grave –, si j'étais ce qu'on croit, vous risqueriez le pire, à cette minute précise. Vous ne devriez pas faire des choses pareilles, vous savez.

— Si vous étiez un assassin, à quoi vous servirait-il de commettre un second crime pour m'empêcher de dire que je vous ai vu ?

— J'imagine que celui qui a commis un crime n'hésite pas à récidiver. Après tout, on n'est pendu qu'une seule fois… Alors, vous ne croyez donc pas que je sois l'assassin ?

— Absolument pas. J'en suis même convaincue.

— Pourquoi êtes-vous si sûre ?

— Parce que vous en êtes incapable.

— Merci ! dit-il, reconnaissant.

— Oh ! Je ne le disais pas dans ce sens-là.

— Ah, ah ! C'est ça, répliqua-t-il en esquissant un sourire. Déconcertant, mais cela vous ravigote tout de même. Vous ne seriez pas un peu menteuse, par hasard ?

— Oh, pour ce qui est de mentir, je suis déjà une championne !

— Il vous faudra mentir ce soir. À moins que vous n'ayez décidé de me laisser tomber.

— Je ne pense pas que quiconque me posera la moindre question, reprit-elle sans tenir compte de la dernière partie de sa remarque. Au fait, je ne trouve pas que la barbe vous aille bien.

— Moi non plus. J'ai emporté un rasoir mais je ne sais pas me débrouiller sans eau ni savon. Vous n'avez pas de savon dans la voiture, sans doute ?

— Eh non ! Je me lave moins souvent que je ne mange. Mais il y a un truc mousseux dans un flacon – *Snowdrop*, ça s'appelle – dont je me sers pour me laver les mains lorsque je change une roue. Ça vous conviendra peut-être, dit-elle en prenant le flacon dans la boîte à gants. Vous êtes probablement bien plus intelligent que je ne pensais.

— Pourquoi ?

— Pour avoir réussi à fausser compagnie à l'inspecteur Grant. Car il est très fort, c'est ce que dit mon père.

— Oui, il doit l'être. Si je n'avais pas eu une sainte horreur de me retrouver entre quatre murs, je n'aurais pas eu le courage de m'enfuir. En réalité, cette demi-heure a été la plus passionnante de ma vie. Je sais maintenant ce que veut dire vivre à cent à l'heure. Autrefois je pensais que cela signifiait avoir de l'argent et faire ce que l'on veut – une vingtaine de choses différentes dans la même journée. En fait, je n'en avais aucune expérience.

— C'était une fille bien, Christine Clay ?

Il parut troublé.

— C'est ce qui s'appelle sauter du coq à l'âne, dites-moi ! Oui, elle était extraordinaire, reprit-il après avoir un moment oublié de manger. Vous avez appris ce qu'elle a fait ? Elle savait que je n'avais plus d'argent et que je détestais le travail de bureau, alors elle m'a légué son ranch de Californie.

— Oui, j'étais au courant. J'ai entendu mon père et les autres en parler.

— Ah bon ? Et vous croyez encore à mon innocence ? Je ne dois pas valoir cher à vos yeux.

— Elle était très belle ?

— Vous ne l'avez donc jamais vue ? À l'écran, je veux dire.

— Non, je ne crois pas.

— Moi non plus. C'est curieux, n'est-ce pas ? Mais quand on voyage beaucoup, il y a un tas de films qu'on ne voit pas.

— Moi, je ne vais guère au cinéma. Pour en trouver un bon, il faut aller loin de là où nous habitons. Prenez encore un peu de langue.

— Elle voulait tant me rendre service, Chris ! Et, ironie du sort, elle a pratiquement signé mon arrêt de mort.

— Qui a bien pu faire ça ? Je suppose que vous n'en avez aucune idée ?

— Non, car je ne connaissais aucun de ses amis. Elle m'a recueilli un soir, c'est tout. Cela vous paraît choquant, j'imagine ? déclara-t-il en examinant la silhouette adolescente qui se trouvait face à lui.

— Pas du tout. Pas si, d'emblée, vous avez éprouvé de la sympathie l'un pour l'autre. Je crois beaucoup aux premières impressions.

— Je ne puis m'empêcher de penser que la police se trompe… Pour moi, c'était un accident, rien d'autre. Si vous aviez vu la campagne ce matin-là ! Complètement déserte. Une bonne heure au moins avant que quiconque ne s'éveille. Que quelqu'un se soit aventuré dehors pour tuer, à cette heure-là et à cet endroit-là, c'est presque impensable. Ce bouton pourrait n'être qu'une malencontreuse coïncidence, au fond.

— Si on retrouvait votre manteau avec tous ses boutons, est-ce que ce serait une preuve de votre innocence ?

— Oui, sans doute, car c'est apparemment le seul indice dont dispose la police. Mais vous en savez plus long que moi là-dessus, ajouta-t-il avec un petit sourire.

— Où étiez-vous quand vous avez perdu ce manteau ?

— Nous étions allés à Dymchurch, c'était le mardi. Nous sommes sortis de la voiture pour une promenade d'une demi-heure environ, le long de la mer. Nous laissions tout le temps nos manteaux dedans. Je n'ai pas eu besoin du mien avant de nous arrêter pour faire le plein, presque à mi-route, et je me suis retourné pour prendre le sac que Chris, en s'asseyant, avait jeté à l'arrière.

Le visage du jeune homme devint soudain écarlate et Erica le regarda, d'abord surprise puis embarrassée. Il était gêné d'avouer implicitement que c'était Chris qui payait et cet aveu l'humiliait davantage que toute accusation de meurtre. Cela, la jeune fille ne le comprit que plus tard.

— Mon manteau n'était plus là, alors, s'empressa-t-il d'ajouter. Il n'avait donc pu disparaître que lors de notre promenade.

— Des bohémiens ?

— Je ne pense pas. Je n'en ai pas vu… Plutôt quelqu'un qui passait là par hasard.

— Y a-t-il un indice particulier qui montre que le manteau est à vous ? Il faudra bien que vous le prouviez à la police.

— Mon nom sur la doublure… vous savez, sur ces étiquettes que mettent les tailleurs.

— Mais si quelqu'un a volé ce manteau, il aura commencé par enlever cette étiquette.

— Oui, oui, probablement. Mais il y a un autre détail, une petite brûlure de cigarette sous la poche droite.

— Voilà une meilleure preuve et elle arrangerait bien nos affaires.

— À condition qu'on mette la main sur ce manteau !

— Aucun voleur ne ramènerait un manteau à la police uniquement parce que celle-ci le recherche. Par ailleurs, ce ne sont pas les manteaux qui sont sur le dos des gens que la police recherche, mais les manteaux abandonnés. Jusqu'à présent, personne n'a rien fait pour retrouver le vôtre. Pour vous aider, je veux dire, pour apporter une preuve en votre faveur.

— Mais alors, que faire ?

— Vous rendre.

— Quoi !

— Vous constituer prisonnier. On vous fournira alors un avocat et tout. Et ce sera son boulot d'aller à la recherche du manteau.

— Jamais de la vie ! C'est impossible, mademoiselle dont-j'ignore-le-prénom.

— Erica.

— Erica. L'idée même d'être sous les verrous me rend fou.

— Claustrophobie ?

— Oui. Pourtant cela m'est égal de me trouver dans un espace clos lorsque je sais que je peux en sortir. Une grotte, par exemple… Mais entendre une porte se refermer à clé sur moi et n'avoir ensuite rien d'autre à faire que de rester assis là à ruminer… c'est absolument au-dessus de mes forces.

— Je le vois bien, à votre réaction. Dommage ! C'est de loin la solution la plus raisonnable. Qu'allez-vous faire maintenant ?

— Dormir à la belle étoile une fois de plus, je suppose. Il n'y a pas de signes de pluie.

— Vous n'avez pas d'amis qui puissent vous héberger ?

— Alors que je suis accusé de meurtre ? Vous vous faites une trop haute idée de l'amitié... Non, peut-être que non, ajouta-t-il sur le ton de la surprise, quelques instants plus tard. C'est tout simplement moi qui n'ai pas encore rencontré les gens qu'il faut.

— Dans ce cas, nous aurions intérêt à convenir de l'endroit où je pourrai vous apporter de quoi manger demain. Ici, si vous voulez.

— Non, je ne veux pas !

— Où, alors ?

— Nulle part.

— Pourquoi ?

— Parce que ce serait un délit. J'ignore quelle est la peine encourue, mais vous deviendriez une criminelle. Je ne peux pas l'accepter !

— Cela étant, personne ne peut m'empêcher de laisser tomber des paquets de ma voiture, si ? Il n'y a pas de loi qui l'interdise, que je sache. Ce sera tout à fait par hasard qu'un fromage, une miche de pain et des chocolats chuteraient dans ces buissons, demain matin. Il faut que je parte, à présent. La campagne paraît déserte, mais il suffit que vous laissiez votre voiture stationnée un moment pour qu'un curieux vienne pointer son nez.

Elle lança les restes du repas dans sa voiture et y remonta ; Tisdall voulut alors se lever.

— Ne commettez pas d'imprudence, dit-elle sèchement. Ne vous mettez pas debout.

Il pivota sur les genoux.

— Très bien. Vous ne pouvez pas m'interdire cette position. Et d'ailleurs, elle exprime bien mieux mes sentiments.

Elle ferma la portière et se pencha :

— Avec ou sans noisettes ?

— Quoi ?

— Le chocolat.

— Aux raisins, s'il vous plaît. Un jour, Erica Burgoyne, je vous couronnerai d'un diadème de rubis et vous avancerez sur des tapis d'une richesse telle que…

Mais la phrase se perdit dans les vrombissements de Tinny qui démarrait.

12

— Aimable, demanda Erica au palefrenier de son père, est-ce que vous avez des économies ?

Aimable interrompit la vérification de la note d'avoine, lui lança un rapide coup d'œil derrière ses paupières ridées, puis reprit son addition.

— Deux sous ! cria-t-il enfin comme s'il voulait cracher…

Il s'agissait encore des comptes et il en avait horreur. Erica attendit.

— Assez pour un enterrement décent, dit-il en remontant au haut de la colonne de chiffres.

— Ce n'est pas demain la veille qu'on vous enterrera ! Pourriez-vous me prêter dix livres ?

La mine du crayon se figea sur le bout de la langue d'Aimable et y laissa une tache violette.

— Tiens, tiens ! commenta-t-il. Qu'est-ce que vous avez encore fait ?

— Rien dans l'immédiat. En revanche, il y a des choses que je voudrais bien faire, seulement l'essence est hors de prix.

L'allusion à l'essence était une gaffe.

— Ah oui, pour la voiture, fit-il avec une pointe de jalousie car il détestait Tinny. Si c'est pour la voiture que vous avez besoin d'argent, pourquoi ne vous adressez-vous pas à Hart ?

— Ah ça non ! *Impossible !* (Erica était presque choquée.) Hart est trop nouveau ici.

Le chauffeur Hart, le petit nouveau, avait en fait onze ans de service.

Aimable sembla se radoucir.

— Il ne s'agit de rien de mal, le rassura-t-elle. Mon père me l'aurait donné ce soir au dîner – je parle de l'argent – s'il n'était pas allé chez oncle William… Quant aux femmes, elles sont si indiscrètes !

Cette remarque, qui concernait sans doute Nannie, lui fit reconquérir le terrain perdu à cause de l'essence. Aimable détestait Nannie.

— Dix livres ! C'est déjà un gros morceau pris sur mon cercueil ! ajouta-t-il en hochant la tête.

— Vous n'en aurez pas besoin avant samedi. J'ai huit livres à la banque, mais je ne veux pas perdre de temps demain matin à aller les retirer à Westover. Mon temps est beaucoup trop précieux actuellement. S'il m'arrive quoi que ce soit, vous êtes certain de récupérer ces huit livres de toute manière et mon père sera là pour les deux autres.

— Et qu'est-ce qui vous a poussée à vous adresser à Aimable ?

Il y avait une telle satisfaction dans sa voix que toute autre qu'Erica eût répondu : « Parce que vous êtes mon plus vieil ami » ; « Parce que vous m'avez toujours sortie des difficultés depuis mes trois ans lorsque vous m'aidiez à me mettre à califourchon sur un poney » ; « Parce que vous gardez vos pensées – et les miennes – pour vous » ; « Parce que, malgré votre mauvais caractère, vous êtes adorable ». Mais elle, Erica, répondit :

— Eh bien… C'est parce que j'ai toujours pensé que les boîtes à thé étaient plus pratiques que les banques.

— Quoi ? Comment ?

— Oh ! Je n'aurais peut-être pas dû le dire. C'est votre femme qui m'en a parlé. Un jour où je prenais le thé avec elle. Ce n'est pas sa faute, je vous assure. C'est moi qui ai vu les billets cachés au milieu du thé. J'ai pensé que ce n'était pas très hygiénique. Pour le thé, je veux dire. Mais quelle idée astucieuse !

Comme Aimable demeurait muet, elle ajouta :

— De toute façon, l'eau bouillante tue la plupart des microbes. De plus, conclut-elle – utilisant en guise d'argument ultime ce qui aurait dû lui servir d'entrée en matière –, à qui d'autre pourrais-je m'adresser ?

Elle prit le crayon de la main du palefrenier et au dos du programme du gymkhana local qui traînait sur la table de la sellerie, elle écrivit avec une application d'écolière :

Je dois la somme de dix livres à Bartholomew Aimable. Erica Meir Burgoyne.

— Ce papier fera l'affaire jusqu'à samedi, dit-elle. Au reste, mon carnet de chèques est terminé.

— Et dire que vous allez disperser l'argent des poignées de cuivre de mon cercueil dans tout le Kent, grommela Aimable.

— À mon avis, les poignées de cuivre font tape-à-l'œil. Le fer forgé conviendrait mieux !

Ils traversaient les jardins en direction de la maisonnette d'Aimable et de la boîte à thé, lorsque Erica demanda :

— Combien de prêteurs sur gages y a-t-il dans le comté ?

— Deux mille, peut-être bien.

— Oh là là ! soupira-t-elle, avant de clore la conversation.

Mais cette nuit-là, les deux mille prêteurs sur gages peuplèrent son sommeil et la réveillèrent en sursaut : deux mille, ça alors ! Toutefois, Aimable parlait sans rien savoir, bien sûr. Il n'avait sans doute, de sa vie, jamais mis au clou quoi que ce soit. Comment pouvait-il avoir la moindre idée du nombre de prêteurs sur gages dans tout un comté ? Pourtant, oui, il devait y en avoir pas mal. Même dans un comté riche comme le Kent. Elle n'en avait jamais remarqué un seul, probablement ne les remarquait-on que lorsqu'on en cherchait un. Tout comme les champignons.

Il était six heures et demie en ce matin calme et déjà chaud, lorsque Erica sortit Tinny du garage. Personne n'était encore debout dans la paisible maison blanche qui lui souriait. Tinny, habituellement bruyante, faisait, dans le silence de cette matinée d'été, un raffut épouvantable ! Et pour la première fois, Erica se sentit coupable de déloyauté à son égard. Exaspérée, oui, elle l'avait souvent été, furieuse même, mais une fureur de propriétaire, une colère de celles que l'on éprouve pour un être aimé. Jamais, ni sous le coup de l'indignation, ni au milieu des sarcasmes de ses amis, elle n'avait été tentée de désavouer Tinny. Encore moins de l'abandonner !

« Je vais être obligée d'acheter une voiture neuve », pensa calmement Erica qui grandissait.

Bringuebalant à travers les paisibles chemins ensoleillés, Tinny lâchait des teuf-teuf et des toussotements de rancœur, tandis qu'Erica, bien droite sur le siège démodé, songeait déjà à autre chose. La boîte à côté d'elle contenait un demi-poulet, des tartines beurrées, des tomates, des biscuits et une bouteille de lait. Avec ce « déjeuner de Miss Erica », les domestiques de Steynes avaient involontairement contribué à narguer la loi. Dans un papier d'emballage marron, un peu plus loin, se trouvait la participation personnelle d'Erica – moins raffinée mais plus substantielle – achetée au village, chez Mr Deeds, Épicerie et Produits indiens, les meilleurs produits de saison. C'est de chez lui que venaient ces tranches roses et luisantes de veau en gelée (« Vous les voulez vraiment aussi épaisses, Miss Erica ? »), mais il n'avait pas de chocolat aux raisins. On ne lui en demandait jamais.

Il n'était même pas venu à l'idée d'Erica qu'elle était fatiguée, qu'il restait moins d'une heure avant la fermeture des magasins et qu'une bonne tablette de chocolat noir convenait tout aussi bien à un homme affamé, même s'il avait une légère préférence pour le chocolat aux raisins. Non, Erica avait l'intuition – tout en étant incapable de la justifier – qu'un petit détail avait de l'importance pour les malheureux. Dans la chaleur et la poussière du soir, elle avait sillonné tous les villages environnants avec une détermination qui se renforçait chaque fois qu'elle se retrouvait bredouille. Tant et si bien que maintenant, il y avait, à côté d'elle dans la poche déchirée et béante de la portière, quatre tablettes de chocolat aux raisins : tout le stock de Mrs Higgs du village de Leytham. Elle avait dû la persuader d'interrompre son repas du soir (« C'est bien parce que c'est vous, Miss Burgoyne, je ne le ferais pour personne d'autre ») et de venir tourner l'énorme clé de sa petite porte à la peinture cloquée.

Il était plus de 7 heures lorsque Tinny pétarada à travers Mallingford assoupi, pour entrer dans la campagne chaude et dépourvue d'ombre qui s'étendait au-delà. Lorsqu'elle tourna dans le long chemin droit et crayeux où son œil perspicace de campagnarde avait, la veille, remarqué la chaussure, elle souhaita à Tisdall une meilleure cachette que ces buissons épineux. Pas pour s'abriter de la justice, mais du soleil de midi. On allait avoir une journée torride. Le jeune homme aurait grand besoin de la bouteille de lait et des tomates ! Elle se demandait s'il ne serait pas préférable de conduire le fugitif sous d'autres cieux. À Charing, par exemple. Il y avait assez d'arbres là-bas pour abriter une armée entière du soleil et de la police. Pourtant, Erica n'avait jamais été attirée par les bois où elle ne se sentait guère en sécurité. Il valait mieux souffrir de la chaleur dans ces buissons d'où la vue portait loin, plutôt que de se laisser surprendre par des inconnus dans la fraîcheur des arbres touffus. D'ailleurs, ce cher Tisdall pourrait bien décliner son offre.

La réponse du jeune homme ne faisait aucun doute, cependant la proposition ne lui fut jamais faite. De deux choses l'une, ou bien il dormait si profondément que même le vacarme de Tinny ne le réveilla pas, ou bien il avait quitté la région. La voiture fonça jusqu'au bout du chemin avec un bruit de locomotive, puis revint jusqu'à l'endroit où Erica s'était arrêtée la veille. Elle coupa le moteur et ce fut le silence, un silence total. Pas une alouette ne chantait, pas une ombre ne bougeait.

Elle attendit là, tranquillement, le regard fixe, les bras sur le volant, réfléchissant à ce qu'elle allait faire. Il ne fallait pas qu'elle ait l'air d'attendre quelqu'un, afin de ne pas éveiller de soupçons chez les paysans qui viendraient à passer. Vingt minutes durant, elle demeura assise, calme et indifférente. Puis elle s'étira, vérifia que personne ne venait sur le chemin et sortit. Il y a longtemps que Tisdall serait venu à elle s'il avait eu le désir de lui parler. Elle prit les deux paquets et le chocolat et les cacha à l'endroit où Tisdall était couché la veille. Elle y ajouta un paquet de cigarettes sorti d'une poche béante. Erica ne fumait pas – elle avait essayé, naturellement, cela ne lui avait pas plu et, avec la logique qui la caractérisait, elle avait arrêté. Elle ne savait pas si Tisdall fumait. Néanmoins, elle les avait apportées ainsi que des allumettes, au cas où. Erica ne faisait jamais rien à moitié.

Elle remonta dans la voiture, démarra et, sans hésitation ni un regard en arrière, descendit le chemin, les yeux et les pensées dirigés vers la côte et vers Dymchurch.

Elle avait l'intime conviction qu'aucun habitant de la région n'avait volé le manteau. Ayant toujours vécu à la campagne, elle savait bien qu'un pardessus gris anthracite tout neuf ne pouvait absolument pas passer inaperçu, même sur le type le plus insignifiant de toute la contrée. De plus, comme un paysan fréquente très peu les monts-de-piété, un manteau abandonné dans une voiture n'aurait pas à ses yeux la valeur marchande qu'il représenterait pour un vagabond. S'il était tenté par le vêtement, ce serait pour le porter ; sauf que les difficultés rencontrées pour justifier sa provenance lui feraient renoncer à le prendre. Donc, conclut Erica, le manteau avait été volé par un « type de passage ».

Cette déduction simplifiait les choses et les compliquait à la fois. Un « type de passage » se remarque beaucoup plus facilement qu'un habitant du cru, et il est donc plus aisé de l'identifier. Mais, d'un autre côté, un « type de passage », ça bouge et il est difficile de le suivre à la trace. En une semaine, le manteau volé avait pu voyager dans presque tout le Kent. Peut-être qu'à l'heure actuelle il se trouvait…

La faim donnait des ailes à l'imagination d'Erica. Lorsqu'elle arriva en vue de Dymchurch, elle avait déjà, grâce aux méthodes modernes de l'auto-stop et aux méthodes plus anciennes des traversées clandestines, posé le manteau sur le dos d'un secrétaire de la mairie de Bordeaux : un petit bonhomme pâlot avec une frêle petite femme et un bébé malingre, si bien que l'idée d'avoir à lui arracher le manteau, même pour venir en aide à Tisdall, lui fit mal au cœur.

Là-dessus, Erica s'aperçut qu'il était temps de manger. Le jeûne stimulait l'imagination, mais guère la logique. Elle freina à la vue du *Rising Sun* : « Relais du routier – Ouvert toute la nuit ». C'était une cabane en tôle, posée au bord de la route, telle une insignifiante boîte d'allumettes, jaune et violet, entourée de géraniums. À travers sa porte ouverte en signe d'hospitalité, le bruit des voix flottait dans l'air chaud.

Deux costauds occupaient la salle minuscule. Le patron coupait d'épaisses tranches de pain frais, tandis que l'autre, avec un bruit énorme, lapait un liquide bouillant dans une immense tasse. À la vue de la jeune fille sur le seuil, tous deux s'immobilisèrent instantanément.

— Bonjour, lança Erica au milieu du silence.

— Salut, mademoiselle, dit le patron. Une tasse de thé, peut-être ?

— Hum… (Erica regarda autour d'elle.) Vous n'avez pas de bacon, par hasard ?

— Si, et du meilleur, lança l'homme avec empressement. Il fond dans la bouche.

— Mettez-m'en deux belles tranches.

— Avec des œufs, peut-être ?

— Oui, trois.

Le tenancier allongea le cou vers la porte et constata que la fille était bel et bien seule.

— Bravo, fit-il… C'est formidable de trouver une jeune fille sachant encore apprécier ce qui est bon. Asseyez-vous, mademoiselle.

Du coin de son tablier il essuya une chaise métallique.

— Le bacon sera prêt dans une minute… Mince ou épais ?

— Épais, s'il vous plaît… Bonjour, dit-elle à l'autre homme, lui portant une attention toute particulière, tandis qu'elle s'asseyait et devenait donc sa compagne de table. C'est à vous le camion qui est dehors ? Moi, j'ai toujours eu envie d'en conduire un.

— Ah bon ! Et moi, j'ai toujours eu envie d'être funambule !

— Vous n'avez guère le physique de l'emploi, riposta Erica avec le plus grand sérieux. Il vaut mieux vous en tenir au camion.

Le patron s'arrêta de couper le bacon et se mit à rire.

Le camionneur, comprenant que l'ironie tombait à plat devant un esprit si terre à terre, se détendit et se fit aimable.

— Ah oui ! Ça nous change de voir des dames, hein, Bill ?

— Cela vous arrive souvent, non ? demanda Erica. Je croyais que les routiers avaient du succès.

Puis, avant que l'homme éberlué n'eût le temps de se demander si la petite maigrichonne était impolie, provocante ou tout simplement directe, elle ajouta :

— À propos, vous arrive-t-il de prendre des vagabonds en auto-stop ?

— Jamais ! répondit avec empressement le chauffeur, heureux de se sentir sur un terrain plus sûr.

— Dommage. Je m'intéresse à eux.

— Par charité chrétienne ? demanda Bill tout en tournant le bacon qui grésillait dans la poêle.

— Non, par intérêt littéraire.

— Quoi ? Vous écrivez un livre ?

— Pas exactement. Je me documente pour un ami. Même si vous n'en prenez pas en stop, vous devez bien en voir souvent, insista-t-elle.

— Pas le temps de voir qui que ce soit, quand on conduit des engins comme ça.

— Parle-lui de Harrogate Harry, lui souffla Bill qui cassait les œufs. Je l'ai vu dans ton camion un jour de la semaine dernière.

— Faux ! Tu n'as vu personne dans mon camion.

— Allons ! Cette petite demoiselle est très bien et elle n'est pas du genre à colporter que tu as pris en stop un drôle de vagabond.

— Harrogate n'est pas un vagabond.

— Qu'est-ce qu'il est, alors ? s'enquit Erica.

— C'est un marchand de vaisselle… Ambulant.

— Ah oui ! Un bol bleu et blanc en échange d'une peau de lapin.

— Non, pas du tout ! Il répare les anses de théières et toutes sortes de trucs.

— Je vois. Et ça rapporte ? ajouta-t-elle pour maintenir le chauffeur sur le sujet.

— Assez pour vivre. Et puis, à l'occasion, il chine un vieux manteau ou une paire de chaussures.

Erica se tut un instant, se demandant si les deux hommes entendaient les battements de son cœur aussi bien qu'elle les entendait elle-même… Un vieux manteau, à l'occasion ! Que dire maintenant ? Elle n'allait tout de même pas lui demander si le vagabond portait un manteau le jour où il l'avait vu ! Ce serait le plus sûr moyen de se trahir.

— Un homme intéressant, dit-elle enfin. (Puis, s'adressant à Bill :) La moutarde, s'il vous plaît... J'aimerais bien le connaître. Mais il est sans doute à l'autre bout du comté, à cette heure. Quel jour l'avez-vous vu ?

— Voyons... Je l'ai pris à la sortie de Dymchurch et je l'ai déposé près de Tonbridge. Ça fera huit jours lundi.

Donc ce n'était pas Harrogate. Quel dommage ! Elle avait vu en lui la piste idéale, à cause de l'intérêt qu'il portait aux manteaux et aux chaussures, à cause de son humeur vagabonde et de ses liens amicaux avec les routiers, lesquels sont des gens capables de sortir rapidement un homme d'une région hostile. Et voilà !... Il ne servait à rien de croire que les choses allaient être aussi faciles que cela.

Bill posa la moutarde près de son assiette.

— Ce n'était pas lundi, dit-il. Non pas que cela change grand-chose, mais Jimmy était ici ce jour-là et il livrait de la marchandise lorsque tu es passé. C'était mardi.

Cela ne changeait pas grand-chose ? Erica prit une grande bouchée d'œufs et de bacon pour calmer son cœur frémissant.

Il y eut quelques secondes de silence au *Rising Sun*, pour la bonne raison qu'Erica, comme les hommes, avait l'habitude de se taire en mangeant, mais aussi parce qu'elle ne voyait pas encore ce qu'il serait à la fois tactique et utile de dire maintenant. L'angoisse l'étreignit lorsque le chauffeur repoussa sa tasse et se leva pour partir.

— Mais vous ne m'avez rien dit de Harrogate... comment l'appelez-vous déjà ?

— Il n'y a rien à en dire.

— Comment ! Ça doit être sacrément passionnant, un réparateur de faïence ambulant. Je serais vraiment ravie de faire sa connaissance et de discuter avec lui.

— Ce n'est pas un garçon bavard.

— Je le paierais bien de sa peine.

Bill se mit à rire.

— Y a qu'à donner cinq shillings à Harrogate pour lui délier la langue. Et pour dix, il vous racontera comment il a découvert le pôle Sud.

Erica se tourna vers le plus sympathique de ses deux compagnons.

— Et vous, vous le connaissez ? Il a un domicile fixe ?

— En hiver, il ne bouge guère, je crois. Mais en été, il dort sous une tente.

— Il habite avec Queenie Webster, quelque part près de Pembury, coupa le chauffeur, assez mécontent de se voir voler la vedette par Bill.

Il jeta quelques pièces sur la table récurée et se dirigea vers la porte.

— Puisque vous avez l'intention de payer quelqu'un, moi, à votre place, je commencerais par graisser la patte de Queenie.

— Merci, répondit Erica. Je m'en souviendrai. Merci bien pour votre aide.

La chaleur naturelle de son merci le fit s'arrêter. Du seuil, il la regarda et dit :

— Bizarre qu'une fille comme vous qui a si bon appétit s'intéresse aux vagabonds !

Puis il se dirigea vers son camion.

13

Poussée par son appétit, Erica prit encore du pain, de la confiture d'oranges et plusieurs tasses de thé, mais ce faisant, elle n'obtint que de maigres informations. Car Bill, pourtant tout disposé à lui être agréable, ne savait pas grand-chose de Harrogate Harry. Il lui fallait donc décider si, oui ou non, elle allait quitter la chaleur de la région de Dymchurch pour entrer dans la froide région de Tonbridge, sur les traces de ce Harry inconnu et insaisissable.

— Tous ces marchands ambulants sont-ils honnêtes, à votre avis ? demanda-t-elle en payant l'addition.

— Ho… honnêtes, dit Bill après mûre réflexion ; honnêtes, oui, sauf que… l'occasion fait le larron, si vous voyez ce que je veux dire.

Erica voyait. Pas un seul vagabond sur cinquante ne refuserait le cadeau d'un manteau abandonné dans une voiture. De plus, Harrogate Harry adorait faire l'acquisition de manteaux et de chaussures. Or, il était passé à Dymchurch le mardi de la semaine précédente. Il lui fallait donc suivre à travers la campagne écrasée de soleil les traces de ce raccommodeur de faïence et le rattraper. Si la nuit la surprenait dans ses recherches, il lui faudrait inventer quelque mensonge rassurant pour justifier, par téléphone, son absence à son père. Pour la première fois, au cours de cette croisade volontaire, l'obligation de mentir la fit souffrir. Jamais, jusqu'à présent, elle n'avait dû cacher à son père aucune de ses fredaines. Et voilà qu'en quelques heures son honnêteté était mise à l'épreuve pour la deuxième fois. Sa déloyauté envers Tinny ne l'avait pas troublée, mais mentir à son père !

Après tout, il était encore tôt et, à cette époque, les jours étaient longs et, même si la voiture se faisait vieille, elle ne tombait jamais en panne. Si la chance continuait à lui sourire, Erica pourrait donc dormir dans son lit à Steynes, ce soir… De retour à Steynes… *avec le manteau* !

Cette idée lui coupa le souffle.

Elle prit congé de Bill qui l'admirait déjà, lui promit de vanter ses petits déjeuners à tous ses amis, puis elle lança Tinny vers le nord-ouest, à travers la campagne brûlante et fleurie. L'éclat du soleil rendait les routes éblouissantes et, à l'horizon, l'air commençait à onduler. La voiture s'échinait vaillamment dans la fournaise et elle devint bientôt une vraie serre. Erica, qui était pressée, devait cependant s'arrêter fréquemment, ouvrir les portières pour laisser Tinny se refroidir. C'était dit, il lui fallait une autre voiture !

Près de Kippings Cross, sur la grand-route de Tonbridge, elle refit, par tactique, ce qui lui avait si bien réussi par hasard : elle s'arrêta pour déjeuner à une cabane au bord de la route. Pourtant, cette fois, la chance n'était pas au rendez-vous. La patronne était une femme enjouée, intarissable, mais peu intéressée par les vagabonds. Comme toute femme, elle manifestait de l'intolérance à l'égard des bons à rien, et « elle ne voulait pas encourager les mendiants ». Erica prit un repas frugal et but son café en savourant ces quelques minutes à l'ombre. Elle ne tarda pas à se lever et à repartir en quête d'un endroit plus *favorable*. Cet adjectif ne concernait bien évidemment pas la nourriture, mais d'éventuelles informations.

Avec un courage au-delà de tout éloge, elle détourna les yeux d'une multitude de jardins verdoyants et frais dont les nappes de couleurs gaies luisaient comme des pierres humides parmi les ombres. Ce luxe n'était pas pour elle ce jour-là, les salons de thé n'ouvraient pas leurs portes aux vagabonds.

Elle bifurqua vers Goudhurst, à la recherche d'une auberge. En effet, il y avait toujours de la vaisselle à réparer dans les auberges, et comme Harrogate habitait par là, on devait sûrement le connaître.

Elle prit une assiette de viande froide et une salade dans une salle aussi belle que toutes celles de Steynes, et elle pria pour que, sur sa table, au moins l'un des plats soit fêlé. Aussi faillit-elle hurler de joie lorsqu'on lui servit les fruits au sirop dans une coupe cassée.

« Oh oui, convint la serveuse, c'est une bien jolie coupe. – A-t-elle de la valeur ou pas ? » Elle l'ignorait, car elle ne travaillait ici que pendant la saison (comprenez : quel intérêt peut avoir un petit article ménager pour une fille qui a le monde entier pour horizon !). Il devait bien y avoir quelqu'un sur place pour réparer leur vaisselle, mais elle n'en savait rien. Elle pouvait s'informer, bien sûr.

L'aubergiste, auquel on avait demandé qui avait si bien réparé la coupe de porcelaine, répondit qu'elle avait été achetée en l'état, dans un lot au cours d'une vente à Matfield Green. De toute façon, la réparation était si ancienne que le raccommodeur devait être mort. Pourtant, si la demoiselle avait besoin de quelqu'un pour lui réparer une porcelaine, il y en avait un bon, du nom de Palmer, qui passait de temps à autre. Il était capable, lorsqu'il était à jeun (mais il fallait s'en assurer), de recoller cinquante morceaux sans que rien y paraisse.

Après avoir entendu énumérer les qualités et les défauts de Palmer, Erica demanda s'il était le seul de la région.

Le seul connu du propriétaire, oui. Mais le meilleur de tous, c'était Harry, disait-on.

— Harry ?

C'était son nom, bien qu'on l'appelât Harrogate Harry. Non, le patron ignorait où on pouvait le trouver. Il avait cru comprendre qu'il vivait sous une tente, du côté de Brenchley. Évidemment pas très fréquentable pour une jeune fille seule, se devait-il d'ajouter. Harry était loin d'être un citoyen exemplaire.

Erica reprit sa route sous la chaleur, toute ragaillardie d'apprendre que, des jours durant, parfois des semaines, Harry ne bougeait pas de sa tente. Il y passait son temps à boire, dès qu'il avait gagné un peu d'argent.

Pour aller voir un raccommodeur de faïence, l'accessoire indispensable c'est, bien sûr, une porcelaine cassée. Erica entra dans Tunbridge Wells, espérant que sa grand-tante, qui vivait tristement à Calverly Park, faisait la sieste pour digérer les gâteaux auxquels elle n'avait pas droit et qu'elle ne se promenait pas sous les tilleuls. Là, chez un antiquaire, elle utilisa une partie de l'argent destiné au cercueil d'Aimable à l'achat futile d'une danseuse en porcelaine de Saxe. Elle revint vers Pembury et, à l'abri d'un chemin creux, dans le calme de l'après-midi, elle laissa tomber la statuette sur le marchepied de la voiture. Mais la danseuse était coriace. Erica eut beau la saisir par les pieds et la cogner contre le montant de la portière, elle ne se brisa pas. Pour finir, par peur de la réduire en miettes en frappant encore plus fort, elle lui arracha un bras entre le pouce et l'index. Et voilà, elle tenait son passeport pour Harrogate Harry.

Il n'est pas facile de demander des renseignements sur un vagabond susceptible d'avoir volé un manteau. Rien de plus normal, en revanche, que de rechercher un raccommodeur de faïence : cela n'éveille ni surprise ni soupçon chez les gens interrogés. Quatre-vingt-dix minutes plus tard, Erica se trouvait en face de Harrogate, et elle y serait encore arrivée plus vite si la tente n'avait pas été à l'écart de toute route carrossable. Elle dut d'abord emprunter un chemin muletier à travers bois, impraticable pour Tinny la versatile, puis traverser une lande aride d'où l'on découvrait toute la vallée de la Medway, et enfin un second bois sur toute sa longueur, jusqu'à une clairière où serpentait un ruisseau qui coulait vers une mare aux eaux sombres.

Erica aurait préféré que la tente ne se trouvât pas dans un bois. Depuis sa petite enfance, elle avait toujours été intrépide par nature (c'était ce genre d'enfant dont les adultes disent, à l'occasion d'une chasse à courre : « En voilà une qui n'a peur de rien ! ») mais, indéniablement, elle détestait les forêts, car elle aimait voir au loin. Et, si le ruisseau courait clair et gai sous le soleil, la mare vers laquelle il descendait était profonde et sinistre. Une de ces cuvettes d'eau noire, bien cachées, sur lesquelles on tombe soudain, plus fréquemment dans le Sussex que dans le Kent.

Lorsqu'elle déboucha dans la clairière, la statuette à la main, un chien se précipita vers elle, brisant le silence de ses protestations hystériques. Et à ces aboiements, une femme parut à l'entrée de la tente et regarda venir l'adolescente. Elle était très grande, droite et large d'épaules, si bien qu'Erica avait l'impression insensée que cette longue approche, sur un terrain découvert, devrait se terminer par une révérence de sa part.

— Bonjour, lança-t-elle avec entrain, par-dessus les vociférations du chien.

La femme demeura impassible.

— J'ai une porcelaine, poursuivit Erica… Ne pourriez-vous pas faire taire ce chien ?

Elles se trouvaient maintenant face à face et n'étaient séparées que par les hurlements de l'animal.

La femme donna un coup de pied dans les côtes du chien qui se tut, et dans le silence on entendit de nouveau le murmure du ruisseau.

Erica montra sa figurine brisée.

— Harry ! appela la femme dont les yeux noirs inquisiteurs ne quittaient pas la jeune fille.

Harry se montra à l'entrée de la tente : un petit homme à la figure de fouine, aux yeux injectés de sang et visiblement d'une humeur exécrable.

— Du boulot pour toi.

— Je ne travaille pas aujourd'hui, dit Harry en crachant par terre.

— Oh ! Désolée. On m'a dit que vous étiez un excellent raccommodeur de faïence.

La femme prit la statuette et le bras cassé.

— Il travaille, dit-elle.

Harry cracha de nouveau et prit les morceaux.

— Vous avez l'argent pour payer ? demanda-t-il d'un ton bourru.

— Ce sera combien ?

— Deux shillings.

— Deux shillings et demi, corrigea la femme.

— Oui, j'aurai assez.

Il rentra sous la tente et sa compagne demeura plantée à l'entrée de sorte qu'Erica ne put le suivre ni rien voir. Inconsciemment, lorsqu'elle avait imaginé ce moment, elle s'était toujours représentée à l'intérieur de la tente où elle distinguait déjà le manteau plié dans un coin. Et voilà qu'on l'empêchait même de regarder à l'intérieur !

— Ce ne sera pas long, dit Queenie. Le temps de vous tailler un sifflet dans le frêne, et ce sera prêt.

Le petit visage réfléchi de l'adolescente fut éclairé par un de ses rares sourires.

— Vous croyez que je ne sais pas le faire ?

En effet, le défi que cette femme venait de lui lancer avait été comme une gifle assenée sur la joue d'une soi-disant citadine.

À l'aide de son canif, Erica coupa un bout de bois, le façonna, l'entailla et le trempa dans le ruisseau, avec l'espoir d'amadouer ainsi Queenie et son partenaire. Elle allait même jusqu'à espérer qu'elle mettrait la dernière main à la fabrication du sifflet, sous la tente, en la compagnie amicale du réparateur de sa statuette. Mais dès qu'elle s'approcha de la tente, Queenie cessa de ramasser du bois mort pour venir monter la garde. Et Erica se retrouva en possession du sifflet terminé et de la porcelaine réparée, sans que ses recherches aient progressé d'un pouce depuis qu'elle avait quitté sa voiture sur la route. Elle en aurait pleuré.

Elle sortit son petit porte-monnaie (elle avait horreur des sacs à main), paya ses deux shillings et demi, et la vue des billets pliés dans la deuxième poche, prêts à venir au secours de Tisdall, la remplit de désespoir. Malgré elle, elle demanda à l'homme :

— Qu'avez-vous fait du manteau que vous avez pris à Dymchurch ?

Après un moment de silence total, elle se hâta d'ajouter :

— Je n'ai pas l'intention de faire quoi que ce soit. Porter plainte ou autre chose. Mais j'ai absolument besoin de ce manteau. Je suis prête à vous l'acheter si vous l'avez toujours. Ou si vous l'avez mis en gage…

— Tu manques pas de culot, toi ! rétorqua Harry qui laissa éclater sa colère. Venir ici demander un petit travail à un homme, pour l'accuser ensuite de toutes sortes de crimes et délits. Fiche-moi le camp d'ici avant que j'me mette en colère pour de bon et que j't'en colle une. Petite effrontée… et langue de vipère, avec ça. J'ai bien envie d'te l'arracher c'te foutue langue, de ta foutue tête et même de…

La femme le repoussa et, intimidante, toisa Erica de toute sa hauteur.

— Qu'est-ce qui vous fait penser que mon homme a pris un manteau ?

— Le manteau qu'il portait lorsque Jake, le camionneur, l'a pris en stop, il y a une semaine mardi dernier, a été volé dans une voiture à Dymchurch. Nous en sommes certains.

Elle espérait que le pluriel pèserait de tout son poids et que sa voix ne trahissait pas ses incertitudes. Tous deux avaient l'air innocents et indignés.

— Nous n'avons pas l'intention de vous poursuivre ; nous voulons récupérer le vêtement, tout simplement. Je vous donnerai une livre, ajouta-t-elle, voyant qu'ils allaient l'insulter à nouveau.

Elle vit l'expression de leur regard changer et, en dépit de sa situation dangereuse, elle se sentit envahie par un intense soulagement : cet homme était vraiment SON homme. Ces gens savaient bien de quel manteau elle parlait.

— Au cas où vous l'auriez mis au clou, je vous donnerai dix shillings si vous m'indiquez l'endroit.

— À quoi ça vous sert, tout ça ? demanda la femme. Qu'est-ce que vous voulez faire, vous, avec un manteau d'homme ?

— Je n'ai jamais parlé d'un manteau d'homme.

Un sentiment de jubilation la traversa comme une décharge électrique.

— Aucune importance ! rétorqua Queenie qui rejeta avec impatience et brutalité toute nouvelle échappatoire. Quel intérêt a-t-il pour vous ?

Si Erica parlait de meurtre, ils prendraient peur tous les deux et affirmeraient avec la dernière énergie qu'ils ne savaient rien de ce manteau. Elle avait, en effet, souvent entendu son père parler de l'horreur qu'éprouvaient les petits délinquants devant un crime de sang. Ils étaient capables du pire pour éviter d'être mêlés, même de loin, à un meurtre.

— Je veux éviter des ennuis à Hart, dit-elle. Il n'aurait jamais dû s'éloigner de la voiture. Le propriétaire revient demain et s'il ne retrouve pas son manteau, Hart perdra son emploi.

— C'est qui, ce Art ? demanda la femme. Votre frère ?

— Non, notre chauffeur.

— Votre chauffeur ? ricana Harry qui n'avait pas le cœur à s'amuser. Elle est bien bonne ! Et vous avez aussi deux Rolls-Royce et cinq Bentley, j'imagine !

De ses petits yeux rougis, il détailla ses vêtements trop courts et tout élimés.

— Non, simplement une Lanchester et ma vieille Morris.

Puis, comme ils persistaient à ne pas la croire, elle ajouta :

— Je m'appelle Erica Burgoyne et mon père est officier de police.

— Ouais ! Et moi, je m'appelle John D. Rockefeller et mon père était le duc de Wellington.

Erica souleva sa courte jupe en tweed, saisit l'élastique du short de sport qu'elle portait été comme hiver et, d'un mouvement du pouce, lui montra le côté intérieur de la ceinture.

— Vous pouvez lire ?

— ERICA M. BURGOYNE, lut l'homme, stupéfait, sur l'étiquette griffée.

— C'est une grande erreur de se montrer trop sceptique, déclara-t-elle en relâchant brusquement la ceinture élastique.

— Alors, c'est pour un chauffeur que vous faites ça, hein ? rétorqua, narquois, Harry qui essayait de reconquérir le terrain perdu. C'est beaucoup de tracas pour un simple chauffeur !

— Je suis follement amoureuse de lui, dit Erica sur le ton de celui qui, pour finir, commande : « Et une boîte d'allumettes, s'il vous plaît. »

Au club de théâtre de l'école, elle s'était toujours occupée du rideau… Cette déclaration ne les émut guère car ils avaient l'esprit bien trop préoccupé par l'appât du gain.

— Combien ? demanda la femme.

— Pour le manteau ?

— Non. Pour vous indiquer où il se trouve.

— Dix shillings, je vous l'ai déjà dit.

— C'est pas assez !

— Qu'est-ce qui me prouve que vous allez me dire la vérité ?

— Et qu'est-ce qui nous prouve, à nous, que vous dites la vérité ?

— Bon, je vous donnerai une livre. Et je devrai, en plus, payer le prêteur sur gages !

— Ce n'est pas un prêteur, corrigea l'homme. Je l'ai vendu à un casseur de pierres.

— Comment !... gémit désespérément Erica. Alors, il va falloir que j'aille à la recherche de quelqu'un d'autre ?

— Non, pas la peine. Passe-moi le fric et je te dirai où le trouver.

Elle sortit un billet d'une livre et le lui montra :

— Alors ?

— Il travaille au carrefour de Five Wents, sur la route de Paddock Wood. Et s'il n'est pas là, il a une bicoque à Capel, près de l'église.

Erica lui tendit le billet, mais la femme avait réussi à voir le contenu du porte-monnaie.

— Attends, Harry ! Elle va payer plus.

Elle se posta entre Erica et le sentier qui traversait le bois.

— Je ne vous donnerai pas un penny de plus, coupa la jeune fille.

Elle avait peur du silence, de la mare aux eaux noires, elle avait horreur des bois. Son indignation fut la plus forte.

— C'est du vol ! s'écria-t-elle.

La femme voulut s'emparer du porte-monnaie, mais l'adolescente avait participé l'hiver précédent à des matches de hockey dans l'équipe de son école. Aussi, à son grand étonnement, lorsque Queenie tendit sa main avide, ce n'est pas sur le porte-monnaie qu'elle tomba mais sur l'autre bras d'Erica qui la projeta vers le haut, puis vint lui frapper le visage avec une violence surprenante. Erica esquiva alors la masse imposante de la femme et se mit à courir à travers la clairière, exactement comme elle s'était entraînée à esquiver et à courir tout au long de nombreux après-midi d'hiver avec plus ou moins d'enthousiasme.

Elle les entendit se lancer à sa poursuite et se demanda ce qu'ils lui feraient s'ils la rattrapaient. Elle ne craignait pas la femme ; en revanche, l'homme, petit et mince, courait peut-être très vite, tout gros buveur qu'il était. De plus, il connaissait le sentier, tandis qu'elle, en passant du soleil lumineux à l'ombre des arbres, le distinguait à peine. Elle regretta de ne pas avoir glissé que quelqu'un l'attendait dans la voiture. C'eût été…

Son pied buta contre une racine et elle roula plusieurs fois sur elle-même.

Elle entendit les pas sourds de l'homme qui résonnaient sur le sol mou du sentier et, en redressant la tête, elle aperçut son visage comme s'il nageait vers elle par-dessus les broussailles. En quelques secondes, il serait sur elle. Si sa chute avait été lourde, c'est qu'elle serrait quelque chose dans chaque main. Elle regarda ce qu'elle tenait, sa porcelaine dans l'une, et dans l'autre son porte-monnaie et… le sifflet.

Le sifflet ! Elle le porta à ses lèvres et siffla une sorte d'appel. Un son long, puis un son bref. Comme un signal codé.

En l'entendant, l'homme s'arrêta, à quelques mètres d'elle seulement, sur ses gardes.

— Hart ! cria-t-elle de toute la force de ses excellents poumons. Hart !

Et elle siffla derechef.

— Ça va ! dit l'homme, ça va. Tu peux aller retrouver ton Hart. Mais je raconterai un jour à ton père ce qui se passe autour de chez lui. Et m'est avis que ça te coûtera bien plus de quelques livres, ma belle !

— Adieu, cria Erica. Et remerciez votre femme de ma part pour le sifflet.

14

— Ce qu'il vous faut, inspecteur, c'est du repos et un peu de détente, naturellement, déclara le chef de la police du comté qui enfilait son imperméable. Vous vous surmenez beaucoup trop. Cela ne va vous mener nulle part, sinon au cimetière. Nous voici vendredi et je parie que, de toute la semaine, vous n'avez pas eu une seule bonne nuit, ni un seul repas convenable. C'est ridicule ! Il ne faut pas prendre la chose trop à cœur. Il y a toujours eu des criminels à prendre la fuite et il y en aura encore.

— Pas lorsque je les tiens.

— Il fallait donc bien que cela vous arrive un jour ! C'était vraiment votre tour, c'est tout ce qu'on peut dire. Tout le monde commet des erreurs. En effet, qui aurait pu penser qu'une porte au fond d'une chambre était une sortie de secours ?

— J'aurais dû regarder dans les placards.

— Allons, inspecteur !

— Le premier s'ouvrait de mon côté si bien que j'ai pu voir l'intérieur. Et avant qu'il n'ait ouvert le second, il avait endormi mes soupçons et…

— Je vous l'ai dit : vous êtes en train de perdre le sens de la mesure ! Si vous ne partez pas quelque temps, vous verrez des placards partout. Vous allez, comme le dit votre sergent Williams, « vous tuer à la tâche ». D'ailleurs vous venez dîner à la maison ce soir, et il n'y a pas de « mais » qui tienne, car nous n'habitons qu'à trente kilomètres d'ici.

— Mais entre-temps, il peut se produire…

— Nous avons le téléphone. Erica a beaucoup insisté et a parlé de commander des glaces spécialement pour vous. Vous aimez les glaces ? De toute façon, elle a quelque chose à vous montrer, a-t-elle dit.

— Des petits chiens ? demanda Grant avec un sourire.

— Je n'en sais rien. Probablement que oui. Il n'y a pas une seule période de l'année, je crois bien, où nous n'ayons pas à Steynes une mise bas quelconque… Voici votre excellent adjoint. Bonsoir, sergent.

— Bonsoir, chef, dit Williams dont les joues étaient restées roses depuis sa collation du soir.

— J'emmène l'inspecteur dîner chez moi.

— J'en suis ravi, chef. Cela lui fera du bien de prendre un vrai repas.

— Voici mon numéro de téléphone, pour le cas où vous auriez besoin de joindre votre supérieur.

En voyant souffler avec impétuosité un tel esprit d'entraide sur la corporation, le sourire de Grant s'élargit. Il était épuisé et sa semaine avait été un long purgatoire. L'idée de s'attabler dans une pièce tranquille, en la compagnie de gens peu pressés, était pour lui comme le retour à un mode de vie agréable, connu il y a bien longtemps et à demi oublié. D'un geste machinal, il rangea les papiers sur son bureau.

— Pour citer une des expressions favorites du sergent Williams : « En tant que policier, je ne suis qu'un âne. » Merci beaucoup. Je suis enchanté de votre invitation. Et c'est très gentil de la part d'Erica d'avoir pensé à moi ! acheva-t-il en prenant son chapeau.

— Elle a la plus haute opinion de vous. Habituellement, rien ni personne ne l'impressionne, mais vous, vous êtes le grand chef, semble-t-il.

— Et pourtant, j'ai un rival plutôt pittoresque, je crois.

— Oui, plutôt. Le cirque Olympia ! Je ne connais pas grand-chose à l'art d'élever les enfants, vous savez, Grant, confia-t-il en remuant ses souvenirs, alors qu'ils se dirigeaient vers la voiture. Erica est ma fille unique. Sa mère est morte à sa naissance et j'ai voulu faire de la petite une compagne, en quelque sorte, au lieu de la confier à une garderie. D'ailleurs, sa vieille nourrice et moi, nous n'étions jamais d'accord là-dessus. Très à cheval sur l'étiquette et tout, Nannie. Puis elle est allée à l'école. Là, chacun doit trouver sa place. C'est ça, l'éducation, apprendre à vivre avec les gens. Cela ne lui a pas beaucoup plu, mais elle s'est accrochée, car elle a un sacré courage, cette petite.

— Je trouve que c'est une enfant charmante, lança Grant chaleureusement pour contrer l'air soucieux du chef de la police et le ton qu'il avait pris pour se justifier.

— Voilà, Grant ! Voilà justement le problème. Ce n'est plus une enfant. Elle devrait sortir, aller danser, passer quelque temps en ville chez ses tantes, rencontrer des gens. Mais elle ne veut pas. Elle préfère rester à la maison et vivre comme une sauvageonne. Les belles toilettes, les colifichets, toutes les choses qu'on aime à son âge, ne lui disent rien du tout. Elle a seize ans et ça me tracasse. Car elle a pris l'habitude de vadrouiller ici et là avec sa petite voiture. La moitié du temps, je ne sais pas où elle a bien pu aller. Oh ! Elle me le dit, si je lui demande, car elle dit toujours la vérité, cette enfant. Mais ça me tracasse.

— Vous avez tort. Elle saura faire son propre bonheur, vous verrez. Il est très rare de rencontrer une jeune fille de cet âge qui sait si bien ce qu'elle veut.

— Euh, euh, bafouilla Burgoyne, et qui sait l'obtenir ! George sera là aussi ce soir. George Meir. Un cousin de ma femme. Vous le connaissez peut-être ? Spécialiste des maladies nerveuses.

— Je le connais très bien de réputation, mais je ne l'ai jamais rencontré.

— C'est Erica qui l'a invité. Un gentil garçon, George, bien qu'un peu rasoir. Les trois quarts du temps, je ne comprends rien à ce qu'il raconte, à ses réactions et à tout le reste ! Bah, Erica semble décrypter son jargon. Un excellent fusil, au demeurant, et un brave type !

Sir George était un brave type, assurément, et il plut tout de suite à Grant. Mais à la vue de ses pommettes étroites, l'inspecteur pensa que cet homme devait sûrement faire oublier son physique par d'autres qualités qui pesaient de tout leur poids sur Erica. C'était une personne agréable, qui n'avait certes ni le brio ni la condescendance que l'on rencontrait habituellement chez ses confrères de Wimpole Street. Il sut compatir à l'échec de Grant sans le froisser, démontrant ainsi sa valeur. En fait, Grant se tourna vers lui dans ses déboires, comme vers quelqu'un qui le comprendrait. Voilà un homme qui devait côtoyer quotidiennement l'échec.

Burgoyne avait interdit toute allusion à l'affaire Clay pendant le dîner, mais il eût été plus facile d'arrêter le mouvement des marées ! À peine en avait-on fini avec le poisson que chacun, le chef de la police compris, parlait de Tisdall. Seule Erica, modestement vêtue de la robe blanche qu'elle portait le soir au pensionnat, se taisait et écoutait calmement. Elle s'était légèrement poudré le nez ce soir-là, sans paraître plus âgée pour autant.

— Nous n'avons pas retrouvé sa trace, commenta Grant en réponse à une question de Meir. Depuis l'instant où il a quitté l'hôtel, on ne l'a plus revu. Nous avons bien reçu des douzaines de gens qui prétendaient l'avoir vu, mais ces témoignages n'ont rien donné. Nous n'avons pas progressé d'un pouce depuis lundi dernier. Il a pu passer les trois premières nuits à la belle étoile. Or vous savez ce qui est tombé la nuit dernière ? Il a plu à torrents. Même un animal n'aurait pas pu rester sous ce déluge, et si Tisdall est encore vivant, il a dû trouver un abri. Car il n'était pas local, cet orage : tout est inondé d'ici à la Tyne. Malgré cela, vingt-quatre heures se sont encore écoulées sans nous apporter le moindre indice.

— Il n'a pas pu s'enfuir par la mer ?

— Peu probable. C'est plutôt curieux, mais pas un criminel sur mille ne se sauve ainsi.

— Voilà ce qu'on appelle une race d'insulaires ! s'exclama Meir en riant. La mer est la dernière chose à laquelle ils pensent. Est-ce que vous vous rendez compte, inspecteur, que depuis une demi-heure que nous en parlons, vous nous avez fait une description très vivante de ce jeune homme. Et je crois que vous avez encore clarifié autre chose, quelque chose dont vous-même vous ne vous rendez pas compte.

— Quoi donc ?

— Au tréfonds de vous-même, vous avez été surpris qu'il soit coupable. Peut-être même navré, car vous n'y aviez vraiment pas cru.

— C'est exact, et vous en auriez vous-même été navré, sir George, dit Grant avec une grimace. Il trompe son homme. Il s'en est tenu à la vérité aussi longtemps qu'elle l'a servi. Je vous l'ai dit, nous avons contrôlé de bout en bout ses déclarations et elles ont toutes été avérées, aussi loin que nous avons pu pousser les vérifications. Reste cependant l'histoire du vol de la voiture ! Et de son manteau perdu… ce manteau d'une importance capitale !

— Si étrange que cela paraisse, l'épisode du vol de la voiture ne me paraît pas aussi invraisemblable qu'il en a l'air. Depuis des semaines il n'avait qu'une idée en tête, prendre la fuite. Il voulait fuir la honte d'avoir gaspillé sa fortune, fuir les gens – ces gens qu'il a commencé, semble-t-il, à apprécier à leur juste valeur –, fuir la nécessité de recommencer à gagner sa vie – pour un garçon qui avait fréquenté des personnes influentes, le vagabondage et le vol d'une voiture étaient des notions tout aussi folles l'une que l'autre : nous voici donc revenus au mobile de la fuite – et enfin, fuir l'équivoque de sa situation dans cette petite maison. Il envisageait probablement, avec une frayeur inconsciente, les adieux qui l'attendaient un ou deux jours plus tard. De plus, il était dans un état de grande nervosité résultant d'un dégoût de soi et d'incertitudes personnelles – au fond, ce qu'il voulait, c'était se fuir lui-même. Et voilà qu'à 6 heures du matin, alors que le monde s'éveille à peine, se présente à lui le moyen de fuir réellement : une campagne déserte et une voiture abandonnée. Il se laisse emporter par son obsession et lorsqu'il se ressaisit, il est épouvanté, ainsi qu'il vous l'a expliqué. Sans une seconde d'hésitation, il fait demi-tour et revient à toute allure. Jusqu'à son dernier jour, il ne s'expliquera pas ce qui l'a poussé à voler cette voiture.

— Si l'on vous écoutait, vous autres, les spécialistes, observa le chef de la police avec une espèce de résignation acerbe, le vol ne serait bientôt plus un crime.

— Votre analyse n'est pas mauvaise, accorda Grant à Meir. Mais pouvez-vous donner plus d'épaisseur à cette histoire de manteau… plutôt mince ?

— La vérité est parfois terriblement ténue, ce n'est pas votre avis ?

— Sous-entendez-vous que cet homme est peut-être innocent ?

— C'est bien ce que j'avais pensé.

— Et pourquoi donc ?

— Parce que je me fie à votre jugement, rétorqua Meir.

— Mon jugement à moi ?

— Oui. Vous avez été étonné que ce jeune homme ait pu faire cela, ce qui veut dire que des preuves indirectes sont venues obscurcir votre première impression.

— En vérité, j'ai autant de logique que d'imagination, Dieu merci, puisque je suis officier de police. Les preuves, si elles sont indirectes, restent claires et très satisfaisantes malgré tout.

— Beaucoup trop claires, vous ne trouvez pas ?

— Lord Edward me l'a déjà dit. Néanmoins, aucune preuve n'est trop claire pour un policier, sir George.

— Pauvre Champneis ! s'exclama le chef de la police, c'est terrible pour lui. Ils étaient très unis, me dit-on. C'était un gentil garçon, je ne le connaissais pas, mais j'ai connu la famille étant jeune. De braves gens. C'est terrible pour eux !

— Je suis remonté avec lui depuis Douvres, jeudi, reprit Meir. J'étais rentré par Calais, de retour d'un congrès médical à Vienne, et lui, en digne aristocrate, rejoignait le train débarqué du ferry à Douvres. Il paraissait très heureux de rentrer et il m'a montré des topazes achetées en Galeria pour sa femme. Ils correspondaient tous les jours par télégramme, semblait-il, et franchement je dois dire que cela m'a impressionné plus que les topazes, quand on sait le coût des dépêches en Europe.

— Pardonnez-moi, sir George. Vous voulez dire que Champneis n'avait pas pris le bateau à Calais ?

— Non, bien sûr que non. Il est revenu sur le *Petronel*, le yacht de son frère aîné, que celui-ci lui avait prêté pour le retour. Un beau petit bateau, ancré au port de Douvres.

— Dans ce cas, quand lord Edward est-il arrivé à Douvres ?

— La veille au soir, je crois, trop tard pour remonter à Londres.

Il se tut pour jeter à Grant un regard plein de malice.

— Ni la logique ni l'imagination ne feront d'Edward Champneis un suspect.

— J'en suis bien conscient, riposta Grant qui se remit à dénoyauter sa pêche, opération qu'il avait brusquement interrompue lorsque Meir avait parlé de Champneis et du train. Cela n'a pas d'importance, mais nous autres policiers avons la manie de tout vérifier.

Pourtant, son esprit restait en proie à bien des questions et bien des hypothèses. Champneis lui avait nettement laissé entendre, sans vraiment l'exprimer, qu'il était arrivé de Calais le jeudi matin. Grant avait fait une vague allusion à l'agencement des cabines sur ces nouveaux bateaux, et la réponse de Champneis laissait supposer qu'il était à bord ce matin-là. Pourquoi ? Edward Champneis se trouvait à Douvres le mercredi soir et ne voulait pas qu'on le sache. Pourquoi ? Au nom de la logique, pourquoi donc ? Un silence embarrassé suivit la révélation du retour de Champneis en Angleterre. Grant en profita pour lancer sa petite remarque :

— Miss Erica ne m'a pas encore montré ce qu'elle voulait me faire voir, ses chiots, ou je ne sais trop quoi.

À la surprise générale, Erica rougit. Réaction si rare chez elle que les trois hommes en ouvrirent de grands yeux.

— Il ne s'agit pas de chiots, dit-elle, mais de quelque chose dont vous aviez grande envie. Pourtant, j'ai bien peur que cela ne vous fasse pas plaisir.

— C'est passionnant, tout ça ! s'exclama l'inspecteur.

Il se demandait ce que l'adolescente avait bien pu imaginer pour lui faire plaisir. Elle n'était tout de même pas allée jusqu'à lui acheter quoi que ce soit ! Le culte des héros, soit, cependant ce serait si gênant de recevoir un cadeau au vu et au su de tout le monde !

— Où le cachez-vous, cet objet ? demanda Grant.

— Dans ma chambre, empaqueté. Je voulais attendre que vous ayez fini votre porto.

— C'est quelque chose que l'on peut montrer dans une salle à manger ? intervint son père.

— Évidemment.

— Alors, Burt va aller le chercher.

— Oh non ! s'écria-t-elle, arrêtant la main de son père sur la sonnette. J'y vais. J'en ai pour une seconde.

Elle revint, tenant un grand paquet enveloppé de papier d'emballage, ce qui fit dire à son père qu'il ressemblait à un colis de l'Armée du Salut. Elle l'ouvrit et exhiba un manteau d'homme de couleur gris anthracite.

— Voilà le manteau que vous cherchiez, dit-elle, mais il n'y manque aucun bouton.

Grant prit machinalement le vêtement et l'examina.

— Où diable as-tu trouvé cela, Erica ? demanda son père, interloqué.

— Je l'ai acheté pour dix shillings à un casseur de pierres, à Paddock Wood. Il en avait donné cinq à un vagabond et estimait avoir fait une si bonne affaire qu'il ne voulait pas s'en séparer. J'ai dû prendre du thé froid avec lui, écouter tous les exploits de son régiment le 1er juillet, puis examiner la trace d'une balle sur son tibia, avant qu'il n'accepte de lâcher le manteau. Je ne voulais pas partir et le lui laisser, car il aurait pu le vendre à quelqu'un d'autre ou peut-être n'aurais-je plus jamais retrouvé cet homme.

— Qu'est-ce qui vous fait croire que c'est le manteau de Tisdall ? l'interrogea Grant.

— Ça, dit-elle en désignant la brûlure de cigarette. Il me l'avait signalée.

— Qui donc ?

— Mr Tisdall !

— Qui ? s'écrièrent les trois hommes d'une seule voix.

— Je l'ai rencontré par hasard mercredi et depuis ce jour-là je suis à la recherche de ce vêtement. J'ai eu de la chance de mettre la main dessus.

— Vous l'avez vu ! Où ça ?

— Dans un petit chemin près de Mallingford.

— Et vous n'en avez pas parlé ? lui reprocha Grant avec sévérité.

— Non, répondit-elle d'une voix légèrement tremblante. Vous comprenez, reprit-elle en recouvrant son assurance, j'étais convaincue qu'il n'était pas coupable. Vous le savez, je vous aime beaucoup. Alors j'ai pensé que ce serait mieux pour vous si, avant que vous ne décidiez de l'arrêter, on pouvait fournir la preuve de son innocence, car cela vous éviterait l'humiliation de devoir le relâcher. Les journaux auraient raconté des horreurs là-dessus.

Un silence stupéfait s'ensuivit…

— Et ce mercredi-là, Tisdall vous a recommandé de chercher ça ? questionna Grant en montrant la brûlure, tandis que les autres se déplaçaient pour l'examiner.

— Aucun bouton ne semble avoir été remplacé, dit Meir. Croyez-vous que ce soit le manteau de Tisdall ?

— Cela se peut. Impossible de l'essayer sur Tisdall, mais Mrs Pitts le reconnaîtra peut-être.

— Mais… mais, bégaya le chef de la police, si c'est bien ce manteau-là, vous avez conscience de ce que cela signifie ?

— Tout à fait ! Repartir de zéro.

Ses yeux las, que la déception rendait froids, croisèrent les yeux gris et affectueux de la jeune fille, mais l'inspecteur refusait la sympathie dont ils étaient remplis. Il était encore trop tôt pour voir en elle un sauveur potentiel. Pour l'heure, elle était tout simplement celle qui lui mettait des bâtons dans les roues.

— Il faut que je rentre, dit-il. Puis-je me servir de votre téléphone ?

15

Mrs Pitts reconnut le manteau. Car elle l'avait fait sécher près du feu de la cuisine, un jour où une Thermos d'eau chaude avait coulé dessus. Elle avait alors remarqué la brûlure de cigarette.

Le sergent Williams interrogea le fermier qui avait identifié la voiture de Tisdall et constata qu'il était daltonien.

La vérité crevait les yeux. On avait bel et bien volé le manteau de Tisdall dans la voiture le mardi. C'était vrai qu'il avait quitté la Crique en voiture. Mais il n'avait pas tué Christine Clay.

Ce vendredi, à 11 heures du soir, Grant se rendit compte qu'il en était exactement au même point que la semaine précédente, où, après avoir annulé une place de théâtre, il était descendu à Westover. Pire encore, ils avaient obligé un innocent à fuir et à se cacher, et ils avaient perdu une semaine sur une fausse piste, permettant ainsi au coupable de s'échapper.

L'esprit de Grant était un fouillis de bribes et d'éléments disparates.

Harmer. Le voici qui revenait sur le devant de la scène. Certes, on avait vérifié son récit. On savait de manière certaine qu'il avait interrogé le propriétaire du verger ainsi que la receveuse de la poste de Liddlestone, aux jours et heures mentionnés par lui. Mais ensuite ? On ignorait tout de ses faits et gestes jusqu'à 8 heures environ le lendemain matin, heure à laquelle il était arrivé dans la petite maison de Medley.

Et – chose incroyable ! – il y avait aussi Edward Champneis, qui avait rapporté des topazes à son épouse, mais qui, pour une raison inconnue, refusait de révéler à la police son emploi du temps de ce mercredi soir. Cela expliquerait son désir de laisser croire à Grant qu'il avait débarqué en Angleterre le jeudi matin. Pourtant, il n'était pas rentré subrepticement en Angleterre, car un yacht n'est pas précisément le moyen le plus discret de débarquer dans un port très fréquenté. De plus, le capitaine du port et les douaniers sont des gens curieux par nature. Ce n'était donc pas son retour lui-même qu'il voulait dissimuler, plutôt la façon dont il avait ensuite employé son temps. Plus l'inspecteur y réfléchissait, plus il trouvait cela bizarre. Champneis était à Douvres le mercredi soir. Le jeudi matin à 6 heures, sa chère épouse avait trouvé la mort. Et il ne voulait pas que l'on enquête sur ses allées et venues. Oui, très bizarre !

Il y avait encore ce « shilling pour des bougies ». Ce détail qui avait d'abord retenu son intérêt et qu'il avait ensuite négligé au profit de pistes plus solides, ce détail, il faudrait l'étudier de près.

Les journaux du samedi matin, déjà fatigués de rabâcher, quatre jours durant, les mêmes informations sur cette chasse à l'homme, annoncèrent l'heureuse nouvelle : le suspect était innocent, car « la police disposait d'éléments nouveaux ». On espérait donc que Tisdall réapparaîtrait avant la nuit, et voilà pourquoi journalistes et photographes s'attardaient autour du siège de la police du comté, à Westover avec, semble-t-il, plus d'optimisme que de logique. Il y avait, en effet, autant de chances que le fugitif se présente ailleurs, à des kilomètres de là.

Or Tisdall ne se présenta nulle part.

Grant en éprouva quelque surprise, encore que tous ses soucis ne lui laissèrent guère le loisir d'y songer. Il se demandait pourquoi il ne venait pas à l'esprit de Tisdall l'idée de se mettre à l'abri de la pluie. Il avait encore plu le vendredi soir, le vent d'est avait soufflé et la journée du samedi avait été ponctuée d'averses. Logiquement, il aurait dû être content de trouver un poste de police. On était sûr, en effet, qu'aucun de ses anciens amis ne lui offrait son toit, car on les avait efficacement filés pendant les quatre jours où il était recherché. L'inspecteur en déduisit que Tisdall n'avait pas encore lu un seul journal et chassa cette pensée de son esprit.

Il avait mis toute la machine officielle en branle pour découvrir la trace du frère de Christine Clay, il avait lancé une série d'enquêtes afin de prouver que Jason Harmer avait eu un manteau de couleur foncée qu'il avait récemment abandonné et auquel il manquait un bouton. Et il avait personnellement mené l'enquête sur lord Edward Champneis. Avec sa lucidité habituelle, il se dit qu'il n'avait nullement l'intention d'aller demander à Champneis de justifier son emploi du temps du mercredi soir. D'une part, ce serait très embarrassant si ce dernier apportait la preuve qu'il avait dormi toute la nuit paisiblement dans sa cabine, ou bien chez lord Warden, ou bien encore qu'il avait un très solide alibi. D'autre part – impossible d'échapper à cette réalité –, on ne pouvait exiger des explications de l'héritier d'une famille ducale comme on le faisait d'un marchand des quatre-saisons. Quel monde pourri, assurément, mais il faut bien accepter des compromis !

Grant apprit que le *Petronel* avait mis le cap sur Cowes où Giles Champneis, son propriétaire, vivrait à bord pendant la semaine des régates. Le dimanche matin, Grant prit donc l'avion pour Gosport, puis traversa en bateau le Spithead étincelant de lumière, pour gagner l'île de Wight. Les lames écumantes, fouettées la veille par la pluie, avaient maintenant fait place à des eaux méditerranéennes d'un bleu enchanteur. L'été anglais était vraiment digne de son nom.

Grant jeta les journaux du dimanche sur le siège à côté de lui et se préparait à jouir de la traversée. C'est alors que son regard tomba sur le gros titre du *Sunday Newsreel :* « TOUTE LA VÉRITÉ SUR LA JEUNESSE DE CLAY ». Et une fois de plus l'affaire occupa son esprit. Le dimanche précédent, le *Sunday Wire* avait rempli ses pages centrales d'un article à vous arracher des larmes, sous la signature de ce prince des journalistes, Jammy Hopkins. Il s'agissait d'une interview de Miss Helen Cozens qui avait, semble-t-il, travaillé comme dentellière à la fabrique en même temps que Christine Clay. Cette ancienne collègue parlait avec émotion de l'attachement de Chris à sa famille, de son caractère heureux, de la perfection de son travail, des nombreux services qu'elle avait été en mesure de lui rendre, et Hopkins terminait son article en mettant en parallèle les deux destinées. L'une de ces deux amies, faisait-il remarquer, était montée jusqu'au firmament, avait procuré du bonheur à des millions de gens et illuminé le monde entier. Mais il y avait d'autres destins qui, pour être moins spectaculaires, n'en étaient pas moins nobles. C'était le cas de Helen Cozens qui, en se dévouant, dans son petit deux-pièces, auprès d'une mère à la santé fragile, avait connu une destinée non moins merveilleuse, non moins digne de l'admiration des hommes. C'était un bon article qui avait apporté à Hopkins beaucoup de satisfaction.

Et voici que le *Sunday Newsreel* publiait une interview qui fit sourire Grant pour la première fois depuis huit jours. La femme interrogée s'appelait Meg Hindler. Elle avait été autrefois ouvrière et était maintenant mère de huit enfants. Elle se demandait de quoi diable se mêlait cette satanée vieille fille de Nell Cozens et espérait bien qu'on lui ferait mordre la poussière pour tous ses mensonges, et si sa mère buvait, rien d'étonnant avec cette grincheuse de fille à la langue de vipère. Tout le monde savait, en effet, que Christina Gotobed avait quitté l'atelier, et la ville, bien avant que l'épouvantable Nell Cozens n'y travaille.

L'article n'était pas aussi catégorique, mais c'était parfaitement clair pour qui savait lire entre les lignes.

En revanche, Meg avait vraiment connu Christine et parlait d'elle comme d'une fille tranquille qui s'efforçait constamment de faire des progrès, mais qui n'était guère aimée de ses collègues. Orpheline de père, elle vivait avec sa mère et son frère en location dans une maisonnette de trois pièces. Le frère, son aîné, était le préféré de la mère. Chris avait dix-sept ans lorsque celle-ci mourut, et les deux enfants quittèrent Nottingham où ils n'avaient pas de racines. Personne ne les regretta, surtout pas les gens qui n'y étaient arrivés que bien des années plus tard.

Grant se demanda quelle tête ferait Hopkins lorsqu'il se rendrait compte que la très imaginative Nell l'avait mené en bateau. Le frère aîné avait donc été le chouchou de sa mère ? Grant s'étonna du prix à payer pour cela. *Un shilling pour des bougies*. Quelle dissension familiale avait donc laissé des traces au point que Christine ait voulu l'immortaliser dans son testament ? Bon, c'était assez ! Les journalistes se croyaient malins, néanmoins Scotland Yard avait des méthodes et des moyens dont ne disposait pas la presse, si puissante fût-elle. Et dès qu'il rentrerait le soir, il trouverait sur son bureau toutes les étapes de la jeunesse de Christine Clay, détaillées en long et en large. Il posa le *Sunday Wire* et prit, dans le tas, le *Sunday Telegraph*. Celui-ci avait toute une série d'articles sur le sujet, méthode facile pour remplir une page élégamment et à peu de frais. Tout le monde, depuis l'archevêque de Cantorbéry jusqu'à Jason Harmer, avait exprimé son opinion personnelle sur Christine Clay et l'influence qu'elle avait eue sur le cinéma. Ce journal raffolait de sujets tels que l'influence des artistes sur leur art. Même les boxeurs ne racontaient pas leurs combats, ils expliquaient leur art. Tous ces petits articles idiots étaient banals, sauf celui de Jason qui, sous des expressions un peu mièvres, disait les choses avec une farouche sincérité. Marta Hallard parlait avec élégance de son génie et, pour une fois, s'abstenait de s'apitoyer sur ses origines modestes. L'héritier du trône d'un pays européen exaltait sa beauté ; un aviateur célèbre vantait son courage et un ambassadeur, son esprit. Le *Sunday Telegraph* avait dû payer une fortune en téléphone !

Grant passa alors au *Courier* dont les pages centrales, écrites par Miss Lydia Keats, débordaient de détails sur les signes du zodiaque. Sa popularité avait subi une éclipse au cours de ces derniers jours auprès de ses intimes qui estimaient que, si elle avait prédit la mort de Christine Clay avec autant de netteté, c'était tout de même une faiblesse de sa part d'avoir omis toute allusion au meurtre, ce petit détail. Le grand public, lui, la portait aux nues. Elle n'avait rien d'un charlatan. Elle avait affirmé en public, plusieurs mois auparavant, ce que les astres avaient prédit pour Christine Clay, et sa prophétie s'était révélée exacte. Or, s'il y a une chose que le public aime bien, c'est de voir une prédiction se réaliser. Les gens se calaient dans leurs coussins, frissonnant de plaisir, pour en réclamer davantage. Et Lydia leur en donnait. En petits caractères, à la fin de l'article, les lecteurs étaient informés que, grâce à la générosité du *Courier*, l'infaillible Miss Keats pouvait, contre un shilling, établir leur horoscope. Il suffisait, pour cela, de détacher le coupon de la dernière page.

Grant glissa les journaux sous son bras et s'apprêta à quitter le bateau. Il observa un marin qui amarrait le sien et se prit à regretter de n'avoir pas choisi une profession où l'on avait affaire à des choses plutôt qu'à des gens.

Le *Petronel* étant ancré dans la rade. Grant loua un canot pour s'y faire conduire à la rame. Sur le pont, un vieux marin fourra sa pipe dans sa poche et se prépara à le recevoir. L'inspecteur lui demanda si lord Giles était à bord, alors qu'il savait pertinemment que celui-ci se trouvait dans le Buckinghamshire. Apprenant qu'on ne l'attendait que dans une semaine, Grant s'efforça de paraître navré et demanda à monter à bord, car Giles lui aurait certainement fait visiter le yacht. L'homme de pont se montra ravi et loquace. Comme il était seul et s'ennuyait ferme, ce serait pour lui une agréable distraction de faire les honneurs du bateau à cet élégant ami de lord Giles, d'autant plus qu'un pourboire viendrait sans nul doute le récompenser. Grant, s'il se lassa un peu de tous les détails, trouva cependant la visite très instructive. Lorsqu'il fit des commentaires sur le luxe des cabines, le marin lui révéla que lord Giles n'était pas homme à dormir à terre s'il pouvait l'éviter : il n'était jamais plus heureux que sur la mer.

— Ce qui n'est pas le cas de lord Edward, observa Grant, et le marin de rire sous cape.

— Non, pour sûr ! Lord Edward mettait pied à terre à la minute même où le canot accostait, ou dès qu'une haussière était jetée à quai.

— Je suppose qu'il est allé chez les Beecher le soir où vous avez mouillé à Douvres ?

L'homme ne savait pas au juste où lord Edward avait couché, pas à bord, en tout cas. En fait, on ne l'avait pas revu. Ses bagages à main avaient été envoyés au train et le reste à Londres. À cause du malheur qui avait frappé sa dame, bien sûr. Grant l'avait-il vue au cinéma ? C'était une actrice. Et si extraordinaire ! Terrible, n'est-ce pas, tout ce qui arrivait aux bonnes familles, de nos jours. Même des meurtres ! Les temps avaient changé, parole !

— Je n'en suis pas si certain, commenta Grant. À en croire mes manuels d'histoire, le meurtre était un passe-temps dans les vieilles familles anglaises.

Le marin fut si content de son pourboire qu'il proposa à son visiteur une tasse de chocolat. L'inspecteur déclina l'invitation pour aller téléphoner à Scotland Yard. Sur le canot du retour, il se demanda ce qu'avait fait Champneis lors de la nuit à terre. Avait-il été chez des amis ? C'était l'explication la plus plausible. Mais dans ce cas, pourquoi ce désir de ne pas attirer l'attention ? Plus Grant y réfléchissait, plus il lui semblait que la dissimulation était contraire au caractère de Champneis. Cet homme agissait au grand jour comme bon lui semblait et se moquait pas mal de l'opinion d'autrui et des conséquences de ses actes. Il était donc difficile de l'associer à toute activité secrète et cette pensée même le mena vers une conclusion logique et presque terrifiante. Ce n'était pas une petite chose que Champneis avait à cacher et il fallait une affaire d'une très grande importance pour le pousser jusqu'au mensonge. Grant pouvait donc écarter la piste d'une quelconque liaison, d'autant plus que Champneis avait, pour ainsi dire, la réputation d'un homme austère. Mais si on écartait l'idée d'une liaison amoureuse, que restait-il ? Quelle activité éventuelle un homme de la trempe de Champneis cherchait-il donc à cacher ? Si ce n'est un meurtre !

Le meurtre était tout à fait possible. Ce calme tranquille une fois mis en miettes, sait-on jamais quelles passions peuvent éclater ? D'une fidélité exemplaire lui-même, cet homme en exigeait autant des autres et se montrait implacable face au parjure. En supposant que… Il y avait Harmer. Si les collègues de Christine Clay avaient peut-être gardé des doutes sur les relations amoureuses de l'actrice et de Harmer, le beau monde, lui, auquel les relations de travail étaient étrangères, n'en avait aucun. Champneis en était-il venu à le croire aussi ? L'amour que Christine et lui éprouvaient l'un pour l'autre était certes paisible, mais son orgueil, fragile et passionné, était capable de voler en éclats. S'était-il rendu… ? Voilà une piste possible ! S'était-il rendu en voiture, ce soir-là, jusqu'à la maison de Christine ? Il était, en somme, le seul à savoir où se trouvait sa femme dont presque tous les télégrammes lui étaient destinés. Il était arrivé à Douvres, c'est-à-dire à une heure de route seulement de Medley. Quoi de plus normal que d'aller en voiture la surprendre ? Et alors…

Un film se déroula dans la tête de Grant. La petite maison par un soir d'été, les fenêtres éclairées ouvertes sur la nuit, de sorte que, de l'extérieur, chaque mot devient audible et presque chaque geste perceptible. Et dans le jardin, au milieu de l'épais massif de rosiers, un homme debout, immobilisé par le bruit des voix. Il est là, silencieux, figé, aux aguets. Bientôt, les lumières s'éteignent. Et peu après, la silhouette cachée dans le jardin s'éloigne. Pour aller où ? Pour aller réfléchir à la manière dont il rentrerait chez lui ? Pour aller ruminer sa situation de cocu ? Pour aller arpenter les falaises jusqu'au matin ? Pour aller la voir descendre à la plage, toute seule, à l'improviste ? Pour aller…

L'inspecteur se secoua et décrocha le téléphone.

— Edward Champneis n'a pas passé la nuit de mercredi à bord, dit-il quand il put avoir la communication. Je veux savoir où il était. Et n'oubliez pas que la discrétion est essentielle. Vous allez peut-être apprendre qu'il était avec le gouverneur des Cinq-Ports ou quelque chose de semblable, même si cela m'étonnerait fort. Tâchez donc d'envoyer un homme amadouer son valet de chambre, inspecter sa garde-robe et mettre la main sur un manteau de couleur foncée. Notre meilleur atout, vous savez, c'est que personne en dehors de la police n'est au courant pour ce bouton. Le fait que nous ayons demandé que l'on nous apporte tout manteau abandonné n'a guère fourni d'indice au public. À mon avis, il y a neuf chances sur dix pour que le vêtement soit toujours entre les mains de son propriétaire. En effet, on attire moins l'attention en gardant chez soi un manteau, même avec un bouton en moins, qu'en s'en débarrassant. Du reste, ce SOS n'était qu'une circulaire à l'usage interne de la police et non un appel adressé au public. Par conséquent, examinez de près la garde-robe de Champneis… Non, je ne possède rien de spécial sur lui… Oui, c'est de la folie, je le sais. Cela dit, je ne veux plus courir un seul risque dans cette affaire. Seulement, au nom du ciel, soyez discret ! J'ai déjà assez d'ennuis comme ça. Quelles sont les nouvelles ? Tisdall a-t-il reparu ? Bon, mais il se présentera cette nuit sûrement. Les journalistes souffleraient un peu, car ils l'attendent fiévreusement. Où en est-on du dossier Clay ? Ah ! Vine est-il revenu de son entretien avec l'habilleuse – comment s'appelle-t-elle ? Bundle… Non ? D'accord, je rentre immédiatement à Londres.

Grant raccrocha et refoula vivement de son esprit la crainte qui l'assaillait. Mais bien entendu, Tisdall était sain et sauf. Quel danger courait un adulte dans la campagne anglaise, en plein été ? Aucun doute, il était sain et sauf.

16

Le dossier sur Christine Clay s'étoffait. Henry Gotobed avait été charpentier dans un domaine près de Long Eaton et avait épousé une blanchisseuse du château. Il avait été tué par une batteuse et – parce que le père et le grand-père de son mari avaient été domestiques dans ce domaine, mais aussi parce qu'elle n'avait pas une assez bonne santé pour travailler – sa veuve avait touché une modeste pension. Son petit pavillon de Long Eaton ayant dû être libéré, elle avait emmené ses deux enfants à Nottingham où il était plus facile de leur trouver un emploi stable. La fille avait douze ans à l'époque, et le garçon quatorze. Ensuite, assez curieusement, il avait été difficile d'obtenir des informations sur cette famille. Des renseignements autres que la simple fiche d'état civil, en tout cas. Pourtant, à la campagne, les changements sont lents, les centres d'intérêt limités et les souvenirs vivaces. Mais, dans la vie fluctuante de la ville, une famille qui ne reste que six mois dans la même maison avant de déménager encore ne suscite qu'une curiosité bien mince, si tant est qu'elle en suscite.

Meg Hindler, qui avait fait la une du *Newsreel*, était la seule à avoir fourni au dossier une contribution utile. C'était une grosse femme à la voix sonore, de nature joviale, qui, d'une main, giflait sa nombreuse progéniture et la caressait de l'autre. Elle exécrait toujours Nell Cozens, mais lorsqu'elle parvenait à l'oublier, elle était une mine d'informations. Elle se souvenait des Gotobed, non pas parce qu'ils avaient laissé des traces impérissables, mais parce qu'elle avait vécu avec ses parents sur le même palier qu'eux, et qu'elle avait travaillé dans le même atelier que Christine. Toutes deux rentraient donc parfois ensemble. Elle n'éprouvait pour sa collègue qu'une amitié assez tiède et naturellement, elle n'était pas d'accord avec ses idées de grandeur. Si on était obligé de gagner sa vie en travaillant à l'usine, alors il n'y avait qu'à travailler à l'usine, sans faire d'histoires ! Non pas que Chris fît tant d'histoires, mais elle avait une de ces façons de secouer de ses vêtements la poussière de l'atelier, exactement comme si c'était de la saleté. Et puis, elle portait toujours un chapeau et faisait bien des manières avec cet accessoire tout à fait superflu. Elle adorait sa mère qui, elle, n'avait d'yeux que pour Herbert. Un sale type, ce Herbert. Une loque humaine, visqueux, sournois, content de lui, toujours prêt à quémander. On n'en trouverait pas deux comme lui à mille lieues à la ronde. Il n'empêche que pour Mrs Gotobed, son fils était un dieu. Pourtant, il rendait la vie impossible à sa sœur. Celle-ci avait extorqué à sa mère des leçons de danse – leçons inutiles aux yeux de Meg : il vous suffisait de regarder un peu les autres sautiller et vous appreniez le pas ; le reste n'était plus qu'une question de pratique – et dès que Herbert l'avait appris, il avait vite mis le holà. Ils n'en avaient pas les moyens, selon lui – en fait, ils n'avaient jamais les moyens pour quoi que ce soit, sauf pour satisfaire les caprices de Herbert – et, de plus, la danse était un plaisir peu convenable que Dieu n'approuvait pas. Herbert savait toujours où se trouvait la volonté de Dieu. Non seulement il avait coupé court à cette idée de leçons de danse, mais il avait également réussi à s'approprier les économies de Chris que – du moins l'espérait-elle – sa mère aurait complétées afin d'atteindre la somme requise. Il avait vitupéré l'égoïsme de Chris qui mettait de l'argent de côté pour elle seule, alors que leur mère était si malade. Il évoquait tellement cette mauvaise santé qu'elle avait fini par se croire vraiment souffrante et par garder le lit. Herbert profitait alors des douceurs achetées par Chris pour sa mère. Ce fut également Herbert qui avait accompagné sa mère à Skegness pendant quatre jours, parce que Chris ne pouvait quitter l'atelier et que, comme par hasard, son frère était une fois de plus sans emploi.

Oui, Meg avait fourni des renseignements très précieux. Elle ignorait, bien sûr, ce qu'était devenue la famille. Chris avait quitté Nottingham le lendemain des obsèques de sa mère ; son frère était resté seul jusqu'à la fin de la semaine, leur loyer étant payé d'avance. Meg se souvenait bien de lui, car il avait organisé une « réunion » dans la maison – une de ces réunions qu'il tenait fréquemment pour le plaisir d'entendre le son de sa propre voix – et les voisins avaient dû se plaindre du bruit provoqué par leurs chants. Comme si les locataires ne faisaient pas assez de vacarme en permanence, il venait encore ajouter des réunions à tout ce tapage ! Mais en quoi consistaient ces réunions ? Meg se souvenait qu'au début c'étaient des discussions politiques qui devinrent très vite des discours religieux. Peu importe, en effet, que vous vous emportiez contre votre auditoire, lorsqu'il s'agit de religion, car alors on ne vous lance rien à la figure. Et peu importait le sujet, pourvu qu'il fût l'orateur. Elle n'avait jamais rencontré d'homme aussi imbu de lui-même que ce Herbert Gotobed. Il n'avait pourtant guère de raisons de l'être !

Meg ignorait où était allée Chris, et même si Herbert Gotobed avait eu vent de son adresse. Connaissant ce dernier, elle pensait que Chris avait dû partir sans lui dire adieu et, d'ailleurs, elle n'avait pris congé de personne. Sydney, le frère cadet de Meg, actuellement en Australie, s'était entiché de Chris qui n'avait pas répondu à ses avances. Elle ne voulait pas d'amoureux, pour ça non. C'était tout de même curieux, se disait Meg, d'avoir vu Christine Clay si souvent à l'écran et de n'avoir jamais reconnu Chris Gotobed ! Elle avait beaucoup changé, pour sûr. On disait que Hollywood vous transformait complètement. C'était une explication possible, et puis… on change entre dix-sept et trente ans. Il suffisait, après tout, de la regarder elle-même, Meg, après ces quelques années !

Meg s'était mise à rire à gorge déployée, à faire un tour sur elle-même pour offrir son ample silhouette à la vue du policier et lui avait servi une tasse de thé avec des biscuits. Mais le policier – ce même Sanger qui avait participé à l'arrestation manquée de Tisdall et qui était un admirateur de Christine Clay – se souvenait que, même dans une ville, il existe des communautés très refermées sur elles-mêmes et des souvenirs aussi durables qu'à la campagne. Voilà pourquoi il était finalement venu jusqu'à la petite maison de banlieue, de l'autre côté du Trent, où vivait Miss Stammers en compagnie d'un yorkshire terrier en peluche et d'une radio. Ces cadeaux de départ à la retraite, elle n'aurait jamais eu idée de se les offrir, même après trente années d'enseignement à l'école primaire de Beasley Road. L'école avait été toute sa vie et constituait toujours son environnement. Elle se souvenait très nettement de Christina Gotobed. Mais que voulait savoir Mr Sanger ? Pas Mr Sanger ? Ah, c'était un policier ? Mon Dieu ! Elle espérait bien qu'il n'y avait rien de grave. De nombreuses années avaient passé depuis et, naturellement, elle n'avait pas gardé le contact avec Christina. Il était impossible de garder le contact avec tous ses élèves, lorsqu'on en avait eu jusqu'à soixante dans la même classe. Mais c'était une enfant exceptionnellement douée, exceptionnellement douée.

Sanger lui demanda si elle savait que cette élève exceptionnellement douée était devenue Christine Clay.

— Christine Clay ? Vous voulez dire l'actrice de cinéma ? Mon Dieu ! mon Dieu !

Sanger trouva cette réaction quelque peu incongrue, jusqu'au moment où il vit ses petits yeux brusquement se gonfler. Elle ôta son lorgnon et, à l'aide d'un mouchoir délicatement plié, essuya ses larmes.

— Si célèbre ? murmura-t-elle. Pauvre enfant, pauvre enfant !

Sanger lui rappela la raison pour laquelle Christine faisait la une des journaux. En vérité, la fin cruelle de la jeune femme semblait moins l'intéresser que les succès de l'enfant qu'elle avait connue.

— Elle était très ambitieuse, vous savez, dit-elle. Voilà pourquoi je me souviens si bien d'elle. Elle n'était pas, comme les autres, pressée de quitter l'école pour gagner sa vie. Voilà ce qui tente la plupart des enfants à l'école primaire, vous savez, Mr Sanger, un salaire en poche à la fin de la semaine et le moyen de fuir leurs maisons surpeuplées. Christine, elle, voulait aller au lycée. Elle avait même obtenu une bourse. Mais sa famille n'avait pas les moyens de la laisser continuer. Elle était venue me voir et avait pleuré. C'était la première fois que je la voyais pleurer, car elle n'était pas émotive, cette enfant. J'ai donc convoqué sa mère, une femme plutôt agréable mais sans force de caractère. Je n'ai pas réussi à la persuader : les faibles sont souvent butés. J'ai regretté longtemps de pas y être parvenue. J'étais navrée pour cette enfant, car moi aussi, j'ai été très ambitieuse et j'ai… j'ai dû refouler mes aspirations. Je comprenais donc bien ce que la petite éprouvait. Je l'ai perdue de vue après son départ de l'école. Elle est allée travailler à la fabrique, je m'en souviens, car ils avaient besoin d'argent. Elle avait un frère, un garçon sans intérêt, qui ne gagnait pas encore sa vie. Et la mère ne touchait qu'une maigre pension. Mais elle a réussi dans la vie, finalement. Pauvre enfant. Pauvre enfant !

Au moment de prendre congé d'elle, Sanger s'était étonné de son ignorance des articles parus sur l'enfance de Christine Clay.

Elle ne lisait jamais les journaux du dimanche, avoua-t-elle, et le quotidien lui était remis un jour en retard par ses très gentils voisins, les Timpson, qui étaient en ce moment au bord de la mer. Elle ne connaissait donc les nouvelles que par les affiches de presse. En fait, les journaux ne lui manquaient guère. Question d'habitude. N'était-ce pas l'avis de Mr Sanger ? Après s'en être passée pendant trois jours, elle avait perdu toute envie de les lire. D'ailleurs, on était plus heureux sans. Car leur lecture vous déprimait, de nos jours. De sa petite maison, elle avait du mal à croire qu'il existait tant de violence et de haine dans le monde.

Sanger interrogea également de nombreuses personnes sur cet individu peu intéressant qui avait pour nom Herbert Gotobed. Très peu de gens se souvenaient de lui. Il n'avait jamais travaillé plus de cinq mois au même endroit (ce record de cinq mois, il l'avait battu chez un quincaillier) et personne n'avait regretté de le voir partir. Personne non plus ne savait ce qu'il était devenu.

Toutefois, Vine, qui était allé à South Street interroger Bundle, l'ancienne habilleuse, rapporta des informations sur lui. Oui, Bundle savait que Christine avait un frère. À la simple évocation du nom de Herbert, les yeux bruns de ce visage ratatiné se mirent à cligner plus qu'à l'ordinaire, avec férocité. Elle ne l'avait vu qu'une fois et espérait bien ne jamais le revoir. Un soir, à New York, il avait fait parvenir un mot à l'actrice dans sa loge. C'était la première fois qu'elle avait eu le privilège d'une loge privée, la première fois qu'elle était à l'affiche, c'était pour *Let's Go !* Et quel succès ! Bundle l'avait habillée en girl – elle faisait partie d'un chœur avec neuf autres filles – et lorsque sa patronne avait commencé à devenir célèbre, elle l'avait gardée à son service. Elle était comme ça, Chris, elle n'oubliait jamais une amie. Elle avait parlé et ri, dans sa loge, jusqu'au moment où on lui avait apporté le message de son frère. À la lecture de ce mot, elle avait eu exactement la réaction de celle qui va savourer une cuillerée de glace et qui y découvre un cancrelat ! Lorsqu'il était entré, elle lui avait dit : « Ah ! Te voilà ici ! » Il venait, avait-il répondu, l'avertir qu'elle courait droit à sa perte, ou quelque bêtise de ce genre. « Oui, c'est cela ! Tu es venu voir s'il y a quelque chose à gratter ici. » Bundle ne l'avait jamais vue dans une telle colère. Elle venait d'enlever son maquillage de jour et se préparait pour la scène, et toute trace de couleur avait disparu de son visage. Elle avait alors prié Bundle de sortir de la loge, et ils s'étaient violemment disputés. Bundle, qui montait la garde devant la porte – il y avait des tas de gens qui, même à l'époque, rêvaient de rencontrer sa patronne –, n'avait pu faire autrement que d'entendre une partie de leur querelle. Finalement, elle avait été obligée d'ouvrir la porte, sinon Christine aurait été en retard pour son entrée en scène. L'homme s'en était pris à l'habilleuse qui les dérangeait. Mais Christine l'avait menacé d'appeler la police s'il ne partait pas. Il s'en était allé, et, à sa connaissance, n'avait jamais reparu. Mais il avait écrit. Des lettres de lui arrivaient de temps à autre – Bundle en reconnaissait l'écriture – et il avait toujours l'air de savoir où elle se trouvait, car les adresses étaient exactes et les enveloppes ne portaient jamais la mention « faire suivre ». Après chaque lettre, elle était toujours très déprimée. Cela durait parfois deux jours ou davantage. « La haine est dégradante, vous ne trouvez pas, Bundle ? » avait-elle dit un jour. Bundle n'avait jamais éprouvé de haine à l'égard de qui que ce soit, à l'exception d'un flic qui était toujours grossier avec elle, mais celui-là, elle l'avait foncièrement détesté et elle était bien d'accord pour dire que la haine vous affaiblissait. Elle vous consumait de l'intérieur jusqu'à ce qu'il ne reste plus rien.

Un rapport de la police américaine était venu compléter le récit de Bundle. Herbert Gotobed était entré aux États-Unis cinq ans environ après sa sœur. Il avait, pendant un court laps de temps, travaillé au service d'un célèbre prédicateur de Boston qu'il avait séduit par ses manières et sa piété. Il l'avait quitté pour des raisons d'autant plus mystérieuses que le révérend, soit par charité chrétienne, soit plus vraisemblablement par réticence à mettre sur la place publique son erreur de jugement, avait préféré ne pas porter plainte. En tout cas, le jeune homme avait disparu, loin des yeux de la police. On supposait toutefois que, sous le nom de « Frère de Dieu », il avait parcouru tous les États du pays en qualité de prophète et avait connu un grand succès tant au niveau de ses finances que de l'émotion suscitée. On l'avait emprisonné pour blasphème dans le Kentucky, au Texas pour fraude, au Missouri pour troubles à l'ordre public, en Arkansas pour sa propre sécurité, et dans le Wyoming pour tentative de viol. Dans toutes ces prisons, il avait nié tout lien avec Herbert Gotobed et avait déclaré n'avoir d'autre nom que « Frère de Dieu ». Lorsque la police lui avait fait remarquer que cette parenté avec la divinité ne constituait pas un obstacle insurmontable à son expulsion, il se l'était tenu pour dit et avait disparu. Aux dernières nouvelles, après avoir dirigé une mission quelque part – aux îles Fidji, semblait-il –, il était parti en Australie en emportant la caisse.

— Charmant individu ! commenta Grant en terminant la lecture du dossier.

— Voilà notre homme, inspecteur, aucun doute là-dessus, dit Williams.

— Il a toutes les qualités requises, assurément : la cupidité, une énorme vanité, une absence totale de conscience morale. Je voudrais bien que ce soit lui notre homme, car nous rendrions un grand service à l'humanité en écrasant cette limace. Mais pourquoi a-t-il tué ?

— Peut-être espérait-il toucher de l'argent ?

— C'est peu probable. Il ne connaissait que trop les sentiments de sa sœur à son égard.

— Oui, mais je ne le crois pas incapable de fabriquer un faux testament.

— Moi non plus. Mais dans ce cas, pourquoi ne se montre-t-il pas ? Il y aura bientôt quinze jours que Christine Clay est morte, et pas une seule trace du garçon. Nous ignorons même s'il est en Angleterre.

— Il y est sûrement, inspecteur. Rappelez-vous ce que Bundle nous a dit : il savait toujours où se trouvait sa sœur. Or celle-ci était en Angleterre depuis trois mois et je parie qu'il a dû la suivre.

— En effet, vous avez raison. L'Australie ?... Voyons, poursuivit-il en consultant à nouveau le rapport venu de New York. C'était il y a deux ans environ. S'il y résidait encore, on aurait du mal à le dénicher là-bas, mais s'il a suivi Christine Clay en Angleterre, nous devrions y arriver. Il est incapable de se taire et il se trahira bien un jour.

— Il n'y avait pas de lettres de lui parmi les affaires de sa sœur ?

— Non. Lord Edward a tout examiné. Dites-moi, Williams, à votre avis, peut-on imaginer une raison qui puisse amener un Champneis à mentir ?

— *Noblesse oblige*[1] ! répondit Williams instantanément.

Grant le regarda d'un air ébahi.

— Très juste ! finit-il par répliquer. Je n'y avais pas pensé ! Pourtant, je n'ai pas la moindre idée de ce qu'il pourrait bien avoir à cacher.

1. En français dans le texte.

17

Il ne s'agissait donc pas de bougies à usage domestique, mais bien de cierges que l'on met sur les autels, pensa Grant tout en filant en voiture le long des quais, ce lundi après-midi, en direction du palais de justice. Le sanctuaire du Frère de Dieu n'avait rien de commun avec les rudimentaires tentes de missions. Il était tendu de pourpre et de lin fin, et orné d'un tabernacle d'une grande magnificence. L'amour de Herbert pour le grandiose s'était donc révélé une affaire profitable dans presque tous les cas (le Kentucky excepté). Un peuple avide de beauté et amoureux du spectaculaire s'en était montré ravi… et s'était laissé ravir son argent !

Le shilling de Christine était à la mesure de son mépris. Elle lui rendait peut-être la monnaie de sa pièce pour toutes ces petites choses dont son cœur avait eu besoin et que le Dieu de Herbert avait jugé bon de lui refuser.

Dans la lumière vert aquatique de l'étude de Me Erskine, à l'ombre du platane, Grant fit une proposition à l'avocat. Il fallait que Herbert Gotobed refasse surface, et voici comment on allait procéder. C'était tout à fait légal et l'homme de loi ne pouvait hésiter. Lord Edward avait donné son accord.

L'avocat tourna pourtant autour du pot, non qu'il eût de véritables objections, mais parce qu'il est du devoir d'un homme de loi d'examiner les tenants et aboutissants, et qu'accepter tout et n'importe quoi sur-le-champ serait absolument contraire à l'éthique de la profession. Il finit tout de même par déclarer la chose possible.

— Très bien, dit Grant, je vous confie l'affaire. Faites paraître une annonce dans les journaux de demain.

Puis il sortit et se demanda pourquoi les hommes de loi se plaisaient à fabriquer des problèmes, alors que la vie vous en imposait déjà tellement. Des problèmes, il en avait plein la tête en ce moment. La journée du lundi allait se terminer et il n'y avait aucun signe de vie du côté de Robert Tisdall. Ce matin, c'est le *Clarion* qui avait lâché le premier hurlement étouffé et dès le lendemain, toute la meute des loups se mettrait à crier : « Où est Robert Tisdall ? Que fait la police pour le retrouver ? » Il fallait rendre cette justice à Grant. Il s'inquiétait moins des hurlements qui allaient bientôt monter que du sort de Tisdall. Depuis deux jours, il croyait sincèrement que si Tisdall ne revenait pas, c'était par manque d'informations. Il n'est pas facile de lire les journaux quand on est en fuite. Mais maintenant le doute, tel un vent glacé, traversait ses pensées. Il y avait un problème quelque part. Toutes les affiches, dans tous les villages d'Angleterre, proclamaient :

TISDALL : ON A TRAQUÉ UN INNOCENT !

Comment avait-il pu passer à côté de cette information ? Dans tous les pubs, tous les trains, tous les autobus et toutes les maisons du pays, cette nouvelle était au centre des conversations. Pourtant, Tisdall se taisait. Personne ne l'avait vu depuis qu'Erica l'avait quitté le mercredi précédent. La nuit suivante, un orage épouvantable, comme on n'en avait pas vu depuis des années, s'était abattu sur toute l'Angleterre avec de la pluie et du vent le lendemain et le surlendemain. Tisdall avait pris les provisions apportées le jeudi par Erica, mais pas celles des jours suivants. La nourriture qu'elle lui avait déposée le vendredi se trouvait toujours là le samedi : une vraie bouillie. Grant savait que la jeune fille avait passé tout son samedi à battre la campagne avec l'efficacité et la ténacité d'un chien de chasse. Elle avait inspecté chaque grange, et les hangars de toutes sortes. Elle était profondément convaincue que, la nuit du jeudi, le jeune homme n'avait certainement pas pu se passer d'abri – aucun être humain n'aurait pu survivre sous un tel orage – et puisqu'il était venu le jeudi matin ramasser les provisions dans ce chemin crayeux, il ne devait pas se trouver bien loin.

Cependant, tous ses efforts avaient été vains. Un groupe de bénévoles avait entrepris de nouvelles recherches, la police ne disposant pas de personnel, sans résultats pour le moment. Faisant appel à tout son sang-froid, Grant essayait de contenir la peur qui grandissait en lui. Mais c'était comme un feu de lande, on le réduisait en cendres, pour le voir courir et renaître quelques mètres plus loin.

Les nouvelles de Douvres ne venaient pas vite non plus. Un double impératif freinait l'enquête, au point de faire perdre patience à tous sauf à la police : il ne fallait ni offenser les grands (les innocents potentiels) ni effrayer l'oiseau (le coupable potentiel). Tout cela était bien compliqué. Tandis que l'inspecteur discutait avec Edward Champneis du piège à tendre à Herbert, il observait à loisir le visage paisible de son interlocuteur. Celui-ci avait des sourcils qui lui donnaient une expression de calme toute particulière, et Grant dut, à plusieurs reprises, se retenir de lui demander : « Où étiez-vous dans la nuit du mercredi au jeudi ? » Comment réagirait Champneis ? Il prendrait un air étonné, réfléchirait un instant et dirait ensuite : « La nuit où je suis arrivé à Douvres ? Je l'ai passée avec Untel chez Untel. » Puis il mesurerait la portée des sous-entendus, regarderait Grant avec des yeux incrédules et l'inspecteur se sentirait le roi des imbéciles. Et pis encore ! En présence d'Edward Champneis, il avait l'impression que la simple idée de l'accuser de la mort de sa femme était une véritable insulte. Hors de sa présence, toutefois, cette image de l'homme dans le jardin, qui épiait la maison éclairée aux fenêtres ouvertes, lui revenait à l'esprit plus souvent qu'il ne voulait bien l'admettre. Autrement, une telle pensée lui semblait farfelue. Il lui fallait donc éviter toute enquête directe auprès de Champneis, jusqu'à ce que ses hommes aient réussi – ou échoué – à rendre compte de ses allées et venues cette nuit-là.

La seule certitude qu'il avait pour le moment, c'était que Champneis n'avait pas résidé dans les lieux qui semblaient aller de soi. Dans les hôtels ou chez les amis de la famille, on avait fait chou blanc. On étendait donc le périmètre. D'un instant à l'autre, on allait peut-être apprendre que notre aristocrate avait, en toute innocence, dormi dans un lit à baldaquin, dans les draps de lin les plus fins du comté. Grant serait alors bien obligé d'admettre l'erreur qu'il avait commise en imaginant que lord Edward le trompait à dessein.

18

Le mardi matin, Collins, le policier chargé d'examiner la garde-robe de Champneis, remit son rapport. Bywood, le valet de chambre, s'était montré « très dur à la détente », disait-il. Comme il ne buvait ni ne fumait, il avait été très malaisé de trouver un terrain d'entente. Cependant, tout homme a ses faiblesses et Bywood prisait du tabac. Un vice soigneusement caché, bien sûr, car si lord Edward avait pu soupçonner un tel penchant chez lui, il l'aurait renvoyé sur l'heure. (En vérité, ce vice aurait sans doute ravi lord Edward par son côté si XVIIIe siècle.) Collins offrit donc au valet du « tabac à priser supérieur » et put enfin inspecter la garde-robe. Dès son arrivée en Angleterre – à Londres précisément –, Champneis avait trié sa garde-robe et éliminé, entre autres vêtements, deux manteaux, l'un de couleur foncée et l'autre en poil de chameau. Bywood avait donné celui-ci à son beau-frère qui était choriste ; l'autre, il l'avait vendu à un marchand londonien dont le policier mentionnait le nom et l'adresse dans son rapport.

Grant dépêcha un de ses hommes auprès du marchand et, tandis qu'il passait tout le stock en revue, le marchand lui dit :

— Ce manteau a appartenu à lord Edward Champneis, fils du duc de Bude. Très belle pièce.

Il était beau, en effet, et aucun bouton ne manquait, ni aucun ne semblait avoir été remplacé.

Après avoir pris connaissance du rapport, Grant soupira, sans trop savoir s'il devait rire ou pleurer. Mais demeurait toujours la question : où Champneis avait-il passé la nuit ?

Quant aux journalistes, ils voulaient, tous sans exception, savoir où se cachait Tisdall. La police criminelle – le CID – connaissait là les pires ennuis qu'elle ait eus depuis de nombreuses années. Le *Clarion* traitait ouvertement ses membres d'assassins, et Grant, qui essayait de voir clair dans une affaire si déroutante, se débattait entre la fureur de ses collègues, la compassion de ses amis, les inquiétudes de son supérieur et sa propre angoisse qui montait de jour en jour. En milieu de matinée, Hopkins téléphona pour justifier son article du *Clarion* dans lequel il ne fallait voir qu'un souci commercial, et il savait pouvoir compter sur la compréhension de Scotland Yard. Grant étant sorti, ce fut Williams qui prit la communication.

Le sergent, qui n'était pas d'humeur à se faire passer de la pommade, vida son sac avec une telle délectation que Hopkins se crut irrémédiablement grillé auprès de Scotland Yard.

— Lorsqu'il s'agit de traquer les gens à mort, conclut le sergent, vous êtes bien placé pour savoir que la presse en fait plus en une semaine que Scotland Yard n'en a fait depuis sa création. Et par-dessus le marché, toutes vos victimes sont innocentes !

— Voyons, un peu de cœur, sergent ! Il nous faut vendre notre marchandise. Si nous ne servons pas quelque chose de sensationnel, on nous flanquera dehors, et nous irons grossir les rangs des clochards à la crypte de St. Martin ou sur les quais de la Tamise. Et c'est vous qui nous enlevez le pain de la bouche. Nous devons défendre notre travail tout autant que…

Williams raccrocha et accompagna son geste du mot de cinq lettres qui exprimait parfaitement le fond de sa pensée. Hopkins se sentait injustement traité. C'est avec plaisir qu'il avait écrit cet article, si bien qu'il éprouvait une indignation tout à fait justifiée à mesure que tombaient ces phrases assassines. Lorsqu'il écrivait, sa langue quittait sa position habituelle dans la bouche et l'émotion l'envahissait. Peu importait si, lorsqu'il avait fini d'écrire, sa langue retrouvait sa place, il était assuré d'un grand succès populaire. Il parlait « avec son cœur » et son salaire montait en flèche.

Mais ses ennemis-sur-le-papier ne se rendaient pas compte qu'il ne s'agissait là que d'une vaste plaisanterie et cela lui faisait un peu mal. Avec une mimique de dégoût, il enfonça brusquement son chapeau sur l'œil droit et sortit déjeuner.

À cinq minutes à peine de là, Grant était assis dans un coin sombre, la tête dans les mains, une immense tasse de café noir devant lui. Il se racontait l'affaire pour lui-même en petites phrases hachées.

Christine Clay se cachait. Mais l'assassin savait où elle se trouvait. Ce qui éliminait un tas de gens.

Champneis le savait.

Jason Harmer aussi.

Et, c'était presque sûr, Herbert Gotobed le savait également.

Le meurtrier portait un manteau assez foncé pour que des boutons noirs cousus avec du fil noir lui soient assortis.

Champneis en avait un dans sa garde-robe, auquel il ne manquait aucun bouton.

Jason Harmer n'en possédait pas et on ne l'avait pas vu récemment avec un manteau de ce type.

Quant à Herbert Gotobed, on ignorait ce qu'il portait.

Le meurtrier avait un mobile si puissant et si ancien qu'il était capable d'attendre sa victime à 6 heures du matin dans l'intention de la noyer.

Champneis avait peut-être un mobile.

Jason Harmer en avait peut-être un également, à condition qu'il ait été l'amant de Christine, mais on n'en avait aucune preuve.

Herbert Gotobed, lui, n'avait aucun mobile connu. Mais on était quasiment sûr qu'il détestait sa sœur.

Herbert gagnait donc aux points. Il savait où trouver Christine, il avait un « profil de meurtrier » et il avait été en mauvais termes avec la victime.

Parfait ! Gotobed se montrerait peut-être dès le lendemain. En attendant, Grant allait se doper au café noir et tâcher d'oublier la presse.

Il s'apprêtait à boire, lorsqu'il aperçut un homme dans l'angle opposé, sa tasse à demi vide. Il regardait l'inspecteur d'un œil sympathique et amusé.

Celui-ci sourit et attaqua le premier :

— Vous cherchez à soustraire votre profil de vedette à la vue du public ? Pourquoi ne pas laisser une chance à vos admirateurs ?

— Ne vous en faites pas pour eux. Ils ont moins de problèmes que moi… Dites-moi, on vous empoisonne l'existence ? Pour qui les gens prennent-ils la police ? Pour des voyantes extralucides ?

Grant fit rouler ces paroles de miel dans sa bouche, puis les avala.

— Un beau jour, dit Owen Hughes, quelqu'un fera sauter la tête de Hopkins. Si la mienne n'était pas assurée pour tout l'or du monde, je m'en chargerais moi-même. Une fois, il a écrit que je faisais rêver toutes les filles.

— Et ce n'est pas vrai ?

— Avez-vous vu ma maison récemment ?

— Non, rien que la photo des dégâts dans le journal.

— Je vous avoue que j'en ai pleuré lorsque je l'ai vue en descendant de voiture. Je voudrais diffuser cette photo jusqu'aux extrémités de la terre comme exemple des ravages de la publicité. Il y a cinquante ans, quelques rares personnes auraient peut-être fait plusieurs kilomètres pour venir voir *Les Églantiers*, puis seraient rentrées contentes. Cette fois, c'est par cars entiers qu'ils ont envahi ma maison. Mon avocat a essayé de mettre fin à ces excursions, mais sans succès, car au bout de quelques jours la police locale a refusé d'y maintenir un homme en faction. Environ dix mille personnes sont venues au cours de la dernière quinzaine, et chacune d'entre elles a longuement scruté à travers les vitres, piétiné les plates-bandes et emporté un souvenir. Il ne reste pratiquement rien de la haie de roses qui avait plus de trois mètres de haut et, sous les pas de cette cohue, le jardin est devenu un bourbier. J'aimais bien mon jardin. Je n'allais pas jusqu'à fredonner des chansons à mes fleurs, mais je me plaisais beaucoup à cultiver les plantes qu'on m'offrait et à les voir pousser. Il n'en reste plus une trace.

— Quel dommage ! Un tort irréparable. Je comprends votre fureur. Mais, dans un an, vos plantes auront peut-être repris vigueur.

— Oh, vous savez, je vais vendre la maison. Elle est hantée. Connaissiez-vous Christine Clay ? Non ? Elle était merveilleuse. Unique.

— Vous ne connaîtriez pas, par hasard, quelqu'un qui soit susceptible d'avoir voulu la tuer ?

Hughes fit un de ces sourires qui obligeaient ses admirateurs à s'agripper à leurs fauteuils de cinéma.

— J'en connais des tas qui l'auraient volontiers tuée sous le coup de la colère. Mais pas de sang-froid. Car, la mauvaise humeur passée, ils étaient prêts à mourir pour elle. Quelle fin invraisemblable pour Chris ! Saviez-vous que Lydia Keats l'avait prédite ? Elle est extraordinaire, Lydia. On aurait dû la noyer lorsqu'elle était bébé, mais elle est vraiment extraordinaire. De Hollywood, je lui ai envoyé la date et l'heure de la naissance de Marie Dacre. Marie m'avait fait jurer de garder le secret jusqu'à ce qu'elle divulgue elle-même la vérité la plus affreuse de l'année. Lydia, qui n'avait pas la moindre idée de l'identité de la personne dont elle établissait l'horoscope, avait prédit son avenir avec une extraordinaire exactitude. Elle ferait fureur à Hollywood.

— Elle a bien l'air d'en prendre le chemin, rétorqua Grant, pince-sans-rire. Vous aimez Hollywood ?

— Oui, beaucoup ! C'est très reposant. Il y a tellement de monde là-bas qu'on y est pratiquement anonyme.

— Je croyais qu'on y organisait des voyages pour les admirateurs venus du Midwest.

— C'est vrai, ils viennent en car jusque dans votre rue, mais ils ne piétinent pas vos plates-bandes.

— Si on vous assassinait, ils le feraient peut-être.

— Pas eux. Là-bas, le meurtre est monnaie courante. Bon, il faut que je parte. Bonne chance.

Dieu vous bénisse ! Croyez-moi, vous m'avez fait un bien immense.

— Moi ?

— Vous m'avez fait découvrir qu'il existe une profession pire que la mienne, répondit-il, alors qu'il jetait quelques pièces sur la table et reprenait son chapeau. Le dimanche, on prie pour les juges, mais jamais pour la police !

Hughes ajusta son chapeau dans la position jugée la plus photogénique par les cameramen et s'éloigna sans se presser, laissant Grant quelque peu réconforté.

19

Une personne, en revanche, était loin d'être réconfortée. C'était Jammy Hopkins, Jammy le dynamique, le dur à cuire qui rebondissait toujours. Il avait déjeuné dans son pub favori – les policiers et les acteurs qui devaient penser à leur ligne pouvaient bien se contenter de café noir, mais Hopkins ne s'occupait que des problèmes des autres et ne se souvenait de sa ligne que lorsque son tailleur prenait ses mesures – et tout était allé de travers. Le bœuf était un soupçon trop cuit, la bière un peu trop tiède, le serveur avait le hoquet, les pommes de terre étaient farineuses, le pudding avait un goût de bicarbonate et la maison était à court de ses cigarettes préférées. Et le sentiment qu'il avait d'être une victime incomprise, loin d'être estompé par les plaisirs de la table, s'était transformé en exaspération contre le monde entier. Par-dessus son verre, il regardait avec amertume ses confrères et contemporains qui, autour des tables couvertes de rugueuses nappes blanches, riaient et causaient et qui, peu habitués à lui voir une mine si contrariée, s'arrêtèrent tout net pour plaisanter sur son compte.

— Qu'est-ce que t'as, Hopkins ? Une rage de dents ?

— Non. Il s'entraîne à devenir dictateur. On commence par l'expression du visage.

— Mais non, pas du tout ! ajouta un troisième. On commence par les cheveux.

— Et un mouvement de bras. Les bras sont très importants. Regardez Napoléon. Il n'aurait jamais dépassé le grade de caporal s'il n'avait eu l'idée de ce geste de la main sur l'estomac. Geste fécond, comme vous voyez.

— Si on parle de fécondité pour Hopkins, il vaudrait mieux que l'idée lui vienne au bureau, pas ici. Je ne crois pas que l'enfant soit beau à voir !

Hopkins les voua tous aux gémonies et partit à la recherche d'un marchand de tabac qui vendait sa marque de cigarettes. Pourquoi diable Scotland Yard avait-il si mal pris son article ? Tout le monde sait que ce que l'on écrit dans les journaux n'est que poudre aux yeux, quand ce n'est pas du galimatias. Si on cessait de dramatiser les petits événements, les gens comprendraient vite que ceux-ci ne présentent aucun intérêt et ils n'achèteraient plus de journaux. Et alors, où seraient les barons de la presse ? Et Hopkins ? Et un tas d'actionnaires innocents ? Il faut bien fournir des émotions aux lecteurs, à ces ouvriers morts de fatigue ou trop abrutis pour être capables de toute réflexion personnelle. Si vous ne parveniez pas à leur glacer le sang, du moins pouviez-vous leur vendre un ou deux bons sanglots. L'article sur les jeunes années de Christine à l'usine avait été « du gâteau » – même si cette Cozens à la figure chevaline l'avait roulé dans la farine en prétendant connaître Chris. Que le diable l'emporte ! Mais il n'était pas toujours possible de provoquer des frissons ou des larmes. Or, s'il y avait bien une émotion dans laquelle le public britannique adorait plonger, c'était l'indignation. Voilà pourquoi Hopkins lui avait déversé ces eaux boueuses. Scotland Yard savait parfaitement bien que, dès le lendemain, tous ces gens en colère ne se souviendraient plus de rien, alors à quoi bon faire tout ce foin ? Quelle raison la police avait-elle de se fâcher ? Cette formulation, « traquer les gens à mort », n'était en fait qu'un cliché et ne contenait rien qui puisse blesser la susceptibilité d'un homme sensé. Les gens de Scotland Yard étaient susceptibles, voilà tout. Ils savaient pertinemment que cette affaire n'aurait pas dû se dérouler de la sorte. Oh, loin de lui l'idée de critiquer le travail d'un autre, mais, à la réflexion, son article se révélait quasiment exact. Non pas « traquer les gens à mort », naturellement, mais d'autres passages. C'était une honte – le mot honte n'était-il pas un peu fort ? –, en tout cas c'était regrettable qu'un incident semblable se produise dans une police qui se croyait efficace. Les inspecteurs se donnaient de bien grands airs et devenaient si intouchables quand tout marchait bien. Il ne fallait donc pas qu'ils comptent sur la compréhension des gens lorsqu'ils faisaient des gaffes. D'ailleurs, s'ils acceptaient, comme aux États-Unis, que la presse s'en mêle, des choses de ce genre ne se produiraient sûrement pas. Lui, Hopkins, n'était peut-être qu'un journaliste spécialisé dans les affaires criminelles, mais il en savait aussi long que n'importe quel policier sur les crimes et les moyens de les élucider. Si son patron lui laissait les mains libres, et si la police lui donnait accès aux dossiers, en moins d'une semaine, l'homme qui avait tué Christine Clay se retrouverait entre quatre murs – et… à la une de son journal, bien évidemment. De l'imagination, voilà ce qui manquait à Scotland Yard. Et lui, il en débordait. Ah, si on lui donnait sa chance !

Il acheta ses cigarettes, les transvida mélancoliquement dans l'étui en or que ses confrères de province lui avaient offert avant son départ pour Londres – on disait dans les couloirs que cette générosité était davantage une manifestation de soulagement que d'amitié –, puis il retourna mélancoliquement au bureau. Dans le hall de la rédaction, il croisa un jeune collègue, Musker, qui sortait. Après un bref signe de tête et sans s'arrêter, il lui lança :

— Où vas-tu comme ça ?

— À une conférence sur les constellations, répondit l'autre sans grand enthousiasme.

— Très intéressant, l'astronomie ! grogna Hopkins sur un ton réprobateur.

— Il ne s'agit pas d'astronomie, mais d'astrologie… Par une femme qui s'appelle Pope ou un truc comme ça, ajouta-t-il en se dirigeant vers la rue inondée de soleil.

— Pope ! s'exclama Hopkins qui resta figé à quelques pas de l'ascenseur. Ce n'est pas Keats, plutôt ?

— Keats ?… Oui, tu as raison, reprit Musker après avoir relu son carton d'invitation. Je savais bien que c'était un nom de poète… Mais qu'est-ce qu'il y a ? demanda-t-il à Hopkins qui le saisit par le bras pour le ramener dans le hall.

— Il y a que tu ne vas pas assister à cette conférence sur l'astrologie, ordonna Hopkins qui le poussa dans l'ascenseur.

— Eh bien, dit Musker ébahi, tu me soulages et je te remercie vivement. Mais pourquoi ? Tu as quelque chose contre l'astrologie ?

Hopkins le traîna dans une pièce et agressa de son verbe nerveux le rédacteur en chef au teint rose placidement installé derrière le bureau.

— Mais, Hopkins, dit celui-ci lorsqu'il put enfin placer un mot, c'était Blake que l'on avait choisi.

Il était tout désigné pour ça, c'est lui qui, chaque semaine, en page 6, annonce au monde entier ce qui va lui tomber dessus dans les sept jours à venir. L'astrologie, c'est sa spécialité. Pourtant, il n'a pas su prévoir que sa femme allait accoucher, non pas la semaine prochaine mais cette semaine. Je lui ai donc donné quelques jours de congé et j'ai délégué Musker à sa place.

— Musker ! dit Hopkins. Vous ne savez pas que la conférence est faite par cette femme qui a prédit la mort de Clay ? Cette femme à qui le *Courier* paie un shilling l'horoscope ?

— Et alors ?

— Et alors ! Bon sang, c'est elle qui fait l'actualité !

— Oui, l'actualité du *Courier*. Et elle est complètement finie. J'ai même supprimé hier un article la concernant.

— Soit. Mais en ce moment, elle passionne quantité de gens bien placés, et par-dessus tout l'homme grâce auquel sa prophétie s'est réalisée ! C'est peut-être cette prédiction qui lui aura donné l'idée du crime. Ah, cette femme et toutes ses prophéties ! Lydia Keats est peut-être finie, mais son entourage ne l'est pas, tant s'en faut !

Il se pencha en avant, prit le carton que Musker tenait toujours à la main et poursuivit :

— Trouvez une autre occupation à ce brave garçon cet après-midi. L'astrologie ne l'intéresse pas. À bientôt !

— Et votre article sur…

— Oui, oui. Vous l'aurez et peut-être un autre par-dessus le marché !

Tandis que l'ascenseur l'emportait, Hopkins d'une pichenette tourna le carton dans sa main. Salle des Lutins ! Lydia Keats entrait en scène !

— Tu connais la meilleure façon de réussir dans la vie, Pete ? demanda-t-il au liftier.

— Vas-y, je suis preneur.

— Trouve une bonne manière d'en jeter plein la vue aux gens.

— Tu parles en connaisseur ! lui rétorqua-t-il avec un large sourire.

Le journaliste sortit de l'ascenseur en lui lançant une œillade. Pete le connaissait depuis – sinon le temps où il était en culottes courtes –, du moins l'époque où il portait des cols trop grands pour lui.

La salle des Lutins était située dans Wigmore Street, un joli quartier, ce qui ne contribuait pas peu à son succès. On appréciait beaucoup plus la musique de chambre lorsqu'on pouvait l'écouter au club tout en prenant le thé et en pensant à la robe vue dans la vitrine de Debenham. Et les sopranos bien en chair, flattées par le silence qui accompagnait leurs lieder, ne se doutaient guère du conflit que le crêpe et le satin provoquaient dans l'esprit de leurs auditrices. C'était une belle petite salle : assez petite pour paraître intime et assez grande pour que les gens n'y soient pas entassés. Tout en gagnant sa place, Hopkins prit conscience qu'il se trouvait au milieu des gens les plus sélects, ce qui ne lui était pas arrivé depuis le mariage des Beaushire-Curzon. Il y avait là, non seulement une foule de personnes chics, mais aussi quelques représentants de la vieille noblesse que Hopkins appelait les « duchesses montées à la capitale pour la journée », ces dames aux grands pieds, au long nez, au pedigree à rallonge, qui vivaient de leurs domaines plutôt que de leur esprit. Enfin, éparpillés dans tout l'auditoire, il y avait naturellement les mordus.

Ceux-là n'étaient pas venus en quête de sensationnel, ni parce que la mère de Lydia était la troisième fille d'un marquis ruiné, mais parce que Lion, Taureau et Poissons étaient pour eux des animaux familiers et que les maisons du zodiaque étaient leur sanctuaire. On ne pouvait s'y tromper, leurs regards ternes ne se perdaient pas dans le lointain, leurs vêtements semblaient provenir d'un marché aux puces et apparemment ils portaient tous autour du cou les mêmes perles de pacotille.

Hopkins refusa le fauteuil réservé à l'envoyé spécial du *Clarion* et insista pour aller se placer sur le côté, sous l'estrade, au milieu des plantes vertes. Ceux qui étaient venus pour voir Lydia et ceux qui étaient venus pour être vus avaient refusé cette place avec plus ou moins d'indignation. Mais le journaliste n'appartenait à aucune de ces deux catégories, c'était l'auditoire qui l'intéressait. De sa place à demi enfouie sous les décorations de MM. Willoughby, il pouvait observer le public mieux que partout ailleurs excepté l'estrade.

Près de lui était assis un petit homme miteux d'environ trente-cinq ans qui regarda Hopkins s'asseoir, puis se pencha vers lui, approcha sa petite bouche de lapin tout près de l'oreille du journaliste et murmura :

— Quelle femme merveilleuse !

Hopkins comprit qu'il parlait de Lydia.

— Merveilleuse ! s'accorda-t-il à dire. Vous la connaissez ?

Le petit homme – un fan, pensa Hopkins, qui essayait de le situer – hésita un instant et répondit :

— Non, mais je connaissais Christine Clay.

La conversation fut alors interrompue par l'arrivée sur l'estrade de Lydia et du président de l'association organisatrice de la soirée.

Dans ses meilleures prestations, Lydia n'était qu'une piètre conférencière. Elle avait une voix fluette et aiguë et, lorsqu'elle s'échauffait ou s'énervait sur son sujet, son débit devenait aussi déplaisant qu'un vieux disque sur un électrophone de quatre sous. Le journaliste décrocha vite, car il avait trop souvent entendu Lydia discourir sur son sujet favori. Il promena son regard aux quatre coins de la salle. Si, à cause de l'incompétence de la police, le meurtrier de Christine restait libre de tout soupçon et libre de ses mouvements, viendrait-il ou non voir cette femme qui avait prédit pour Clay la mort dont il avait été lui-même l'acteur ?

Oui, tout compte fait, il viendrait, pensa Hopkins. Tout le monde reconnaissait l'habileté du meurtrier qui, à l'heure actuelle, devait jubiler, et se dire qu'un homme de son envergure était au-dessus des lois qui régissent le commun des mortels. On retrouvait fréquemment cette disposition d'esprit chez les gens qui commettaient un crime prémédité. Ils mettaient au point une opération interdite par la loi, la menaient à bien et cela leur montait à la tête comme le vin. Ils couraient donc vers des aventures encore plus risquées, pareils à des enfants qui jouent à qui sera le dernier à traverser la rue sans se faire écraser.

Cette réunion tout à fait classique de gens bien-pensants, dans l'un des quartiers les plus chics de la capitale, offrait l'occasion idéale pour un coup risqué. La mort de Christine Clay occupait la première place dans toutes les pensées. Sur l'estrade on n'y faisait évidemment aucune allusion, convenances obligent. La conférencière se contentait de discourir sur l'astrologie, son historique et sa signification. Mais tous ces gens, ou presque, étaient venus là parce que, un an plus tôt, Lydia avait eu une illumination sur le destin tragique de Christine Clay. Cette dernière était au cœur de la réunion presque autant que Lydia elle-même, elle emplissait la salle. Le meurtrier, tel que l'imaginait Hopkins, devait bien s'amuser d'être là.

Il se mit alors à examiner les membres de l'assistance, se félicitant d'être doué d'une imagination qui l'avait amené là où il se trouvait ; cette imagination dont Grant, le pauvre imbécile, était irrémédiablement dépourvu. Il regrettait de ne pas s'être fait accompagner par Bartholomew. En effet, Bart était plus au fait que lui en ce qui concernait les réunions mondaines et plus compétent pour les couvrir, et à toutes ces occasions, mariages, courses de voitures, baptêmes de bateaux, on voyait toujours les mêmes têtes. Bart eût été d'une grande aide.

Cependant Hopkins possédait assez d'informations sur ces gens pour maintenir son intérêt en éveil.

— D'autre part, dit Lydia, les Capricorne sont souvent mélancoliques, timorés et pervers. À un niveau inférieur, ils sont avares, sombres et trompeurs.

Mais Hopkins n'écoutait pas. De toute façon, il ne savait pas lequel de ces signes avait eu l'honneur de présider à sa naissance et il s'en moquait pas mal. Lydia lui avait souvent répété qu'il était « typiquement, oh, mais typiquement, Bélier » mais il ne s'en souvenait jamais. De la foutaise, tout cela ! Au troisième rang, la duchesse de Trent, pauvre, sotte et malheureuse, avait un parfait alibi. Elle se préparait à organiser un déjeuner en l'honneur de Christine, un déjeuner qui en ferait, non plus cette vieille rombière assommante, mais l'hôtesse la plus enviée de Londres. Hélas, Christine était partie trop tôt !

Son regard se promena encore et se posa, au quatrième rang, sur un beau visage au teint foncé. Très familier, ce visage, aussi familier que l'effigie gravée sur une pièce de monnaie. Mais pourquoi ? Il ne connaissait pas cet homme, il jurerait ne l'avoir jamais vu en chair et en os.

Puis cela lui revint : c'était Gene Lejeune, l'acteur choisi comme partenaire de Christine Clay dans son troisième et dernier film tourné en Angleterre, film qui n'avait jamais été réalisé. Le bruit courait que Lejeune en était bien content, car par son charisme Christine Clay écrasait tous ses partenaires masculins. Toutefois, c'était un mobile à peine suffisant pour se lever dès l'aube et aller lui mettre la tête sous l'eau jusqu'à la noyer. Lejeune n'intéressait guère Hopkins... Sa voisine était une élégante vêtue de noir et de blanc, Marta Hallard, naturellement. Elle avait été retenue pour remplacer Clay dont elle n'avait pourtant pas le talent. Mais arrêter le tournage du film eût sans doute coûté trop cher et Marta ne manquait ni de prestance, ni de raffinement, ni de ce que Coyne appelait de la classe, sans parler de sa personnalité et de ses qualités d'actrice. Désormais elle était, avec Lejeune, la vedette du film. Lequel des deux tenait la vedette ? Difficile à dire. Ni l'un ni l'autre n'était de premier ordre. Le tandem Hallard-Lejeune allait sans doute vers un plus grand succès que le tandem Clay-Lejeune. Un pas en avant – un grand pas pour Marta – et pour Lejeune, une meilleure chance de briller. Assurément, la mort de Christine leur profitait bien.

Il lui sembla alors entendre une voix de fille dire :

— C'est vous, naturellement, qui l'avez tuée de vos propres mains.

Qui avait dit cela ? Oui, c'était cette Judy qui jouait les blondes maussades. Et c'est à Marta qu'elle s'adressait, ce samedi soir où Grant et lui-même, invités par l'actrice, s'étaient retrouvés devant la porte de l'appartement. Judy avait lancé l'accusation sur ce ton provocateur qui lui était habituel même dans les circonstances les plus ordinaires de la vie. Et on croyait qu'elle plaisantait. Pourtant quelqu'un s'était mis à rire et à l'approuver, ajoutant même :

— Évidemment ! Vous convoitiez le rôle qu'elle devait jouer.

Puis la conversation était retombée dans un flot continu de banalités.

Certes, l'ambition était l'un des premiers sentiments qui poussent les gens au crime. Elle venait tout de suite derrière la passion et la cupidité. Mais Marta Hallard, c'était Marta Hallard : le meurtre se trouvait aux antipodes du raffinement fragile et artificiel qui la caractérisait. Même sur scène, se rappelait Hopkins, elle était mal à l'aise dans un rôle de criminelle. Elle donnait toujours l'impression de murmurer « c'est assommant, toute cette gravité ». Même si elle décelait un certain humour dans les rôles de meurtrières, elle les jugeait vulgaires. Non, s'il imaginait bien Marta en victime, il ne la voyait pas du tout en criminelle.

Hopkins se rendit compte que l'actrice n'accordait pas la moindre attention à Lydia. Tout son intérêt – il était constant et sincère – allait vers une personne assise à sa droite, dans la rangée précédente. Les yeux de Hopkins suivirent la ligne imaginaire du regard de Marta et vinrent se poser, non sans surprise, sur un indéfinissable petit bonhomme. N'en croyant pas ses yeux, il refit le même parcours du regard : il tombait toujours sur la même tête ronde de ce petit homme à l'air endormi. Qu'est-ce qui pouvait bien intéresser Marta Hallard chez un type aux allures de voyageur de commerce ?

C'est alors que Hopkins le reconnut : Jason Harmer, le compositeur de chansons. Un des meilleurs amis de Christine. La « bouilloire musicale » selon Marta. Et, à en croire les femmes, séduisant à l'extrême. On s'accordait même à croire qu'il avait été l'amant de Christine Clay. Ça alors ! se dit-il en lâchant mentalement un long sifflement, ça alors, c'était donc Jay Harmer ! Il ne l'avait jamais vu autrement que marqué sur la première page d'une partition. Les femmes avaient des goûts étranges, assurément !

Harmer écoutait Lydia avec le ravissement d'un enfant. Hopkins se demanda comment il pouvait rester insensible à une telle intensité d'attention dirigée sur lui par Marta Hallard, à la manière d'une batterie de canons. Il était assis, placide, la tête dans les épaules, tandis que Marta le transperçait de son regard intense. Faire tourner la tête des gens en se contentant de les regarder, quelle fumisterie ! Et d'où venait cet intérêt secret de Marta pour Harmer ? Car il était vraiment secret. Le bord de son chapeau dissimulait son regard au chevalier servant et il allait de soi que tous les autres avaient les yeux braqués sur la conférencière. Ignorant qu'on l'observait, elle dévorait Harmer des yeux. Mais pourquoi donc ?

Son cœur était-il pris, et si oui, jusqu'où allaient ses sentiments ? Ou au contraire, même si, l'autre soir chez elle, elle avait pris sa défense, voyait-elle en Jason Harmer un meurtrier possible ?

L'esprit rempli de ces spéculations, Hopkins resta là presque un quart d'heure à les observer. Son regard ne cessait de parcourir la petite salle bondée, mais revenait se poser sur eux. Il y avait, certes, des choses intéressantes dans tous les coins, mais rien de comparable à cette scène.

Marta, se souvint-il, avait instantanément réfuté les dires de ceux qui prétendaient que, entre Harmer et Christine Clay, il y avait plus que de l'amitié. Au fait, qu'est-ce que ça signifiait ? S'intéressait-elle à lui, elle aussi ? Et dans quelle mesure ? Jusqu'où donc pouvaient aller les sentiments de Marta Hallard ? Jusqu'à se débarrasser d'une rivale ?

Il se surprit à se demander si Marta était bonne nageuse, mais il se ressaisit. Il y avait à peine un quart d'heure, il riait encore à la seule pensée que Marta pouvait être passionnée au point de tuer. L'idée même en était grotesque.

Mais c'était avant qu'il remarque son intérêt – un intérêt singulièrement dévorant – pour Jason. Supposons que – simple supposition, le temps que cette voyante termine son assommante tournée des planètes – supposons que Marta fût effectivement amoureuse de ce Harmer. Voilà qui faisait de Christine une double rivale. Celle-ci était arrivée là où Marta, malgré un vernis superficiel, aurait tout donné pour arriver, c'est-à-dire au sommet. Ce sommet, Marta l'avait si souvent approché, mais chaque fois ses espoirs se brisaient, et elle redescendait. Il ne faisait aucun doute que Marta tenait à sa réussite professionnelle. Et, à coup sûr, malgré toute la gentillesse de ses paroles, elle voyait d'un très mauvais œil le succès époustouflant, et apparemment trop facile, de la petite dentellière des Midlands. Il y a cinq ans, Marta en était déjà au point où elle en était aujourd'hui. Elle avait atteint la renommée, la réussite, la richesse… le sommet de sa carrière en vue – un sommet vertigineux et insaisissable.

Et entre-temps, une danseuse inconnue venue de Broadway avait rencontré la consécration à travers le chant, la danse et le théâtre.

Pas étonnant, dès lors, que ses gentillesses pour Christine, Marta les ait prononcées du bout des lèvres. Et si celle-ci lui avait ravi, non seulement la gloire dont elle avait soif, mais aussi l'homme qu'elle désirait ? N'était-ce pas assez pour susciter chez Marta une de ces haines qui mènent au crime ?

Où était-elle lorsque Christine s'était noyée ? À Grosvenor Square, probablement. Après tout, elle jouait au théâtre St. James's. Mais non, voyons ! Lors de cette réunion du samedi soir, on avait bien dit qu'elle était partie. Pourquoi déjà ?… Ah oui ! Elle avait parlé du surmenage des artistes et Clement Clements s'était moqué d'elle :

— Le surmenage ! Ça, par exemple ! Et vous venez de sillonner le continent toute une semaine !

— Pas toute une semaine, Clements ! avait-elle rectifié. Quatre jours seulement. Une actrice est peut-être capable de jouer avec une colonne vertébrale cassée, mais jamais avec un abcès dentaire.

Clements avait rétorqué que cet abcès ne l'avait nullement empêchée de bien s'amuser à Deauville.

— Pas à Deauville. Au Touquet, avait-elle repris.

Le Touquet. Oui, c'est là qu'elle était allée. Et elle était revenue à temps pour jouer en matinée le samedi. On avait parlé de la réception organisée en son honneur, de la dimension de la « maison », et des accès de colère de sa doublure. Elle était rentrée après ces quatre jours passés au Touquet ! C'est là qu'elle était donc allée, au Touquet, juste en face, de l'autre côté de la Manche, le jour où Christine était morte !

— Si seulement les parents étudiaient l'horoscope de leurs enfants avec le même soin que celui qu'ils portent à leur alimentation, expliquait Lydia d'une voix aiguë comme celle d'un moineau et guère plus impressionnante, les gens vivraient beaucoup plus heureux.

Le Touquet ! Le Touquet ! se dit Hopkins, jubilant. Il était enfin sur une piste. Non seulement Marta Hallard ne se trouvait pas tellement loin de Christine en ce matin fatal, mais elle avait *les moyens de franchir facilement cette distance*. Le Touquet avait ouvert les portes de sa mémoire… Lors de cette soirée, il y avait Clements, Marta et Hopkins dans ce coin près du bar, et elle répondait aux questions oiseuses de Clements. Quelqu'un, disait-elle, l'avait emmenée dans son avion privé et elle était rentrée par le même moyen. Et c'était un hydravion !

En ce matin brumeux, un appareil s'était posé sur les collines ou en mer, s'était immobilisé un moment et était reparti sans que personne, sinon une nageuse solitaire, s'en aperçoive. Hopkins en avait une telle certitude qu'il voyait cet avion émerger du brouillard comme un grand oiseau et amerrir.

Qui pilotait ? Pas Harmer, car il n'avait pas quitté l'Angleterre. Voilà d'ailleurs pourquoi la police s'intéressait tant à lui, Harmer n'avait été que trop présent. Il avait paraît-il un alibi, mais était-il recevable ? Le journaliste l'ignorait car la police était terriblement cachottière. En tout cas, il était sur une piste que la police, malgré son efficacité tant vantée, n'avait pas flairée. Marta était une amie de Grant. Il était donc naturel que celui-ci l'ait ignorée. De plus, il ne l'avait pas vue dévorer Harmer des yeux, et il n'avait pas, à coup sûr, entendu parler de cet avion. Voilà toute la différence !

Et s'il y avait un avion dans cette histoire, deux personnes étaient donc impliquées. Même indirectement, le pilote était complice.

Là-dessus, Hopkins stoppa le cours de ses supputations pour souffler. Son regard se promena le long des rangées silencieuses d'auditeurs bien habillés pour s'arrêter, surpris, sur une élégante silhouette en blanc et noir, au centre de la salle. Quel rapport cette personne avait-elle avec celle qu'il venait d'imaginer ? Comment avait-il pu transformer la vraie Marta Hallard, chic, gracieuse, sereine, en une créature affolée, prête à tout ?

Pourtant de temps à autre, son regard continuait de se poser sur Jason plus longuement que sur Lydia. Et, dans ce visage qui n'était nullement sur ses gardes, il y avait quelque chose de commun entre la vraie Marta et l'ombre créée par son imagination. Après tout, Marta était capable de sentiments forts.

Toutes ces mains gantées produisirent une pluie d'applaudissements polis qui arracha Hopkins à ses pensées. Apparemment, Lydia avait terminé sa péroraison. Il soupira de bonheur et s'empara de son chapeau. Il voulait prendre l'air et réfléchir à un plan d'action. Il n'avait jamais éprouvé autant de plaisir depuis le jour où le vieux Willindon lui avait raconté en exclusivité comment et pourquoi il avait réduit sa femme en bouillie.

Mais apparemment, on allait disposer d'un temps pour les questions. Miss Keats buvait de l'eau, distribuait aimablement ses sourires entre chaque gorgée, donnant ainsi le temps à l'auditoire de reprendre ses esprits. Un courageux se lança, puis elle reçut bientôt une avalanche de questions. Quelques-unes, amusantes, n'eurent aucun mal à faire rire de soulagement une assistance fatiguée par l'air étouffant, par la voix de Lydia et par sa conférence ennuyeuse. Mais elles ne tardèrent pas à devenir plus intimes et c'est alors que fut posée *la question* – tellement inévitable que la moitié du public l'attendait : « Est-il exact que Miss Keats avait prédit en détail les circonstances de la mort de Christine Clay ? »

Un silence angoissé suivit. Lydia répondit avec simplicité et avec une dignité peu habituelle chez elle, oui, c'était exact et d'ailleurs elle avait souvent prédit l'avenir par le biais d'un horoscope. Elle en donna quelques exemples.

Enhardi par l'ambiance de plus en plus intime, un homme demanda si le don de seconde vue l'aidait à interpréter les horoscopes. Elle tarda tellement à répondre que mains et têtes se figèrent de nouveau. Tous les regards convergèrent sur elle.

— Oui, dit-elle enfin. Oui, mais ce n'est pas un sujet dont j'aime parler. Pourtant, il m'est parfois arrivé, au-delà de toute logique, d'avoir connaissance de telle ou telle chose.

Elle s'interrompit, eut un moment d'hésitation, puis fit trois pas vers le bord de l'estrade avec une telle impétuosité que l'on crut qu'elle voulait s'envoler.

— Et il y a une chose dont j'ai eu connaissance à la minute où j'ai mis le pied sur l'estrade : le meurtrier de Christine est ici, dans cette salle.

Quatre-vingt-dix-neuf pour cent des gens, semble-t-il, qui reçoivent un télégramme leur annonçant : « On a tout découvert : filez » attrapent leur brosse à dents et se précipitent vers leur garage. Les paroles de Lydia étaient si inattendues et la situation tellement horrible, si l'on y réfléchissait bien, qu'il y eut d'abord un silence absolu. Puis le tumulte se déchaîna, semblable à un ouragan qui déferle entre les palmiers. Le crissement de chaises que l'on heurtait en fuyant perçait le brouhaha général, et l'on eût cru entendre des hurlements. Plus on repoussait les sièges, plus le chaos augmentait, et plus les gens se ruaient vers la porte. Dans toute cette foule, aucun ne savait exactement pourquoi il fuyait. Chez la plupart dominait une volonté de quitter cette atmosphère tendue, car les gens de ce milieu n'aiment guère se trouver dans une situation embarrassante. Mais la difficulté d'atteindre la porte parmi les chaises éparpillées et une foule aussi compacte se transforma tout naturellement en panique.

Pour calmer les gens, le président de l'association se mit à prononcer des paroles qui se voulaient rassurantes, mais il ne parvint pas à faire entendre sa voix. Un auditeur s'approcha de Lydia, et Hopkins entendit celle-ci répéter :

— Pourquoi ai-je dit ça ? Oh ! Pourquoi ai-je dit ça ?

Le journaliste s'avança pour grimper sur l'estrade, mû par son ardeur professionnelle. Mais au moment où il prenait appui sur le rebord pour s'y hisser, il reconnut le chevalier servant de Lydia, le chroniqueur du *Courier*. Hopkins se souvint alors qu'elle était pratiquement sponsorisée par ce journal et qu'il n'avait même pas une chance sur mille de l'approcher. Dans ces conditions, son effort serait vain. Il avait mieux à faire, après tout. Lorsque Lydia avait lancé cette phrase incroyable, il s'était tourné pour observer la réaction de deux personnes.

Marta était devenue toute pâle et son visage reflétait quelque chose qui ressemblait à de la colère. Elle fut une des premières à se lever, d'un mouvement si brusque que Lejeune, surpris, dut rattraper son chapeau qu'elle piétinait. Sans un regard derrière elle, elle s'était dirigée vers la sortie, mais comme elle se trouvait dans les premiers rangs, elle fut coincée au milieu de la salle à cause d'une femme en pleine crise de nerfs. Puis la confusion atteignit son comble.

Jason Harmer, lui, n'avait pas sourcillé. C'est avec le même intérêt qu'il avait regardé Lydia avant et après sa déclaration fracassante et il ne s'était levé qu'après avoir été bousculé. Puis il avait aidé une dame à enjamber une chaise qui lui bloquait le passage, avait porté la main à sa poche pour s'assurer qu'il n'avait pas perdu quelque chose – peut-être ses gants – et il s'était dirigé vers la porte.

Après quelques minutes d'un savant jeu de coudes, Hopkins était parvenu à rejoindre Marta maintenant coincée dans un renfoncement, entre deux radiateurs.

— Les imbéciles ! gronda-t-elle lorsque Hopkins eut fini de se présenter.

Et elle jeta sur la foule un regard furibond si contraire à sa pondération habituelle.

— Ils sont certainement plus gentils lorsqu'ils sont derrière une fosse d'orchestre !

Elle se souvint alors que ces gens étaient aussi son public et Hopkins la vit se ressaisir d'un mouvement inconscient. Mais sa fureur n'en subsistait pas moins.

— Quelle drôle d'histoire ! dit-il, pour amorcer la conversation. Je veux parler de Miss Keats.

— Spectacle complètement écœurant !

— Écœurant ? répéta le journaliste, perplexe.

— Pourquoi ne va-t-elle pas faire la roue sur le Strand ?

— D'après vous, ce n'était qu'un coup de publicité ?

— Et vous, vous appelez ça comment ? Un signe venu du ciel ?

— Pourtant, Miss Hallard, l'autre soir où vous avez si gentiment pris ma défense, vous avez dit que Lydia n'avait rien d'un charlatan. Qu'elle avait vraiment…

— Naturellement, ce n'est pas un charlatan ! Elle a prédit des horoscopes étonnants. Mais cela n'a aucun rapport avec cette méthode simpliste employée pour retrouver un criminel. Si elle n'y prend garde, ajouta-t-elle méchamment après un silence, Lydia finira comme une nouvelle Aimee McPherson[1] !

Hopkins s'étonna de la liberté avec laquelle elle s'exprimait face à un journaliste qui s'y attendait si peu et qui, d'ailleurs, ne savait pas très bien à quoi il devait s'attendre. En tout cas, pas à ça. Puis, rompant le silence causé par le doute de son interlocuteur, elle reprit sèchement :

— Ceci n'est pas une interview, je pense, Mr Hopkins ? Sinon, veuillez comprendre que je n'ai rien dit de tout cela.

— D'accord, Miss Hallard, vous n'avez pas prononcé un seul mot. À moins que la police ne m'interroge, bien sûr, ajouta-t-il avec un sourire.

— Je crois que vous n'êtes pas au mieux avec la police ! Et maintenant, si vous aviez la gentillesse de vous déplacer un peu vers la gauche, je crois que je pourrais me faufiler jusque là-bas.

Elle lui adressa un petit salut, sourit, passa devant lui, poussa sa petite personne toute parfumée dans un coin plus confortable de la salle et se perdit dans la foule.

« Il n'y a rien à gratter ! » se dit Hopkins qui, triste, entreprit de rejoindre Harmer là où il l'avait aperçu pour la dernière fois. Il se fit injurier par les douairières, fusiller du regard par les débutantes, mais Hopkins avait passé la moitié de sa vie à fendre les foules. Il s'en tira donc très bien.

— Et vous, Mr Harmer, que pensez-vous de tout ça ?

1. Célèbre prédicatrice américaine (1891-1944) qui connut une existence mouvementée et n'hésitait pas à recourir au spectaculaire dans ses prêches.

Jason demeura d'abord silencieux tout en le dévisageant avec bonne humeur.

— Combien ? demanda-t-il enfin.

— Combien… quoi ?

— Combien pour mes paroles en or ?

— Un exemplaire gratuit du journal.

Jason se mit à rire, puis son visage redevint sérieux.

— Eh bien, je trouve que l'après-midi a été des plus instructifs. Vous croyez à ces histoires de planètes, vous ?

— Pas vraiment !

— Moi, je ne serais pas si catégorique. Il y a beaucoup de vrai dans tous ces grands discours qui nous racontent que la terre et le ciel contiennent bien des choses dont nous ne savons rien. J'ai vu des phénomènes étranges se produire dans le village où je suis né. La sorcellerie et tout le reste. On n'arrive pas à les expliquer par les lois naturelles. Cela donne à réfléchir.

— C'était où ?

Pour la première fois, Jason eut soudain l'air décontenancé.

— En Europe de l'Est, répondit-il brusquement… Étonnante, cette Miss Keats. Mais il faut être circonspect avec une femme pareille. De savoir à l'avance comment les choses vont tourner, ça vous fait réfléchir à deux fois avant de vous lancer dans le mariage… sans parler du passé. Chacun a droit à son jardin secret.

Ne trouverait-il donc personne cet après-midi qui veuille bien répondre à ses questions ? se demanda Hopkins, exaspéré. Peut-être Lydia, s'il parvenait à la joindre. Elle au moins satisferait peut-être à son attente.

— Vous croyez que Miss Keats avait véritablement la sensation d'une présence maléfique lorsqu'elle a fait cette déclaration ? continua-t-il, confiant.

— Mais évidemment, il n'y a aucun doute, affirma Jason quelque peu surpris. On ne se donne pas ainsi en spectacle sans être sous le coup de l'exaltation.

— J'ai remarqué que sa déclaration ne vous étonnait guère.

— Après quinze ans passés aux États-Unis, plus rien ne m'étonne. Vous n'avez jamais vu Holy Rollers ? Ni Coney Island ? Ou un vagabond qui cherche à vous vendre une mine d'or ? Allez vers l'Ouest, jeune homme ! Allez vers l'Ouest !

— Bah… Pour le moment, je vais aller me coucher ! rétorqua le journaliste avant de se diriger vers la sortie.

Parvenu dans le vestibule, il se sentait déjà mieux. Il ajusta son col et contempla la foule qui passait la porte. Une fois à l'air libre, dans l'atmosphère rassurante de Wigmore Street, les gens se remettaient de leur frayeur et, d'un commun accord, donnaient libre cours à des commentaires passionnés. Pourtant, dans tout ce bavardage inconsidéré, le journaliste ne trouva guère à glaner.

Puis, tout à coup, par-dessus les têtes, il aperçut un visage qui attira son attention. Ce blond aux cils pâles, qui ressemblait à un gentil chien terrier, il le reconnaissait, c'était Sanger. Et la dernière fois qu'il l'avait vu, cet homme se trouvait derrière un bureau à Scotland Yard.

Grant avait finalement fait preuve d'un peu d'imagination !

Écœuré, Hopkins enfonça son chapeau sur l'œil et sortit pour bien réfléchir à tout ça.

20

Certes, Grant ne manquait pas d'imagination, mais d'une imagination bien différente de celle de Hopkins. Il ne lui serait jamais venu à l'idée de faire perdre deux heures de son temps à un excellent policier en l'envoyant surveiller le public dans la salle des Lutins. Sanger était là parce que sa mission du moment consistait à filer Jason Harmer.

Il rapporta l'incident dramatique à son chef. Harmer, autant qu'il avait pu s'en rendre compte, n'avait pas paru troublé le moins du monde. Hopkins, du *Clarion*, l'avait accosté ensuite pour l'interviewer, mais apparemment il n'avait pas réussi à en tirer grand-chose.

— Tiens, tiens, nota Grant en levant les yeux. Si Harmer s'est montré de taille à lutter avec Hopkins, il est plus malin que je ne le pensais et il faudrait de nouveau songer à lui !

Sanger sourit.

Le mercredi après-midi, Me Erskine téléphona à Scotland Yard pour prévenir que le poisson avait mordu. « La ligne d'action suggérée par l'inspecteur Grant, déclara-t-il, a semble-t-il donné des résultats au-delà de toute espérance », ce qui en fait voulait dire que le poisson avait fait surface. L'inspecteur aurait-il l'obligeance de venir, dès que possible, prendre connaissance d'un document que l'avocat était désireux de lui soumettre ?

Grant serait évidemment enchanté de venir !

Dix minutes plus tard, l'inspecteur était dans le bureau de l'avocat. D'une main qui tremblait encore plus qu'à l'ordinaire, Erskine lui tendit une lettre.

Monsieur,

Ayant lu l'annonce où vous déclarez que si Herbert Gotobed veut bien passer à votre étude, il y apprendra une nouvelle avantageuse, je suis au regret de vous dire que je ne peux m'y rendre en personne, mais si vous acceptez de me communiquer votre nouvelle par courrier au 5, Threadle Street, Cantorbéry, j'irai chercher la lettre.

Sincères salutations.
Herbert Gotobed.

Cantorbéry ! Les yeux de Grant se mirent à briller. Avec amour, il tourna la missive dans tous les sens. Le papier était quelconque, l'encre pâle, le style et l'écriture plutôt maladroits. Cette lettre lui remit en mémoire celle de Christine aux phrases si élégantes et à l'écriture si particulière et, pour la énième fois, les mystères de l'éducation l'étonnèrent.

— Cantorbéry ! C'est presque trop beau pour être vrai. Une fausse adresse. Et pourquoi ? Notre Herbert serait-il par hasard recherché par la police ? Il n'est pourtant pas fiché à Scotland Yard. Pas sous ce nom, en tout cas. Dommage que nous n'ayons pas sa photo.

— Qu'allons-nous faire à présent, inspecteur ?

— Écrivez-lui que, s'il ne se présente pas en personne, rien ne vous prouvera son identité et qu'en conséquence il est indispensable qu'il se déplace à l'étude.

— Oui, très bien. Ce serait tout à fait légal.

Légal ! Comme si cela avait une quelconque importance, pensa l'inspecteur. Comment pouvait-on, selon ces hommes de loi, mettre la main sur des criminels ? Sûrement pas en s'interrogeant sur ce qui est légal ou pas !

— Si vous la postez immédiatement, elle arrivera ce soir à Cantorbéry. J'irai là-bas demain matin et je guetterai l'oiseau. Puis-je utiliser votre téléphone ?

Il appela son bureau :

— Est-on sûr que parmi les personnes actuellement recherchées par Scotland Yard, il n'y en a aucune qui ait une passion pour la prédication ou un penchant pour le théâtre ?

La réponse fut négative. Il n'y avait que Mike le Pieux, que la police connaissait de longue date. Et il se trouvait à Plymouth.

— Surnom bien choisi ! commenta Grant avant de raccrocher… C'est bizarre ! dit-il à Erskine. S'il n'est pas sur notre liste, pourquoi se cache-t-il ? S'il n'a rien sur la conscience – mais non, voyons, il n'a pas de conscience –, si nous, nous n'avons rien à lui reprocher, j'aurais cru qu'il se serait présenté immédiatement. Car, pour de l'argent, il serait prêt à tout. Sa sœur connaissait bien son point sensible lorsqu'elle lui a laissé ce shilling en héritage.

— Lady Edward était douée d'une grande perspicacité. Elle avait été, je crois, élevée à rude école, ce qui lui permettait de bien juger les gens.

Grant demanda à l'avocat s'il l'avait bien connue.

— Non, je dois admettre que non. C'était une femme charmante. Un peu agacée par la rigueur des procédures juridiques, mais pour le reste…

Oui, et Grant l'entendait presque demander : « Et traduit en langage courant, qu'est-ce que ça veut dire ? » Elle aussi avait dû être irritée par le jargon de Me Erskine.

Grant prit congé, prévint Williams de se tenir prêt à l'accompagner à Cantorbéry le lendemain matin, désigna, le temps de leur absence, leurs deux remplaçants, puis il rentra chez lui et dormit dix heures d'affilée. Le lendemain dès l'aube, tous deux quittèrent un Londres encore assoupi et arrivèrent à Cantorbéry à l'heure du petit déjeuner.

Comme l'inspecteur s'y attendait, c'était un petit marchand de journaux au fond d'une ruelle qui servait de boîte aux lettres.

— Je ne pense pas, dit-il après réflexion, que notre ami se manifeste avant la fin de la journée, mais on ne sait jamais. Allez donc au pub d'en face, louez la chambre située au-dessus de la porte et faites-vous servir un petit déjeuner. Ne quittez pas la fenêtre et gardez l'œil sur tous ceux qui se montreront. Quant à moi, je vais dans la boutique et je vous ferai signe par la fenêtre dès que j'aurai besoin de vous.

— Vous ne petit-déjeunez pas, inspecteur ?

— C'est déjà fait. Cependant, commandez un repas pour 1 heure, car ce n'est pas le genre d'établissement à avoir la moindre côtelette en réserve.

Grant traîna jusqu'à ce qu'il vît Williams apparaître à la fenêtre de l'étage, puis il entra dans la boutique. Un petit homme chauve et grassouillet, à l'épaisse moustache noire, rangeait dans sa vitrine des cartouches de cigarettes.

— Bonjour. Mr Rickett ?

— Lui-même, répondit-il, méfiant.

— Je crois savoir que vous acceptez parfois de servir de boîte aux lettres ?

Mr Rickett dévisagea Grant de son œil averti, se demandant s'il avait affaire à un policier ou à un client. Il flaira juste.

— Et alors ? Y a aucun mal à ça, si ?

— Pas du tout, répondit Grant, encourageant. Je voulais savoir si vous connaissiez un certain Mr Herbert Gotobed ?

— Vous plaisantez ?

— Absolument pas. Il nous a indiqué votre magasin comme boîte aux lettres, aussi je me demandais si vous le connaissiez.

— Moi non. Je m'intéresse pas aux gens qui reçoivent des lettres. Ils paient ce qu'ils doivent quand ils viennent les chercher, et en ce qui me concerne, ça s'arrête là.

— Je comprends. Mais j'ai besoin de votre aide. Je vous demanderais la permission de rester ici jusqu'à ce que Mr Gotobed vienne chercher sa lettre. Vous avez bien une lettre pour lui ?

— Oui, elle est arrivée hier soir. Mais… vous êtes de la police ?

— Scotland Yard, répondit Grant en présentant sa carte.

— D'accord. Mais je veux pas qu'on arrête des types chez moi. Elle est respectable, ma maison, même si je fais quelques petits extras. Je veux pas qu'on salisse la réputation de mon commerce.

L'inspecteur l'assura qu'il n'était nullement question d'arrestation. Il voulait demander des renseignements à Mr Gotobed, un point c'est tout.

— Oh, alors, si y a que ça !

Il installa donc Grant derrière une pile de livres bon marché, à l'autre bout du comptoir, et la matinée, contrairement à ses appréhensions, ne parut pas trop longue à l'inspecteur. Après tant d'années passées dans la police, il trouvait encore l'humanité digne d'intérêt, sauf en période de découragement. Il en défilait des échantillons de toutes sortes ici… et de l'intérêt, cette boutique en offrait à foison ! Williams, en revanche, s'ennuyait ferme à observer les allées et venues dans cette ruelle. La demi-heure de conversation avec le marchand, derrière la pile de livres, fut la bienvenue lorsqu'il vint relayer Grant, le temps pour lui de déjeuner. C'est à contrecœur qu'il retourna respirer l'air vicié de la chambre au-dessus du pub. À l'interminable après-midi chaud et lourd succéda une soirée embrumée, puis le crépuscule tomba vite. Les premières lumières s'allumèrent, très pâles dans la lueur du jour finissant.

— À quelle heure fermez-vous ? demanda Grant qui commençait à s'inquiéter.

— Oh, vers 10 heures.

Il avait encore du temps devant lui.

Vers 9 h 30, Grant sentit une présence dans la boutique. Aucun bruit de pas ne l'en avait averti, aucun signe, sinon un froissement d'étoffe. Il leva les yeux et aperçut un homme en bure de moine.

On entendit une voix aiguë et grincheuse :

— Vous avez une lettre pour Mr Herbert…

Grant bougea, ce qui attira l'attention sur sa présence.

Sans plus attendre, l'homme fit demi-tour et disparut sans même terminer sa phrase.

Cette apparition fut si inattendue et la disparition si rapide qu'il fallait une ou deux secondes à l'esprit d'un pauvre mortel pour faire face à la situation. Mais l'inconnu avait à peine parcouru quelques mètres dans la rue que Grant était déjà sorti de la boutique. Il vit la silhouette tourner dans une ruelle et se mit à courir. Il tomba sur une petite arrière-cour – aux maisons à un étage, toutes portes ouvertes à la chaleur du soir – où aboutissaient deux ruelles transversales. L'homme avait disparu. L'inspecteur se retourna et, derrière lui, aperçut Williams tout essoufflé.

— Bravo, mon cher ! dit-il. Mais je crains que ce ne soit inutile. Vous, prenez cette ruelle et moi, je prendrai celle-ci. Un soi-disant moine !

— Je l'ai vu, fit Williams en s'élançant.

Ce fut peine perdue. Dix minutes plus tard, ils se retrouvèrent au bureau de tabac, bredouilles.

— Qui était cet homme ? demanda Grant à Mr Rickett.

— Je n'en sais rien. Jamais vu avant.

— Y a-t-il un monastère ici ?

— À Cantorbéry ? Non !

— Et dans les environs ?

— Pas à ma connaissance.

Une femme, derrière eux, posa quelques pièces sur le comptoir.

— Un paquet de Goldflake, demanda-t-elle. Vous cherchez un monastère ? Il y a une communauté à Bligh Vennel. Des moines avec des cordes autour de la taille et la tonsure.

— Où se trouve ce… Bligh Vennel ? demanda l'inspecteur. Loin d'ici ?

— Non, à peu près deux rues. Encore plus près à vol d'oiseau, mais ceci ne vous avance pas à grand-chose dans cette ville. C'est dans les petites rues, derrière le *Cock and Pheasant*. Je vous y conduirais bien si Jim n'attendait pas ses cigarettes. Mes Goldflake, s'il vous plaît, Mr Rickett.

— Trop tard, on ferme ! lança Rickett, bourru, tout en évitant le regard du policier.

La femme parut surprise par ce refus inattendu, mais avant qu'elle n'ait pu se lancer dans des récriminations, Grant avait sorti de sa poche son propre étui.

— Madame, on dit qu'un pays a les lois qu'il mérite. Il n'est pas en mon pauvre pouvoir de vous obtenir ce paquet de cigarettes, mais permettez-moi d'offrir celles-ci à Jim en remerciement de votre aide.

Il vida ses cigarettes dans les mains de la femme stupéfaite et la renvoya, tandis qu'elle protestait.

— Et alors, dit-il à Rickett, cette espèce de confrérie, vous la connaissez ?

— Non. Il y a bien un truc comme ça, maintenant je me rappelle. Mais j'sais pas où ils crèchent. Vous avez entendu ce qu'elle a dit. Derrière le *Cock and Pheasant*. La moitié des cinglés de la terre ont des établissements dans le coin, si on va par là. Bon, je ferme.

— Vous avez raison, dit Grant. Les gens qui viennent chercher des cigarettes sont bien embêtants, n'est-ce pas ?

Rickett se contenta de grommeler.

— Venez, Williams. Et vous, Rickett, pas un mot de tout ceci à qui que ce soit. Vous nous reverrez probablement demain.

Rickett marmonna qu'il ne se porterait pas plus mal s'il ne les revoyait jamais plus.

— Nous voilà dans de beaux draps, s'exclama Williams lorsqu'ils descendaient la rue. Et à présent, que faisons-nous ?

— Je vais rendre visite aux moines. Il vaut mieux que vous ne m'accompagniez pas. Avec votre bonne bouille de campagnard, vous ne leur ferez jamais croire que vous aspirez à une vie ascétique.

— J'ai vraiment l'air d'un flic, c'est ce que vous voulez dire ? Je le sais bien, chef, et ça m'a souvent tracassé. Ce n'est pas bon pour le métier. Si vous saviez comme j'envie votre physique ! Dès qu'on vous voit, on pense « officier dans l'armée », et tout devient tellement plus facile !

— Compte tenu de tous ces chèques sans provision sur la Cox, je trouve ça étonnant !… Non, je ne pensais pas à votre physique, Williams, ce n'est pas ce que je voulais dire. C'étaient des paroles en l'air. Mais je suis persuadé que c'est l'affaire d'un homme seul. Vous feriez mieux de m'attendre dans la chambre, près de l'aspidistra et de manger quelque chose, dès que nous aurons repéré le monastère.

Ils le dénichèrent après quelques recherches. Une rangée de fenêtres au premier étage donnait sur une ruelle, mais apparemment la façade était sur cour ou sur jardin. L'unique ouverture du rez-de-chaussée était une porte étroite, massive et garnie de clous, qui ne comportait ni plaque ni inscription pour informer les curieux. Toutefois, il y avait une cloche.

Grant la tira et, après une longue attente, il entendit, affaiblis par la lourde porte, des pas sur un sol dallé. Un judas s'ouvrit et un homme demanda à Grant quel était l'objet de sa visite.

— Qui voulez-vous voir ?

— Votre directeur, déclara Grant d'une voix assurée, ignorant s'ils appelaient leur supérieur abbé ou prieur.

Directeur lui paraissait convenir assez bien.

— Le révérend père ne reçoit pas à cette heure.

— Voudriez-vous lui remettre ma carte, déclara l'inspecteur qui la glissa à travers la grille, et lui dire que je lui serais reconnaissant de m'accorder une audience pour une affaire importante ?

— Aucune affaire n'est importante en ce monde.

— Le révérend père en jugera peut-être autrement lorsque vous lui aurez remis ma carte.

Le judas se referma avec une violence qu'on aurait, en un lieu moins sacré, prise pour de l'irritation. Et Grant se retrouva dans l'obscurité croissante de la rue. Williams, sans mot dire, lui fit un geste de la main à quelques pas de distance, puis s'éloigna. On distinguait nettement des voix d'enfants qui jouaient dans les rues adjacentes, mais la ruelle était totalement déserte. Le bruit des pas de Williams s'était évanoui bien avant qu'on entendît quelqu'un revenir dans le couloir derrière la porte. Puis on tira des verrous et une clé grinça. « De quoi se protègent-ils donc ? se demanda Grant. De la vie ? Ou bien les barreaux ne servent-ils qu'à retenir des vocations chancelantes ? » Le battant s'entrouvrit alors suffisamment pour le laisser entrer.

— La paix soit avec vous et avec toutes les âmes chrétiennes ! Et que la bénédiction du Seigneur Dieu vous accompagne maintenant et à jamais, amen ! débita le portier en repoussant les verrous et en tournant la clé.

S'il avait fredonné quelques mesures de *Sing to Me Sometimes*, le résultat n'eût pas été fondamentalement différent, pensa Grant.

— Le révérend père, dans sa bonté, accepte de vous recevoir, annonça l'homme qui le précédait dans le couloir en martelant les dalles de ses sandales.

Il fit entrer Grant dans une petite pièce blanchie à la chaux, dont les seuls meubles étaient une table, des chaises et un crucifix, lui dit « La paix soit avec vous », puis referma la porte et laissa Grant seul. Il faisait un froid glacial et Grant espérait que le révérend père ne lui infligerait pas la discipline d'une trop longue attente.

Mais moins de cinq minutes plus tard, le portier revint et introduisit son supérieur avec une grande solennité. Il marmonna une autre de ses bénédictions toutes faites et s'esquiva. L'inspecteur s'attendait à rencontrer le type même du fanatique, mais au contraire, il était face à un prédicateur à succès : affable, sur ses gardes, mondain.

— Puis-je vous aider, mon fils ?

— Vous avez, je crois, dans votre communauté, un homme du nom de Herbert Gotobed.

— Il n'y a personne de ce nom ici.

— Je sais qu'on change de nom lorsqu'on entre en religion, mais vous connaissez certainement les véritables noms des hommes de votre ordre.

— Le jour même où un homme franchit la porte pour devenir des nôtres, son nom temporel est oublié.

— Vous m'avez demandé si vous pouviez m'aider.

— Je souhaite toujours vous aider.

— Je veux voir Herbert Gotobed, car j'ai des nouvelles à lui communiquer.

— Je ne connais personne de ce nom. Et il ne peut y avoir de « nouvelles » pour un membre de la Fraternité de l'Arbre du Liban.

— Très bien. Admettons que vous ne connaissiez pas cet homme sous le nom de Gotobed. Mais celui à qui je veux parler est l'un des vôtres. Laissez-moi le chercher !

— Si je comprends bien, vous voulez que je fasse défiler ma communauté devant vous ?

— Non, mais je suppose que vous avez des offices auxquels assistent tous les frères ?

— Naturellement.

— Permettez-moi d'y assister.

— Voilà une requête tout à fait inhabituelle !

— À quelle heure célébrez-vous le prochain office ?

— Celui de minuit débute dans une demi-heure.

— Bien, tout ce que je vous demande, c'est une place d'où je pourrai voir le visage des membres de votre communauté.

Le révérend père manifesta une certaine réticence et invoqua l'inviolabilité de la sainte maison. Quelques allusions bien placées de Grant à cette coutume – séduisante mais obsolète – de l'asile sacré, et à la survivance de certains édits royaux aux effets foudroyants le firent changer d'avis.

— À propos, dites-moi – pardonnez mon ignorance de votre règle et de votre mode de vie –, est-ce que vos frères ont des occupations en ville ?

— Non. Sauf lorsque la charité l'exige.

— Alors, ils n'ont aucun contact avec le monde extérieur ?

Si c'était bien vrai, Herbert allait avoir un alibi parfait !

— À chaque nouvelle lune, un frère sort dans le monde pendant vingt-quatre heures. C'est un article de la règle visant à éviter que la sainteté de la vie commune n'enferme chacun de nous dans une dévotion égoïste. Au cours des douze heures de jour, le frère doit venir en aide à ses semblables comme il l'entend. Les douze heures de nuit sont consacrées à la méditation solitaire, à l'extérieur en été, dans une église en hiver.

— Je comprends. Et ces vingt-quatre heures commencent… quand ?

— De minuit à minuit.

— Je vous remercie.

21

L'office était célébré dans une chapelle nue, blanchie à la chaux, éclairée aux chandelles, toute simple à l'exception de l'autel qui se trouvait au pignon est. Grant fut étonné de sa magnificence. Les frères étaient peut-être pauvres, et pourtant il y avait de l'argent quelque part. Les vases sacrés posés sur la nappe de velours blanc, de même que le crucifix, évoquaient le butin dérobé par quelque pirate dans une cathédrale hispano-américaine. Il avait du mal à imaginer ce Herbert Gotobed, qu'il connaissait de réputation, mener une existence de pauvreté dans un cloître. À n'avoir plus d'autre public que soi-même pour se donner en spectacle, on devient vite blasé. Toutefois, la vue de cet autel lui donna à réfléchir. Après tout, Herbert était peut-être dans son élément.

Grant n'entendit pas un mot de l'office. Assis dans la demi-obscurité de l'embrasure d'une fenêtre latérale, il apercevait tous les visages des participants, une bonne vingtaine ; c'était fascinant à observer. Certains semblaient des illuminés – les mêmes têtes que l'on voyait dans les réunions d'opposants et dans les fêtes des partisans du renouveau folklorique ; d'autres paraissaient des fanatiques – des masochistes en quête d'un cilice moderne ; d'autres, en revanche, n'attiraient pas l'attention. Certains, en conflit avec eux-mêmes, étaient venus chercher la paix ; d'autres, en conflit avec le monde, un asile. Grant, qui les scrutait avec un vif intérêt, immobilisa son regard sur l'un d'entre eux. Qu'est-ce qui avait bien pu conduire cet homme à une vie de solitude et de renoncement ? Un visage rond au teint brouillé sur une tête ronde et mal proportionnée, les yeux petits, le nez gros, la lèvre inférieure tombante qui lui découvrait les dents lorsqu'il récitait l'office. Tous les autres moines de cette petite chapelle étaient des types faciles à caser dans la vie normale : le prieur dans un évêché, celui-ci dans la salle d'attente d'un psychiatre, celui-là dans une agence pour l'emploi. Mais où caser le dernier ?

Il n'y avait qu'une seule réponse possible : dans le box des accusés.

Alors, pensa l'inspecteur, c'est donc lui Herbert Gotobed. Il n'en aurait pas la certitude, évidemment, tant qu'il ne le verrait pas marcher, car la seule chose qu'il connaissait de lui, c'était sa démarche. Mais il était prêt à le parier. Il est vrai que les meilleurs juges se trompent parfois – Gotobed était-il bien cet individu efflanqué, à l'air inoffensif, de la première rangée ? –, mais il serait fort surpris si Gotobed n'était pas cette créature onctueuse à la lippe tombante.

À mesure que les religieux sortaient en procession après minuit, tous ses doutes s'évanouirent. Gotobed avait une démarche caractéristique. Il avançait, dégingandé et en roulant des épaules, c'était tout à fait son allure.

Après les avoir suivis, Grant alla trouver le révérend père.

— Le dernier frère à sortir de la chapelle, comment s'appelait-il ?

— Frère Aloysius.

Après discussion, il obtint qu'on le fasse venir.

Pour meubler cette attente, l'inspecteur s'entretint de l'ordre et de sa règle, et apprit qu'aucun de ses membres ne pouvait posséder de biens matériels, ni communiquer avec d'autres sur les affaires de ce monde. Des choses aussi basses et futiles que les journaux, il n'en était même pas question, naturellement. Il apprit également que le révérend père avait l'intention, dans un mois environ, d'aller au Mexique diriger la mission qu'ils avaient fondée, et aussi qu'il détenait le privilège de désigner son successeur.

Une pensée traversa l'esprit de Grant.

— Je ne voudrais pas être incorrect – et ne prenez surtout pas ceci pour de la curiosité oiseuse –, mais pourriez-vous me dire si votre choix est déjà fait ?

— Oui, pratiquement.

— Puis-je connaître son nom ?

— Je ne vois vraiment pas pourquoi je dirais à un inconnu ce que je ne suis pas disposé à dire à mes propres frères, mais je n'ai aucune raison de vous le cacher si je puis compter sur votre discrétion.

Grant donna sa parole.

— Mon successeur sera vraisemblablement l'homme que vous avez demandé à voir.

— Mais c'est un nouveau venu ! lâcha-t-il sans réfléchir.

— Vous m'intriguez. Comment le savez-vous ? demanda sèchement le révérend père. Il est vrai que frère Aloysius n'est des nôtres que depuis quelques mois seulement, mais les qualités requises pour devenir prieur (il était donc prieur !) ne s'acquièrent pas avec le nombre d'années passées au monastère.

Grant acquiesça vaguement, puis demanda lequel des frères était sorti ce soir-là.

— Aucun, dit le prieur, catégorique.

L'arrivée du frère Aloysius mit fin à la conversation.

Il se tenait debout, immobile, les mains repliées dans les larges manches de sa robe brune. Grant remarqua qu'il ne portait pas de sandales et qu'il était pieds nus, et il se souvint que, lorsqu'il s'était présenté chez le marchand de journaux, aucun bruit n'avait signalé son entrée. Herbert avait-il agi ainsi pour feindre l'humilité ou parce que ça l'arrangeait de passer inaperçu ?

— Voici frère Aloysius, annonça le prieur qui s'éloigna après leur avoir donné sa bénédiction, d'un geste bien plus ample et plus gracieux que celui du frère portier.

— Je représente Mes Erskine et Smythe, avocats à Londres, déclara l'inspecteur. Et vous, vous êtes Herbert Gotobed.

— Je suis frère Aloysius.

— Mais vous avez été Herbert Gotobed.

— Je n'ai jamais entendu parler de lui.

Grant le considéra un instant, puis reprit :

— Veuillez m'excuser. Nous recherchons Gotobed à qui revient un héritage.

— Vraiment ? S'il fait partie de cette communauté, cette nouvelle ne l'intéressera guère.

— Pourtant, avec un legs important, il se rendra compte qu'il pourrait faire beaucoup plus de bien, hors du cloître comme à l'intérieur.

— Nous avons prononcé des vœux perpétuels. Aucun de nos frères ne s'intéresse à ce qui se passe à l'extérieur.

— Vous niez donc être Herbert Gotobed ?

Grant parlait comme un automate, car l'expression de l'homme avec ses petits yeux pâles remplis de haine l'obsédait. Il avait rarement vu cela. D'où venait cette haine ? Il était très intrigué. N'aurait-il pas dû plutôt avoir peur ?

Il sentit que l'homme le considérait, non pas comme un requérant, mais comme un intrus. Ce sentiment l'habitait encore au moment de prendre congé du moine puis, sur le chemin de son hôtel, il y pensait toujours.

Williams cogitait devant le repas froid qu'il avait commandé pour son chef.

— Des nouvelles ? demanda Grant.

— Non, inspecteur.

— Rien sur Tisdall ? Avez-vous téléphoné ?

— Oui, j'ai appelé il y a environ vingt minutes. On ne sait rien.

— Dommage, dit-il en glissant quelques tranches de jambon entre deux morceaux de pain. Je travaillerais beaucoup mieux si je n'avais pas l'esprit occupé par lui. Allons-y. La nuit va être plutôt courte pour nous.

— Qu'est-ce qui se passe, inspecteur ? Vous l'avez trouvé ?

— Oui, il est là-bas, mais il nie être Gotobed. Ils n'ont pas le droit de se mêler des affaires du monde. Voilà pourquoi il s'est montré si effarouché dans la boutique. Il n'a même pas pris le temps de s'intéresser à la deuxième personne derrière le comptoir, il a tout simplement fui en se croyant épié. C'est ce qui me trouble, Williams. Il redoute bien plus, semble-t-il, d'être exclu de l'ordre que d'être arrêté pour meurtre.

— Mais s'il s'est sauvé, c'est sans doute pour ne pas être reconnu. Ce monastère est une cachette idéale pour un assassin.

— Oui… Oui, seulement il n'a pas peur, il est furieux. Nous lui mettons des bâtons dans les roues.

Les deux policiers descendaient lentement l'escalier, tandis que Grant mordait à belles dents dans son sandwich improvisé. Arrivés presque au rez-de-chaussée, ils se trouvèrent face à une matrone qui leur barrait la route. Elle n'était pas armée d'un tisonnier, mais c'était tout comme.

— Ah ! voici donc nos deux escrocs ! Et ça file en douce, la nuit venue ! s'exclama-t-elle, pleine de venin. Venir ici, comme si de rien n'était, et nous obliger, mon pauvre mari et moi, à acheter tout ce qu'il y a de mieux pour leurs repas – des côtelettes premières et de la langue de choix, sans parler des tomates du pays pour leurs fines bouches – et tout ce que nous récolterons pour nos frais et notre travail, c'est deux chambres vides le lendemain matin. J'ai bien envie d'appeler la police et de vous faire coffrer, s'il n'y avait…

— Oh, au nom du ciel ! s'écria Grant, exaspéré.

Puis il se mit à rire. Il se pencha par-dessus la rampe, pris d'un fou rire, tandis que Williams parlait à l'hôtesse en colère.

— Alors, il fallait le dire que vous étiez des flics ! répliqua-t-elle.

— Nous ne sommes pas des flics, corrigea Williams, féroce, et Grant de rire encore davantage et de l'entraîner au-dehors.

— Burlesque ! s'écria-t-il en s'essuyant les yeux. Absolument burlesque ! Cela m'a fait beaucoup de bien. Maintenant, écoutez. Ces moines, ou du moins ce qu'ils croient être, se retirent dans leurs cellules à minuit pour n'en sortir qu'à 6 heures du matin. Herbert, pour sa part, fait ses allées et venues un peu comme il l'entend. J'ignore comment il s'y prend. Si on peut facilement sauter des fenêtres de l'étage, il est impossible de remonter car elles sont bien trop hautes, et il n'a rien d'un sportif, apparemment. Mais c'est sûr qu'il sort. Personne ne savait – en tout cas pas les autorités officielles – qu'il était dehors ce soir. J'ai le pressentiment qu'il ressortira cette nuit et je veux savoir où il ira.

— Qu'est-ce qui vous fait croire ça, inspecteur ?

— Mon flair, c'est tout. Il doit y avoir un endroit par où il sort. J'ai fait le tour du pâté de maisons avant de regagner l'hôtel. Le monastère ne touche la rue qu'en deux points : le premier à la porte d'entrée, et le second tout à fait à l'opposé, au fond du jardin clos par un mur de cinq mètres de haut. Celui-ci, percé d'une porte pleine en fer, est très loin des bâtiments ; c'est donc, à mon avis, la première issue qui est la plus vraisemblable. Mais je vous demande de monter la garde du côté du jardin et de filer toute personne qui en sortira. J'en ferai autant de l'autre côté. Si vers les 6 heures il ne s'est rien passé, rentrez discrètement à l'hôtel et allez vous coucher.

22

Il y avait une éternité qu'il attendait, songeait Grant. La nuit était tiède et l'air humide. Il y flottait une agréable odeur de fleurs et de verdure, il devait y avoir un tilleul quelque part. Là-haut, une épaisse brume rendait le ciel invisible et de temps à autre des cloches tintaient doucement dans le lointain. Malgré lui, l'inspecteur se sentit envahi par cette paix. Son esprit s'engourdissait et il dut se secouer pour rester éveillé.

Puis, peu après que la demie de 2 heures eut sonné, il se produisit quelque chose qui le mit en alerte. Il n'avait perçu aucun bruit mais, dans la ruelle qui longeait le monastère, quelque chose bougeait. Bien que la nuit empêchât de distinguer les formes, l'obscurité frémissait comme un rideau agité par un courant d'air. Il y avait quelqu'un dans la rue.

Grant attendit. Le mouvement s'atténua, s'estompa, puis cessa. L'individu s'était éloigné. Le policier ôta alors ses chaussures déjà dénouées, et les mit en bandoulière. Sans bruit, il longea la ruelle, dépassa le grand mur du monastère, et la visibilité devint un peu meilleure. De nouveau, il sentit qu'on marchait devant lui. Tous les sens en éveil, il suivit l'ombre, car il était non seulement difficile d'évaluer la distance exacte qui l'en séparait, mais presque impossible de savoir si elle s'arrêtait. Une fois dans la rue, les choses devinrent plus faciles. L'ombre prenait forme et avançait rapidement et sans effort. Grant était bien décidé à ne pas se laisser distancer. Il emprunta de petites rues bordées de maisons à un étage, dépassa de modestes pavillons avec des jardinets, puis de temps à autre, un pré.

Bientôt il sentit le gravier du sol sous ses chaussettes et se mit à jurer. L'individu se dirigeait vers la campagne ou en tout cas vers les faubourgs.

Pendant une vingtaine de minutes encore, Grant dut suivre cette silhouette à peine visible au sein de l'obscurité et du silence. Ne connaissant pas les lieux, il lui fallait marcher à l'aveuglette sans pouvoir deviner les marches, les pentes, les obstacles. Une mauvaise chute eût été fatale à son entreprise nocturne. Sa proie, elle, dans la mesure où il la distinguait, n'avait aucune hésitation. Pour elle ce n'était pas une fuite, c'était une promenade familière.

À présent, Grant devinait qu'ils étaient plus ou moins arrivés en pleine campagne. Il y avait peut-être des maisons, mais elles se trouvaient derrière des talus – un nouveau quartier, probablement. À cause de ces talus, il était malaisé de distinguer le fuyard parce que leur masse formait une toile de fond trop sombre pour laisser voir une ombre en mouvement. Soudain, l'inspecteur s'aperçut que celle-ci avait disparu. Plus rien ne bougeait devant lui. Il s'arrêta net. L'homme l'attendait-il ou bien s'était-il engouffré dans le creux d'un talus ? À plusieurs reprises, lorsque des cailloux avaient roulé sous ses pieds, il s'était demandé si l'homme soupçonnait sa présence. Pourtant, il ne s'était pas arrêté une seule fois pour tendre l'oreille. Désormais, plus rien ne bougeait.

Grant se remit à marcher pas à pas et ne tarda pas à se trouver devant une grille. Ah ! s'il avait pu se servir de sa lampe électrique ! Cette poursuite aveugle dans une campagne inconnue commençait à lui taper sur les nerfs. Prenant le pari que l'homme s'était faufilé par là, il franchit la grille et foula du sable mou. Il s'arrêta, méfiant. Ne s'agissait-il que d'une sablière ? L'individu préparait-il quelque chose ? Un guet-apens ?

Il se souvint alors que l'abord des villas neuves était décoré d'un beau sable rouge. Rassuré, il avança, cherchant du pied le bord de la pelouse, car celle-ci le mènerait jusqu'à la maison qu'il devinait devant lui. Elle émergea soudain de l'ombre. Une maison blanchie à la chaux d'environ huit pièces. Même par une nuit si noire, le blanc la rendait légèrement lumineuse et, se détachant sur cette lueur fantomatique, l'homme était là, debout, immobile.

Grant eut alors la sensation qu'il le regardait. Il comprit trop tard que lui aussi se trouvait maintenant devant une aile de la maison, toile de fond sur laquelle il devait se détacher. Il s'accroupit. Quelques instants plus tard, l'homme filait et disparaissait derrière le pignon.

Le policier s'élança, se colla contre le mur et attendit. Mais pas un bruit, pas une respiration, pas un mouvement. L'homme était parti et Grant perdait du temps. Il contourna alors le pignon et aussitôt un tissu de laine moelleux l'étouffa, lui glissa sur le visage et lui serra le cou. Il eut juste le temps de mettre la main entre le tissu et sa peau avant que les plis ne se resserrent sur sa gorge. Il résista de toutes ses forces, puis se servant de l'étoffe comme prise, se pencha brusquement en avant et sentit le corps de son adversaire basculer sur lui, la tête la première.

Son poids fit trébucher Grant qui suffoquait encore sous l'étoffe infecte, mais il avait les mains libres. Il chercha du bras son adversaire et c'est avec une joie immense qu'il sentit la pression autour de son cou se relâcher. S'il continuait à suffoquer et à ne rien voir, il ne risquait plus pour le moment d'être étranglé.

C'était lui maintenant qui cherchait à étrangler l'autre, à condition de pouvoir trouver sa gorge. Mais son agresseur se tordait comme une anguille et faisait usage de ses genoux avec un art consommé. Il n'en était pas à ses premiers coups bas. Frappant à l'aveuglette et ne rencontrant qu'une pelouse nouvellement semée, Grant eût payé cher pour y voir un peu, ne serait-ce que quelques secondes. Il lâcha le membre de l'assaillant qui lui était tombé sous la main – un bras ou une jambe, il ne savait trop – et fit un suprême effort pour rouler et échapper à son adversaire. Mais en vain, car celui-ci avait une aussi forte poigne que lui. Il eut juste le temps de glisser la main dans sa propre poche pour saisir sa lampe électrique, où elle resta emprisonnée quand on le jeta de nouveau sur le dos. De toutes ses forces, Grant lança alors sa main libre en direction de l'haleine qui lui tombait par saccades sur la figure. Son poing toucha un os, il entendit des dents s'entrechoquer, puis l'homme s'écroula sur lui de tout son poids.

Le policier se dégagea et essaya de tirer la torche de sa poche. Avant qu'il y parvienne, l'homme bougeait de nouveau. L'inspecteur l'avait simplement déstabilisé. Il braqua sa lampe sur son adversaire qui bondit sur lui avant que le pinceau lumineux n'éclairât son visage. Grant fit un écart, lança sur lui son projectile qui le rata d'un cheveu et ils tombèrent tous deux. Toute son attention s'étant concentrée sur le coup qu'il allait porter, Grant n'avait pas pris la bonne position pour résister à une telle masse et sa chute fut violente. Dans la demi-conscience, alors que toutes ses facultés s'efforçaient de stimuler au combat son corps étourdi, il se demanda, indifférent, de quelle manière il allait être tué.

À sa grande surprise, il sentit le corps de l'homme se soulever. Il reçut un coup sur la tempe et, bien qu'il fût sonné, il se rendit compte que son adversaire n'était plus là.

Il se redressa et s'assit par hasard sur la pierre avec laquelle on venait de le frapper et qui provenait apparemment d'une rocaille. Puis, à tâtons, il chercha sa torche avant de se lancer dans une nouvelle poursuite, lorsqu'il entendit une voix de femme murmurer dans la nuit :

— C'est toi, Bert ? Qu'est-ce qui se passe ?

Grant se leva et braqua sa lampe sur de grands yeux de gazelle, bruns et doux. Mais le reste du visage, lui, n'était pas aussi doux.

Dans cette lumière, la femme sursauta et recula.

— Ne bougez pas ! dit Grant d'un ton qui n'admettait aucune résistance.

Elle resta donc immobile.

— Ne parlez pas si fort ! s'empressa-t-elle de répliquer. D'abord, qui êtes-vous ? Je vous ai pris pour… un ami.

— Je suis inspecteur… de police.

Grant savait, par expérience, que cette déclaration provoquait invariablement soit la peur, soit la méfiance. On rencontrait souvent la première de ces réactions chez ceux qui n'avaient absolument rien à se reprocher, et les autres se trahissaient par la seconde. C'était le cas de cette femme à présent.

La torche de Grant balaya la façade de son faisceau de lumière. La maison avait un étage et des mansardes.

— Ne faites pas ça ! murmura-t-elle. Vous allez la réveiller.

— Qui, elle ?

— La vieille dame, ma patronne.

— Vous êtes domestique ?

— Je suis la gouvernante.

— Il n'y a que vous deux ici ?

— Oui.

Il dirigea sa lampe sur la fenêtre ouverte derrière elle.

— C'est votre chambre ?

— Oui.

— Entrons pour discuter.

— Vous n'avez pas le droit de pénétrer dans la maison. Vous ne pouvez rien contre moi, je n'ai rien fait.

— S'il vous plaît ! dit Grant sur un ton de menace qui ne correspondait en rien à cette expression de politesse.

— Vous ne pouvez entrer dans la maison sans mandat. Je le sais !

La femme était maintenant campée contre le rebord de la fenêtre pour interdire l'accès de sa chambre.

— Un mandat n'est pas nécessaire lorsqu'il s'agit d'un crime.

— Un crime ! s'exclama-t-elle en le dévisageant. Je n'ai rien à voir avec un crime.

— Voulez-vous entrer, je vous prie, et allumer ?

Ce qu'elle fit, en escaladant l'appui de la fenêtre avec une aisance qui dénotait l'habitude. Dès qu'elle eut le doigt sur l'interrupteur, Grant sauta à son tour et tira les rideaux.

C'était une très jolie chambre avec un édredon sur le lit et, sur la table, une lampe à abat-jour.

— Qui est votre patronne ?

Elle donna un nom et avoua qu'elle n'était là que depuis quelques mois.

— Et où travailliez-vous auparavant ?

— Chez des gens en Australie.

— Et quel rapport y a-t-il entre vous et Herbert Gotobed ?

— C'est qui, ce type ?

— Allons, ne perdons pas de temps, mademoiselle… à propos, comment vous appelle-t-on ?

— Par mon vrai nom, riposta-t-elle en le fusillant du regard. Rosa Freeson.

L'inspecteur inclina la torche pour mieux la dévisager. Il ne l'avait jamais vue auparavant.

— Herbert Gotobed est venu vous rendre visite cette nuit et vous l'attendiez. Vous vous éviterez de sérieux ennuis en me disant la vérité.

— J'attendais Bert, le laitier, si vous voulez le savoir ! Vous ne pouvez pas m'arrêter pour ça, ni même guère me blâmer ! Dans un trou pareil, une fille a bien le droit de s'amuser un peu !

— Vraiment ? dit-il en se dirigeant vers le placard. Restez où vous êtes.

Il n'y trouva que des vêtements féminins, trop beaux pour une gouvernante, mais usagés. Il lui demanda ensuite d'ouvrir les tiroirs de la commode, ce qu'elle fit de mauvaise grâce. Il n'y remarqua rien de suspect.

— Où sont vos malles ?

— Au grenier.

— Et ces valises, sous le lit ?

On aurait cru qu'elle allait lui taper dessus.

— Ouvrez-les.

— Vous n'avez pas le droit ! Montrez-moi votre mandat. Sinon je ne vous ouvrirai rien du tout.

— Vous ne pouvez pas vous opposer à ce que je les fouille, à moins que vous n'ayez quelque chose à cacher.

— J'ai perdu la clé.

— Voilà qui va me donner des soupçons.

La femme prit une clé suspendue à un cordon qu'elle portait au cou et tira la première valise. Grant, qui l'observait, se dit pour la première fois qu'elle n'était pas d'origine européenne. Quelque chose dans ses mouvements, dans la texture de ses cheveux, évoquait… une ascendance indienne ? noire ? Il se souvint alors que Herbert avait dirigé une mission dans les mers du Sud.

— Depuis combien de temps avez-vous quitté les îles ? demanda-t-il sur le ton de la conversation.

— Environ…

Elle s'interrompit et ajouta aussitôt :

— J'ignore de quoi vous parlez.

La première valise était vide. La seconde, en revanche, débordait de vêtements d'homme.

— C'est pour vous déguiser en homme ? demanda l'inspecteur qui, en dépit de ses pieds enflés et de sa tête douloureuse, se sentait nettement mieux. Ou bien vous faites peut-être le commerce de vieux habits ?

— Ce sont ceux de mon fiancé décédé et je vous saurais gré de pas plaisanter là-dessus.

— Il n'avait pas de manteau ?

— Si, mais il a été abîmé lorsque mon fiancé a été tué.

— Ah ! Et comment a-t-il été tué ? demanda aimablement Grant tout en fouillant parmi les vêtements.

— Dans un accident de voiture.

— Vous me décevez.

— Pardon ?

— Je m'attendais à plus d'imagination dans le dénouement de votre histoire. Comment s'appelait votre fiancé ?

— John Starboard.

— Starboard ? Alors ce n'est pas dans un accident de voiture qu'il a perdu la vie[1]...

— Je suppose que vous savez de quoi vous parlez. Moi pas.

— Ce n'est pas le manteau de votre fiancé que vous gardiez dans cette valise maintenant vide, par hasard ?

— Absolument pas.

Grant s'arrêta alors de fouiller. Il avait en main quatre passeports : l'un, anglais, était établi au nom de Herbert Gotobed ; le deuxième, américain, à celui d'Alexander Byron Black ; un autre, espagnol, avait été délivré à un certain José Fernandez, sourd-muet ; et le quatrième, encore américain, à William Cairns Black et à sa femme. Mais toutes les photos représentaient le même homme : Herbert Gotobed. Et la femme était Rosa Freeson.

— Un vrai collectionneur, votre fiancé, déclara l'inspecteur en mettant les documents dans sa poche. Un passe-temps qui revient cher, me suis-je toujours dit.

— Vous ne pouvez pas faire ça ! Ces passeports ne vous appartiennent pas ! Je vais crier au secours et dire que vous êtes entré dans la maison pour m'agresser. Tenez !

Elle dénoua sa robe de chambre et se mit à déchirer sa chemise de nuit.

1. *Starboard* signifie « tribord ».

— Criez tant que vous voudrez ! Votre vieille patronne trouvera ces passeports très intéressants !… À propos, si vous avez quelques projets concernant le sort de la vieille dame, je vous conseillerais d'y réfléchir à deux fois… Bon, il faut que j'aille à la recherche de mes chaussures, perdues quelque part dans le jardin, si du moins mes pauvres pieds y entrent encore. Je vous suggère, Mrs Cairns Black, de ne rien entreprendre avant d'avoir eu de mes nouvelles. Pour l'heure, nous n'avons aucune accusation contre vous, ne nous tendez pas la perche en commettant un acte que vous pourriez regretter.

23

Grant parvint à enfiler ses chaussures en s'efforçant de penser à autre chose – méthode à laquelle il recourait, enfant, dans les moments délicats. Au bout de deux ou trois pas, cependant, il les ôta à la hâte et rentra clopin-clopant, comme il était venu, en chaussettes. Il ne lui fut pas facile de retrouver sa route, mais il possédait un excellent sens de l'orientation – on disait à Scotland Yard que si on lui bandait les yeux et qu'on le faisait tourner sur lui-même jusqu'au vertige, Grant saurait encore où se trouve le nord – et il voyait assez bien la direction générale qu'il devait prendre. Passant devant un poste de police, il se réfugia sous un porche de l'autre côté de la rue et observa le policier de faction faire les cent pas, plutôt que de lui demander sa route et d'être obligé de s'expliquer. Aucun membre du CID n'aimerait se présenter, les chaussures à la main, devant un simple agent de police !

Il laissa un mot à Williams pour qu'il appelle Scotland Yard à 6 heures dès son retour, afin d'obtenir toutes informations utiles au sujet d'une secte, d'un ordre religieux ou autre association appelée « L'Arbre du Liban ». Il le pria également de le réveiller, aussitôt la réponse arrivée. Puis il s'écroula sur son lit et, les passeports sous son oreiller, dormit d'un sommeil sans rêves jusqu'à ce que Williams entre dans sa chambre, peu avant 10 heures.

— Des nouvelles de Tisdall ? questionna l'inspecteur en ouvrant les yeux.

Il n'y en avait aucune.

Scotland Yard avait répondu que le Saint Ordre de l'Arbre du Liban avait été fondé en 1862 pour servir la vie monastique, par un riche célibataire qui venait d'être abandonné par sa fiancée. Il en avait été le premier prieur et avait légué toute sa fortune à la fondation. La règle de pauvreté y était très stricte : l'argent de la communauté n'allait qu'à des œuvres de charité approuvées par le prieur en fonction, si bien que l'ordre avait la réputation d'être maintenant richissime. Le prieur était nommé par son prédécesseur, mais pouvait à tout moment être destitué par un vote unanime de ses frères.

Grant but l'abominable café de l'hôtel et envisagea la situation.

— Voilà ce qu'il cherche, notre Herbert, devenir prieur. Il manipule celui en exercice. On a du mal à croire qu'un prieur de cet acabit se conduise comme un imbécile. Et pourtant !... Pensez à tous ces imbéciles que nous avons déjà rencontrés, Williams.

— J'y pense, inspecteur, répondit Williams avec emphase.

— Ah ! tous ces individus obstinés, qui ont réussi à la force du poignet, et qui se laissent endormir par les paroles mielleuses du premier escroc venu dans un salon d'hôtel ! Et Herbert a assurément un don peu ordinaire pour les langues. Peut-être a-t-il fait fructifier ses églises d'Amérique au mieux des intérêts du prieur. En tout cas, pour l'heure, c'est son petit préféré. Avec la perspective d'entrer en possession d'une fortune, s'il abat correctement ses cartes dans les semaines à venir. Rien d'étonnant donc qu'il ait eu peur d'un faux pas. Sans se compromettre aux yeux de ses frères, il voulait simplement connaître le montant de l'héritage légué par sa sœur. Si ce legs en valait la peine, il quitterait la vie monastique qui, à mon sens, ne doit guère lui plaire, malgré ses petites escapades jusqu'à cette villa.

— À votre avis, y restera-t-il encore longtemps, inspecteur ?

— Jusqu'à ce qu'il ait détourné assez d'argent au profit de ses bonnes œuvres à lui. Quoi qu'il en soit, ajouta Grant en montrant les passeports, voici des charges suffisantes pour une bonne petite inculpation, ce qui nous permettra de mettre la main sur lui à notre guise. Toutefois, il y a une chose qui me trouble dans tout ça : le crime. Où le caser ? Je ne veux pas dire par là qu'il ne l'a pas commis. C'est ce jour-là, j'en suis convaincu, qu'il a pris ses vingt-quatre heures de sortie. Mais pourquoi a-t-il tué ? Il est revenu en Angleterre lorsqu'il a appris que Christine rentrait, et, à en juger par les vêtements trouvés chez Rosa, il devait être fauché. C'est pour cette raison qu'il a rejoint L'Arbre du Liban. Mais il a dû flairer presque tout de suite les chances de s'enrichir que lui offrait cette communauté. Alors, pourquoi tuer sa sœur ?

— Il a dû aller la voir et ils se sont disputés. Cette heure insolite qui nous a tous intrigués relève de la routine chez lui. Pour un moine, 6 heures du matin ou midi, c'est tout comme.

— Ça, c'est vrai. Je vais aller demander au révérend père si, il y a eu quinze jours hier, le frère Aloysius se trouvait hors du monastère. Hier, ce révérend père serait monté sur ses grands chevaux, mais aujourd'hui lorsqu'il va prendre connaissance des passeports de son protégé, sa langue se déliera.

Hélas ! le révérend père n'était pas visible. Le petit guichet encadra le visage revêche du frère portier qui, à toutes les questions de Grant, débitait sa réponse, pertinente ou non, avec la même lenteur impassible. La bouche d'or de Herbert avait accompli son œuvre ! Le judas se referma et l'inspecteur se retrouva désemparé dans la ruelle. Il ne restait qu'une solution : obtenir un mandat d'arrêt. Il s'éloigna lentement car ses pieds lui faisaient toujours mal, admira la manière dont Herbert avait huilé la porte de la cave donnant sur le trottoir et monta dans sa voiture. Oui, il lui fallait ce mandat.

Il retourna à l'hôtel prendre son pyjama, son rasoir et sa brosse à dents, car il n'avait nulle intention d'y passer une nuit de plus. Il rédigeait un message pour Williams qui dormait, lorsqu'il reçut un coup de fil de Scotland Yard.

On lui demandait de se rendre à Douvres car la police, là-bas, voulait lui parler. Du nouveau, apparemment.

Il modifia les instructions destinées à Williams, jeta ses affaires dans la voiture, eut encore le temps de se demander pourquoi il avait laissé un si gros pourboire à cette vieille mégère pour un service aussi médiocre et une cuisine aussi infecte. Puis il prit la route pour Douvres.

S'il y avait du nouveau, cela concernait certainement Champneis. Du sensationnel. Si on avait purement et simplement découvert où Champneis avait passé la nuit, on l'en aurait informé par téléphone comme d'habitude. Mais… « il y avait du nouveau ».

Rimell, le policier de service – un garçon doux à l'air mélancolique dont le principal atout était de ne ressembler en rien à l'image que les gens se font d'un policier –, attendait Grant devant le poste de police. L'inspecteur l'attira dans sa voiture. Rimell rapporta que, après d'interminables recherches, il avait déniché un vieux bonhomme du nom de Searle, ancien matelot à la retraite, qui revenait des fiançailles de sa petite-fille vers minuit et demi ce mercredi-là… ou plutôt le jeudi matin.

Il rentrait seul, car très peu de gens veulent désormais habiter du côté du port. Ils ont de ces idées ! Ils préfèrent habiter sur la colline dans des maisons de pacotille où l'on aurait peur d'éternuer. Il s'était arrêté une minute ou deux pour contempler la mer, car cela lui faisait toujours du bien d'observer les balises éclairées la nuit. Le brouillard commençait à tomber, mais on distinguait encore aisément les formes. Il savait que le *Petronel* allait rentrer au port, car avant d'aller à la fête, il l'avait repéré au large à la jumelle. Il l'avait donc cherché et l'avait aperçu, non pas à quai, mais plus loin, à l'ancre. Il avait vu alors un petit canot s'en détacher et avancer lentement avec un teuf-teuf régulier du moteur, comme si la personne n'avait pas peur d'attirer l'attention sur elle. Dès que l'embarcation avait touché les marches de la jetée, un homme était sorti de l'ombre des quais. Une grande silhouette était apparue sur le canot. Searle avait reconnu lord Edward qu'il avait souvent vu et même servi autrefois, à bord d'un autre yacht qui appartenait à son frère.

« C'est vous, Harmer ? » avait-il dit à l'inconnu qui lui avait répondu : « Oui, c'est moi », puis, à voix basse, avait ajouté : « Pas de problèmes avec la douane ? – Aucun. »

Ils étaient remontés tous deux sur le canot et partis vers le large. Après cela, la brume s'était vite épaissie, dissimulant le port. Environ quinze minutes plus tard, Searle s'était remis en route. Mais en remontant la rue, il avait entendu un canot à moteur quitter le *Petronel*. Était-il revenu à quai ou avait-il pris le large ? Sur le moment, il n'y avait attaché aucune importance.

— Grand Dieu ! dit Grant. C'est incroyable ! Il n'y a absolument… absolument rien de commun entre ces deux hommes. (« Sinon une femme », ajouta son subconscient.) Ils n'ont pas un seul point commun, et ils s'entendent comme larrons en foire… Très bien, Rimell, conclut-il après être resté un instant silencieux. C'est du bon travail. Je vais déjeuner et faire le point.

— Oui, inspecteur. Puis-je vous donner un conseil amical ?

— S'il le faut, bien que ce ne soit pas une habitude à encourager chez un subordonné.

— Ne buvez pas de café noir, inspecteur. Je parie que vous en avez pris quatre tasses au petit déjeuner et que vous n'avez rien mangé.

— Pourquoi vous tracasser ? s'exclama Grant en riant, le pied déjà sur l'accélérateur. Plus il y aura d'accidents de santé et plus vite vous aurez de l'avancement !

— Je n'aime pas gaspiller mon argent en couronnes mortuaires, inspecteur.

Mais Grant n'avait pas le cœur à rire en allant déjeuner. Le mari de Christine Clay et son prétendu amant avaient eu affaire ensemble à minuit. C'était plutôt étrange. Mais, plus étrange encore, Edward Champneis, cinquième fils du septième duc de Bude et membre respectable, sinon orthodoxe, de sa lignée, s'était acoquiné avec Jason Harmer, le petit gars de Tin Pan Alley[1]. Quel lien les unissait donc ? Pas le crime. L'inspecteur se refusait à croire qu'un acte aussi extrême qu'un meurtre ait pu s'accomplir à deux. L'un ou l'autre avait peut-être voulu la tuer, mais il était impensable qu'ils se soient associés pour le faire. Le canot avait de nouveau quitté le *Petronel*, d'après Searle. Et si un seul des deux hommes avait été à son bord ? La crique de Westover, par la côte, n'était qu'à une courte distance vers le nord, et Harmer était arrivé dans la maison de Christine deux heures après la mort de l'actrice. Le canot était par conséquent le moyen idéal pour la noyer. Hypothèse aussi plausible que celle de l'éperon rocheux avancée par Harmer, et de plus, la fuite était plus rapide et plus aisée. Plus l'inspecteur y songeait, plus cette thèse le séduisait. Au début de l'enquête, la police avait fait un contrôle de routine de tous les bateaux mouillés dans les environs. Seulement, un canot à moteur a un grand rayon d'autonomie. Mais – bon, ce n'était qu'un « mais » – cette idée était grotesque. Pouvait-on imaginer Jason disant : « Prêtez-moi votre canot et je noierai votre femme » ou encore Champneis proposant : « Je vous prête mon canot si vous vous chargez de la besogne » ? Non, les deux hommes s'étaient rencontrés pour une autre raison. Si un meurtre s'était ensuivi, cela n'avait rien à voir. Il avait été accidentel.

Qu'est-ce qui avait donc pu les faire se rencontrer ? Harmer avait parlé de douane. Ç'avaient été

1. Tin Pan Alley est le surnom de la musique populaire américaine, et c'est le nom donné, à New York, à la 28e Rue Ouest où les éditeurs musicaux s'étaient regroupés vers la fin du XIXe siècle.

ses premières paroles. Quelque chose le tracassait. Et si Harmer était toxicomane ?

La réponse lui semblait négative pour deux raisons. La première, c'est que Harmer n'avait pas l'air d'un drogué. Et deuxièmement, Champneis ne lui aurait jamais fourni la marchandise. Le risque avait beau être chez lui un besoin vital, ce risque-là était totalement à exclure.

Qu'avaient-ils donc à cacher à la douane ? Du tabac ? Des bijoux ? Dès le lendemain matin, Champneis avait montré à George Meir les topazes qu'il avait rapportées pour Christine.

Sauf qu'il y avait un hic : si Edward pouvait peut-être s'abaisser à faire de la contrebande, juste pour l'excitation, il ne s'y livrerait jamais au profit de Jay Harmer. On en revenait toujours au même point. Qu'avaient ces deux hommes en commun ? Sûrement un lien. Leur complicité en était la preuve. Mais lequel ? Tout le monde savait qu'ils se connaissaient à peine. Et encore… Champneis avait sans doute quitté l'Angleterre avant l'arrivée de Harmer. De plus, Christine et Harmer ne s'étaient pas rencontrés avant leur collaboration sur ce premier film anglais.

Le repas ne flatta guère les papilles de Grant, car son cerveau était en ébullition. Petits pois et ris de veau auraient tout aussi bien pu passer directement dans la poubelle du chef cuisinier. Au moment du café, il n'entrevoyait toujours pas de solution. Il se serait volontiers changé en l'un de ces super-détectives de romans policiers à l'instinct très sûr et au jugement infaillible, alors qu'il n'était qu'un inspecteur de police consciencieux, besogneux et à l'intelligence moyenne. La suite logique serait, à ses yeux, d'interroger l'un ou l'autre des deux hommes, Harmer de préférence. Pourquoi lui ?… Il parlerait plus facilement. Et puis, soyons honnête, parce que Grant courait moins de risques de s'attirer des ennuis ! Ce que c'est tout de même d'avoir au fond de soi un autre moi qui contrôle vos raisons d'agir et de penser !

Il se refusa une seconde tasse de café et sourit en repensant à Rimell. Un brave garçon. Il ferait un bon policier un jour.

Puis Grant téléphona à Devonshire House et demanda si Mr Harmer pourrait s'arranger pour accorder, ce soir entre l'heure du thé et le dîner, une entrevue à Alan Grant – inutile de crier sa profession sur tous les toits.

Mr Harmer, apprit-il, était absent de Londres ; il était allé rendre visite à Leni Primhofer, une vedette allemande, qui résidait à Whitecliffe et pour laquelle il composait actuellement une chanson. Non, il ne rentrerait pas ce soir-là. Son adresse était : Tall Hatch, Whitecliffe, et le téléphone le 3025.

Grant appela ce numéro et demanda quand Mr Harmer pourrait le recevoir. On lui répondit qu'il se promenait en voiture avec Fräulein Primhofer et ne rentrerait que pour dîner.

Whitecliffe, qui jouxte Westover, était un ensemble de luxueuses villas perchées sur la falaise, à l'abri des touristes et de la pollution de leurs papiers jetés n'importe où. Grant avait gardé sa chambre à l'hôtel de *La Marine* ; il se rendit donc à Westover où Williams vint le rejoindre. Il ne lui restait qu'à attendre le mandat de Scotland Yard, ainsi que la visite de Harmer.

Celui-ci arriva à l'hôtel à l'heure de l'apéritif.

— Désirez-vous dîner avec moi, inspecteur ? Si vous n'en avez pas l'intention, ayez tout de même la gentillesse de dire oui, et permettez-moi de vous inviter. Car, une heure de plus en compagnie de cette femme, et je deviens dingue. Cinglé ! J'ai connu bien des stars, mais bon sang, celle-ci décroche le pompon ! On pourrait croire que, ne parlant pas bien l'anglais, elle se tairait de temps à autre pour réfléchir un peu. Pas du tout ! Elle jacasse sans arrêt, avec des mots allemands pour boucher les trous et des bribes de français pour décorer le tout. Garçon ! Qu'est-ce que vous prenez, inspecteur ? Rien ? Allez ! Non, vraiment ? Dommage. Un gin tonic, garçon ! Mince comme vous êtes, vous n'avez pas besoin de vous mettre au régime sec. Et ne me dites pas que vous vous abstenez par conviction !

Grant confirma qu'il ne s'intéressait pas du tout à la croisade contre l'alcool.

— Alors, quelles sont les nouvelles ? Vous avez sûrement fait des trouvailles ! s'écria Harmer.

Il redevint sérieux et dévisagea Grant, avant d'ajouter :

— Il y a bel et bien du nouveau ?

— Je voulais simplement savoir ce que vous faisiez à Douvres mercredi soir.

— À Douvres ?

— Oui, il y a eu quinze jours mercredi dernier.

— Quelqu'un vous a fait marcher certainement !

— Écoutez, Mr Harmer, votre manque de franchise complique tout, et nous empêche de débusquer l'individu qui a tué Christine Clay. Toute notre enquête est faussée. Dites-nous tout sur vos allées et venues de mercredi soir, et alors un tas de petits éléments parasites qui gênent l'enquête s'élimineront d'eux-mêmes. Impossible d'avoir une idée d'ensemble avec un dossier pareil, noyé sous un fatras d'indices. Vous voulez nous aider à arrêter cet homme, je crois ? Dans ce cas, prouvez-le !

— Je vous aime beaucoup, inspecteur. Je n'aurais jamais cru avoir autant de sympathie pour un flic. Mais je vous l'ai déjà dit : je me suis égaré en cherchant la maison de Chris et j'ai dormi dans la voiture.

— Et si je vous présentais des témoins attestant votre présence à Douvres après minuit ?

— Je dormais encore dans ma voiture à cette heure.

Déçu, Grant se tut. Maintenant, il lui fallait rencontrer Champneis.

Avec un brin de sollicitude, Harmer l'observa de ses petits yeux bruns.

— Vous manquez de sommeil, inspecteur. Vous allez vous effondrer. Buvez quelque chose pour vous détendre. C'est fou comme un verre peut remettre les idées en place.

— Si vous ne répétiez pas sans arrêt que vous avez dormi dans votre voiture, j'aurais, moi, plus de chances de dormir dans mon lit, lança Grant, en colère.

Il prit alors congé de son interlocuteur avec un manque de courtoisie inhabituel.

Il tenait à joindre Champneis avant que Jason Harmer n'ait eu le temps de l'avertir que l'inspecteur menait son enquête. Le meilleur moyen était donc de téléphoner à Champneis qu'il vienne à Westover, de lui proposer immédiatement une voiture de police et, si besoin était, de poursuivre la conversation avec Harmer jusqu'à ce que Champneis ait quitté Londres.

Mais Champneis avait déjà quitté Londres pour Édimbourg où il donnait une conférence sur l'avenir de la Galeria, devant une assistance choisie.

Le problème était ainsi réglé. Bien avant que quiconque ait pu mettre la main sur Champneis, Harmer aurait communiqué avec lui par télégramme ou par téléphone. L'inspecteur donna ordre de faire surveiller toutes leurs communications. Après quoi, il alla rejoindre Jason toujours assis devant son verre.

— Je sais que vous ne m'aimez pas, inspecteur, mais je vous le déclare tout net : je vous aime et cette chanteuse allemande est une calamité. Pourriez-vous oublier un peu que nous sommes, vous, un policier réputé, et moi, un misérable suspect, et accepteriez-vous de dîner avec moi malgré tout ?

Grant ne put s'empêcher de sourire et accepta.

Harmer sourit aussi, d'un air entendu.

— Mais si vous espérez apprendre d'ici la fin du repas que je n'ai pas dormi dans la voiture, vous vous mettez le doigt dans l'œil.

À son corps défendant, Grant apprécia le repas. Quelle meilleure distraction que de tendre des pièges à Harmer pour l'acculer aux aveux ! De plus, les mets étaient excellents et Jason pétillait d'esprit.

Un nouveau coup de téléphone l'avertit que lord Edward prendrait le premier train du matin et serait à Londres dans l'après-midi. Le mandat d'arrêt contre Gotobed arriverait à Westover par le premier courrier.

Grant monta ensuite dans sa chambre de l'hôtel de *La Marine*, toujours désemparé, mais non désespéré. Du moins, son emploi du temps du lendemain était-il tracé. Jason passa également la nuit à l'hôtel, car il se déclarait incapable de se retrouver face à face avec Leni ce soir-là.

24

La dernière découverte des architectes étant que les odeurs ont tendance à monter, les cuisines de l'hôtel de *La Marine* avaient été installées sous le toit. Et elles étaient tout-électriques, encore une de leurs récentes toquades, mais pas du goût de Henri, le chef. Celui-ci était provençal et faire la cuisine à l'électricité, Bonne Mère, c'était une véritable abomination ! Si Dieu avait voulu nous faire faire la cuisine à l'électricité, Il n'aurait pas inventé le feu. Aussi Henri avait-il ses fourneaux et ses chaudrons. Et voilà qu'à cette heure, 3 heures du matin, une douce lueur émanant des foyers couverts baignait l'immense pièce aux murs blancs. Tout y étincelait : les cuivres, l'argent, l'émail – mais pas l'aluminium, car Henri tombait en syncope dès qu'on parlait d'aluminium. La porte était entrouverte et, de temps à autre, le feu grésillait doucement.

Quelqu'un poussa un peu plus le battant et s'arrêta dans l'embrasure, tendant l'oreille. Puis l'homme entra, silencieux comme une ombre, et se dirigea vers la desserte à couverts. D'un tiroir, il sortit un couteau qui luisit dans la semi-obscurité. Puis il s'approcha du mur où les clés étaient accrochées, chacune bien à sa place, sur un tableau en bois. Sans tâtonner, il saisit celle dont il avait besoin. Avant de quitter la cuisine, il hésita et revint vers le feu, comme fasciné. Ses yeux pleins de fièvre brillaient, son visage était sombre.

L'homme remarqua que, près de la cuisinière, on avait disposé du petit bois sur un journal pour le faire sécher. Il repoussa les brindilles, souleva le coin du journal et se mit à lire à la lueur de la grille. Il demeura quelques instants si immobile dans la pièce silencieuse qu'on l'eût crue vide.

Soudain, tout bascula. Il bondit, courut vers l'interrupteur, alluma les lumières et retourna s'emparer du journal. De ses mains tremblantes, il l'étala sur la table, le tapota et le lissa comme s'il se fût agi d'une chose vivante. Il se mit alors à rire. Doucement, longuement, il martelait de ses poings la table bien récurée. Puis son rire devint hystérique. Il se jeta de nouveau sur le compteur électrique et, d'un geste nerveux, appuya sur tous les boutons : un, deux, trois, quatre, cinq, six, sept, huit. Une nouvelle idée jaillit dans son esprit. Il sortit en trombe de la pièce, se rua le long des couloirs dallés. Quatre à quatre, dans le noir, telle une chauve-souris, il descendit l'escalier, palier après palier. Il se remit alors à rire, d'un rire entrecoupé de spasmes. Il traversa comme une flèche le grand salon plongé dans l'obscurité et se trouva dans la lumière verte de la réception. Il n'y avait personne : le portier de nuit faisait sa ronde. L'homme tourna une page du registre, y promena un doigt nerveux. Puis il remonta l'escalier, sans autre bruit que celui de sa respiration entrecoupée. Au second étage, dans la pièce réservée au service, il décrocha un passe-partout et courut vers la chambre 73. La porte s'ouvrit. Il tendit la main vers l'interrupteur et se précipita sur le client qui dormait.

Grant, arraché à son rêve peuplé de contrebandiers, se réveilla aux prises avec un fou agenouillé sur le lit qui le secouait et répétait entre deux sanglots :

— Vous aviez donc tort et je suis innocent ; vous…

— Tisdall ! Bon Dieu ! Que je suis content de vous voir ! Où étiez-vous ?

— Sous les combles, entre les réservoirs d'eau.

— Vous y êtes resté pendant tout ce temps ? À *La Marine* ?

— Depuis jeudi soir. Combien de temps cela fait-il ? Je suis entré par la porte de service, tard la nuit. Il pleuvait des cordes. On aurait pu traverser la ville tout nu sans rencontrer âme qui vive. Je connaissais l'existence de ce petit grenier pour y avoir vu des ouvriers un jour. À part eux, jamais personne n'y entre. Je sortais la nuit prendre de quoi manger dans la chambre froide. Quelqu'un a peut-être eu des ennuis à cause de ça, à moins qu'on ne se soit pas rendu compte que les réserves diminuaient ? Qu'en pensez-vous ?

Les yeux anormalement brillants, il scruta Grant avec angoisse. Il grelottait. L'inspecteur le fit asseoir doucement sur le lit, sortit un pyjama de la commode et le lui tendit.

— Enfilez ça et mettez-vous immédiatement au lit. Vous étiez trempé en arrivant à l'hôtel, sans doute ?

— Oui. Mes vêtements étaient si lourds que je pouvais à peine marcher. Mais c'est sec sous le toit. Et chaud aussi. Trop chaud dans la journée. Vous avez b-b-bon goût pour choisir vos p-p-pyjamas.

Il claquait des dents. Le contrecoup de toute cette aventure.

Grant l'aida à enfiler le pyjama, tira sur lui la couverture, puis téléphona au portier pour commander un bouillon chaud et faire appeler un médecin. Il s'installa ensuite devant son téléphone pour annoncer la bonne nouvelle à Scotland Yard, sous les yeux fiévreux de Tisdall qui l'observait, narquois. La communication terminée, il vint jusqu'au lit :

— Je suis terriblement désolé pour tout ceci. Je donnerais n'importe quoi pour réparer le tort que je vous ai fait.

— Des couvertures ! s'écria Tisdall. Des draps ! Des oreillers ! Un édredon ! Chouette !

Il souriait jusqu'aux oreilles malgré sa barbe d'une semaine et ses dents qui claquaient.

— Chantez-moi une berceuse, dit-il.

Puis il s'endormit comme une masse.

25

Le lendemain matin, le médecin ayant diagnostiqué « une sorte de congestion qui, sur un sujet affaibli, risquait de se transformer en pneumonie », Grant fit convoquer la tante de Tisdall, Muriel, dont Scotland Yard avait bien voulu rechercher l'adresse après que le jeune homme eut refusé la présence de tout membre de sa famille.

Williams reçut l'ordre d'aller à Cantorbéry arrêter frère Aloysius. L'inspecteur se préparait à rentrer à Londres après le déjeuner pour interroger Champneis. Il téléphona à Burgoyne pour lui annoncer la bonne nouvelle de la réapparition de Tisdall, et ce fut Erica qui répondit :

— Oh, je suis si contente pour vous !

— Pour moi ?

— Oui, cela a dû être horrible pour vous.

Oui, cela avait été vraiment horrible pour lui, mais il ne s'en était pas vraiment rendu compte jusque-là. Il lui avait sans cesse fallu contenir une peur indicible. Comme elle était gentille, cette petite !

Dans la matinée, Erica fit envoyer au malade une douzaine d'œufs tout frais pondus du poulailler de Steynes. C'était bien elle ! pensa Grant. Offrir des œufs frais plutôt que les classiques fleurs ou fruits.

— J'espère, dit Tisdall, qu'elle ne s'est pas attiré d'ennuis à l'époque où elle m'apportait à manger ?

Il parlait toujours des événements de la semaine dernière comme s'ils s'étaient passés il y avait de longues années. Il est vrai que son séjour dans le grenier lui avait paru une éternité.

— Au contraire. Elle vous a sauvé la vie, et à moi, ma réputation. C'est elle qui a trouvé votre manteau. Non, je ne puis vous en parler maintenant, vous ne devez pas vous fatiguer.

Grant ne put s'en empêcher pourtant, et lorsqu'il quitta Tisdall, celui-ci se répétait sans cesse à voix basse :

— Pas possible !… Pas possible !

L'entretien qu'il allait avoir avec Champneis commençait à inquiéter l'inspecteur. À supposer qu'il dise franchement : « Voyons, Jason Harmer et vous m'avez menti au sujet de votre emploi du temps d'une certaine nuit. Or je viens de découvrir que vous étiez ensemble à Douvres. Qu'y faisiez-vous donc ? » Quelle serait alors la réponse de Champneis ? « Mon cher monsieur, je ne peux me porter caution des mensonges de Harmer, mais il était mon invité à bord du *Petronel* et nous avons passé la nuit à pêcher sur notre canot à moteur » ?

L'alibi serait parfait.

Pourtant, l'idée de la contrebande poursuivait l'inspecteur. Quel type de contrebande pouvait bien intéresser à la fois Champneis et Harmer ? De plus, il ne fallait pas une nuit entière pour décharger toute une cargaison de marchandises de contrebande, et aucun des deux hommes n'avait d'alibi réel pour cette nuit-là. Qu'avaient-ils bien pu faire entre minuit et le petit déjeuner ?

Depuis les révélations faites par Rimell sur les événements de Douvres, Grant n'avait plus qu'une obsession : se remettre en mémoire l'entretien qu'il avait eu avec Champneis le jour où il lui avait fait ce petit mensonge concernant la date de son arrivée. Alors tout deviendrait clair pour lui.

Il décida de descendre se faire couper les cheveux avant de quitter l'hôtel… Il se souviendrait longtemps de cette séance au salon de coiffure !

Au moment même où il poussait la porte battante, il crut entendre la voix traînante de Champneis lui dire quelque chose.

Ah ! Voilà, c'est ça… c'est bien ce qu'il lui avait dit !

Oui… oui. Des images se regroupaient dans l'esprit de l'inspecteur en une séquence qui prenait sens. Il relâcha la porte pour aller téléphoner à la Division spéciale de Scotland Yard. Il leur posa une demi-douzaine de questions et, avec un sourire béat, retourna se faire couper les cheveux. Il savait désormais ce qu'il allait dire à Edward Champneis.

À cette heure de la matinée, tous les fauteuils étaient occupés.

— Ce ne sera pas long, monsieur, lui dit-on en l'accueillant avec sollicitude. Ce ne sera pas long, si vous voulez bien patienter.

Grant s'assit près du mur et prit une revue sur une étagère. Toute la pile s'écroula, c'était des magazines fatigués et pas de la dernière fraîcheur pour la plupart. La photo de Christine Clay faisait la couverture du *Silver Sheet*, une revue américaine de cinéma. Grant la feuilleta distraitement. On y encensait tout le monde comme d'habitude. Pour la cinquante-deuxième fois, on disait la « vérité vraie » sur untel, mais cette vérité vraie différait totalement des cinquante et une autres vérités vraies précédentes. Une blonde écervelée y expliquait qu'elle découvrait un sens nouveau aux textes de Shakespeare. Une autre racontait comment elle gardait sa ligne. Une actrice qui ne savait par quel bout prendre une poêle était représentée dans sa cuisine en train de faire des galettes. Une vedette masculine y faisait l'éloge de tous ses pairs. Grant tourna plus vite les autres pages et il s'apprêtait à prendre un autre magazine lorsque, soudain, un article retint son attention. Il le lut avec un intérêt croissant. Arrivé au dernier paragraphe, il se leva, le périodique toujours en main et les yeux rivés sur la page.

— C'est à vous, monsieur, dit le coiffeur. Veuillez vous asseoir ici.

Mais Grant n'entendit rien.

— C'est votre tour maintenant, monsieur. Désolé de vous avoir fait attendre.

Grant leva la tête, à peine conscient de ce qui l'entourait.

— Puis-je le garder ? demanda-t-il en montrant le magazine. Il date de six mois déjà. Merci beaucoup.

Il sortit du salon précipitamment. Tous le suivirent des yeux, stupéfaits, et se mirent à rire, se demandant quelle mouche avait pu le piquer.

— Il a trouvé l'âme sœur, suggéra quelqu'un.

— Ça n'existe plus, l'âme sœur, objecta un autre.

— Il a lu une annonce pour un remède contre les cors aux pieds.

— Non, il est allé prendre conseil auprès de son meilleur ami.

Quelques rires encore et on l'oublia.

L'inspecteur, lui, monopolisait la cabine téléphonique tandis qu'un homme aux souliers vernis s'impatientait, se demandant s'il en sortirait un jour. Grant conversait avec Owen Hughes, la vedette de cinéma. C'était pour cette raison que l'homme élégant ne se dirigeait pas vers les nombreuses cabines du rez-de-chaussée. Il espérait saisir quelques bribes de la conversation. Il s'agissait de savoir si quelqu'un avait mentionné quelque chose dans une lettre adressée à quelqu'un.

— Ah ! C'est bien vous ! Merci ! C'est tout ce que je voulais savoir. N'en parlez à personne. De notre conversation, j'entends.

Puis il appela la police fluviale, prenant la précaution de bien fermer la porte, ce qui exaspéra celui qui attendait.

— Savez-vous si le 276 River Walk possède un canot à moteur ?

Il y eut une petite discussion à l'autre bout du fil.

Positif. Le 276 avait un canot. Oui, très rapide. S'il tenait la mer ? Très certainement, le cas échéant. Il avait déjà servi pour la chasse aux volatiles dans les marais de l'Essex. Et pour la navigation en aval de la Tamise ? Oui, aucun problème.

Grant demanda si on pourrait, par faveur spéciale, tenir une vedette à sa disposition, dès son arrivée à Londres, dans une heure et demie environ.

C'était une chose entendue.

Il téléphona à Barker – l'homme aux souliers vernis perdit patience et s'en alla – pour qu'il dise à Williams de venir l'attendre à l'embarcadère de Westminster, s'il était de retour dans les quatre-vingt-dix minutes. Sinon, qu'on envoie Sanger.

Grant profita de l'heure creuse du déjeuner et il excella dans l'art de conjuguer vitesse et sécurité sur la route. Williams l'attendait, un peu essoufflé. Il arrivait à l'instant de Scotland Yard et venait de renvoyer un Sanger tout déçu. En aucun cas Williams ne voulait manquer une miette de ce qui allait se passer, le commissaire lui ayant annoncé qu'il allait se produire quelque chose de passionnant.

— Alors, ça lui a fichu un coup, à ce révérend père ? demanda Grant.

— Pas autant qu'au frère Aloysius, qui était loin d'imaginer que nous avions des preuves contre lui. À voir sa réaction, je crois qu'il est recherché par d'autres polices.

— Cela ne m'étonnerait pas.

— Où allons-nous, inspecteur ?

— À Chelsea Reach. Le coin favori des peintres et des amateurs de danses folkloriques.

Williams jeta un regard de sympathie à son supérieur et le trouva en bien meilleure forme depuis que Tisdall avait reparu.

La vedette de la police vint à quai devant le 276 River Walk où était amarré un grand canot à moteur de couleur grise. La vedette s'en approcha tout doucement, presque bord contre bord.

— Venez avec moi, Williams, dit Grant en embarquant à bord du canot. Il me faut des témoins.

La cabine était fermée à clé. L'inspecteur lança un regard vers la maison d'en face et hocha la tête.

— Tant pis ! Je me risque. Je suis sûr de mon coup.

Sous les yeux de la police fluviale, il força la serrure et entra. C'était une cabine parfaitement rangée comme celle de tout marin, tout y était en ordre. Il se mit à fouiller les coffres. Dans celui qui se trouvait sous la couchette de tribord, il découvrit ce qu'il cherchait : un ciré noir, acheté à Cannes. Il manquait un bouton au poignet droit.

— Prenez ce vêtement, Williams, et accompagnez-moi jusqu'à la maison.

La femme de chambre les informa que Miss Keats était chez elle et les fit entrer dans une salle à manger au rez-de-chaussée ; un appartement très austère que l'on venait à peine d'aménager.

— Ça ressemble davantage à une salle d'opération où on se ferait enlever l'appendice qu'à une salle à manger où on s'envoie un bon rôti de bœuf, constata le sergent.

Grant ne réagit pas.

Lydia entra, toute souriante, dans le cliquetis de ses bracelets et de ses colliers de perles.

— Excusez-moi de ne pas vous recevoir à l'étage, mon cher Lion, mais j'ai des clients qui ne comprendraient peut-être pas que votre visite est purement amicale.

— Lorsque nous nous sommes rencontrés chez Marta, vous saviez donc qui j'étais ?

— Bien entendu. Vous ne rendez guère justice à mes dons de divination, cher Mr Grant. Et votre ami, vous ne me le présentez pas ?

— Sergent Williams.

Elle avait l'air un peu déconcertée, songea l'inspecteur, mais elle trouva moyen de se montrer aimable à l'égard du sergent, jusqu'au moment où elle aperçut ce qu'il tenait sous le bras.

— Que faites-vous avec mon ciré ? demanda-t-elle d'un ton sec.

— Il est donc à vous, ce ciré ? Celui qui était dans le coffre du canot ?

— Mais bien sûr qu'il est à moi ! Comment avez-vous osé forcer la porte de cette cabine que je ferme toujours à clé ?

— Nous ferons réparer la serrure, Miss Keats. En attendant, je suis au regret de vous informer que je dois vous arrêter pour le meurtre de Christine Clay, commis à la crique de Westover, le jeudi 15 au matin et je vous préviens que tout ce que vous direz désormais pourra être retenu contre vous.

Son visage, habituellement plein de complaisance, était maintenant convulsé par cette même fureur dont il avait été témoin lorsque Judy Sellers avait dévoilé ses dons.

— Vous ne pouvez pas m'arrêter ! cria-t-elle. Ce n'est pas écrit dans mon ciel ! Qui le sait mieux que moi ? Les astres n'ont pas de secret pour moi. Ils m'ont prédit un destin magnifique. C'est vous, pauvre imbécile, qui continuerez à faire des faux pas et à vous tromper. Je suis née sous le signe du succès et tout ce que je veux est en mon pouvoir. C'est écrit dans le ciel. C'est le destin. « D'aucuns sont nés grands » – voilà la vérité et tout le reste n'est que mensonge. On naît grand, on ne le devient pas. Je suis née pour réussir. Pour dominer. Pour être adulée du genre humain…

— Miss Keats, veuillez vous préparer à nous suivre immédiatement. On vous fera parvenir plus tard tous les vêtements dont vous aurez besoin.

— Des vêtements ? Et pour quoi faire ?

— Pour vous habiller en prison.

— Je ne comprends pas ! Vous ne pouvez pas m'emprisonner… Ce n'est pas dit dans mon horoscope. Il y est écrit que tout ce que je veux est en mon pouvoir.

— C'est le cas de chacun, à condition de le vouloir assez fort. Mais jamais impunément. Veuillez appeler votre femme de chambre et lui expliquer la situation. Elle vous apportera votre chapeau si vous le souhaitez.

— Je n'en veux pas. Je ne pars pas avec vous. Je suis invitée cet après-midi chez Marta. Elle reprend le rôle de Christine dans le nouveau film, vous savez. Je lui ai rendu là un fier service. Tous nos actes sont écrits de longue date. C'est bien huilé, comme les rouages d'une boîte à musique, vous savez. Ou peut-être l'ignorez-vous ? Êtes-vous mélomane ? Et de chez Marta, j'irai chez Owen Hughes… Après cela, nous verrons… Revenez dans la soirée et nous en discuterons. Connaissez-vous Owen ? Un charmant garçon. Il a joué son rôle aussi et sans lui, je n'y aurais jamais pensé. Non, ce n'est pas ce que je veux dire… Les grandes choses appartiennent aux grands esprits. Elles se produiraient de toute façon, mais elles sont souvent déclenchées par un rien : un interrupteur suffit à produire la lumière. J'ai employé cette comparaison lors d'une conférence en Écosse l'autre semaine et cela a très bien marché. Bien choisie, vous ne trouvez pas ? Prendrez-vous un peu de sherry ? Je manque à tous mes devoirs. C'est à cause de ces gens, là-haut, qui attendent qu'on leur parle de…

— Qu'on leur parle de quoi ?

— De moi évidemment. Non, d'eux-mêmes. C'est pour cela qu'ils sont venus. Je m'embrouille un peu. Ils veulent savoir ce que le destin leur réserve. Et je suis la seule à pouvoir le leur dire. Oui, la seule, moi, Lydia Keats…

— Puis-je me servir de votre téléphone, Miss Keats ?

— Bien sûr. Vous le trouverez dans le placard du vestibule. Un de ces nouveaux objets en couleur. Le téléphone, pas le placard. Que disais-je donc ?

— Demandez qu'on nous envoie Reynolds immédiatement, dit Grant au sergent.

— C'est le peintre ? Je serai ravie de le rencontrer. Il est né pour la grandeur. Ce n'est pas une question de travail ni de mélange de couleurs, vous savez. C'est inné et ce sont les astres qui en décident. Laissez-moi tirer votre horoscope. Vous êtes Lion. Des gens très séduisants. Nés pour être rois. J'ai parfois regretté de n'avoir pas vu le jour en août. Cependant les Bélier sont des chefs. Bavards aussi, je présume.

Elle eut un rire nerveux.

— Je parle beaucoup, il paraît. Un vrai moulin à paroles, disait-on de moi quand j'étais petite.

26

Une demi-heure plus tard, Reynolds, le médecin de la police, fit une piqûre de morphine à cette pauvre Lydia Keats qui hurlait et délirait. On pourrait ainsi la conduire au poste sans trop de scandale.

Debout sur le seuil, Grant et Williams, sans mot dire, regardèrent l'ambulance disparaître.

— Bon, dit finalement Grant en se ressaisissant, je ferais bien d'aller faire une visite à Champneis, je crois.

— Il faudrait fusiller tous ceux qui font les lois de ce pays, dit le sergent qui lâchait brusquement son venin.

— Vous faites allusion à la peine capitale ? demanda Grant, étonné.

— Non ! Aux heures de fermeture des pubs.

— Oh, je vois ! Vous trouverez une flasque dans mon placard. Servez-vous.

— Merci, inspecteur… Remettez-vous, mademoiselle ! dit-il en se tournant vers la femme de chambre qui sanglotait au fond de la pièce. Ce sont des choses qui arrivent.

— Elle a été une très bonne maîtresse à mon égard, et cela me fait mal de la voir dans cet état.

— Chargez-vous de ce ciré, Williams, fit l'inspecteur avant de descendre l'allée pour rejoindre la voiture qu'on venait de mettre à leur disposition.

C'est avec une joie indicible qu'ils quittèrent les lieux.

— Dites-moi, inspecteur, comment avez-vous deviné dans la foule de suspects que c'était cette femme-là ?

Grant sortit les pages qu'il avait déchirées du magazine.

— J'ai trouvé cela dans une revue au salon de coiffure de l'hôtel de *La Marine*. Lisez vous-même.

L'article à l'eau de rose était signé d'une journaliste du Midwest qui venait de passer ses vacances à New York. La ville était remplie de stars de cinéma. Miss Lydia Keats s'y trouvait également, et ce qui avait le plus impressionné la journaliste, ce n'était pas tant le fait de serrer la main de Grace Marvel que la réalisation des prophéties de Miss Lydia Keats. Elle en avait fait trois absolument stupéfiantes.

Avant trois mois, Lyn Drake serait victime d'un accident grave ; or chacun savait qu'il était depuis cloué au lit.

Millard Robinson perdrait, sous trente jours, une véritable fortune dans un incendie. Et nul n'ignorait que toutes les bobines de son nouveau film, dont le budget dépassait le million de dollars, avaient été réduites en cendres.

Quant à la troisième prophétie, elle annonçait la mort par noyade d'une étoile du cinéma de première grandeur, dont elle avait naturellement indiqué le nom. Mais le journal ne pouvait pas, bien entendu, le révéler.

« Si cette troisième prophétie, tellement circonstanciée, tellement précise, se réalise, alors il sera établi que Miss Keats possède l'un des talents les plus étranges au monde. L'humanité tout entière assiégera sa porte. Mais n'allez surtout pas vous baigner avec elle, blonde starlette ! La tentation pourrait être trop forte pour elle ! »

— Diable ! s'exclama Williams avant de retomber dans un silence total jusqu'à leur arrivée à Scotland Yard.

— Prévenez le patron que je serai de retour dès que j'aurai vu lord Edward, ordonna Grant tandis que la voiture redémarrait en direction de Regent's Park.

Dans un décor de cheminées en marbre et de peaux de mouton, il attendit Champneis une demi-heure.

— Comment allez-vous, inspecteur ? J'apprends par mon domestique qu'on vous a fait attendre. Je suis navré de vous avoir imposé un pareil décor plus longtemps qu'il ne convenait. Vous aimez le thé, j'espère ? Sinon, nous avons ce que mon oncle appelait des remontants. C'est plus élégant que le mot alcools, ne trouvez-vous pas ? Vous m'apportez des nouvelles ?

— Oui, mais je vous prie de me pardonner de faire ainsi irruption chez vous alors que vous rentrez tout juste de voyage.

— Ce ne sera pas pire que la conférence chez ma grand-tante hier. Je n'étais venu que par égard pour la vieille dame, mais j'ai vite compris que, d'après elle, j'aurais dû l'annuler : c'eût été plus convenable. Alors, cette mauvaise nouvelle ?

Grant lui raconta ce qui s'était passé et Champneis, d'abord sur la défensive, l'écouta gravement après avoir abandonné cette attitude désinvolte, habituelle chez lui.

— Est-elle folle ? demanda-t-il lorsque Grant eut fini.

— Oui. C'est ce que dit Reynolds. Il se peut que ce soit de l'hystérie, mais il pense qu'il s'agit bien de démence. La folie des grandeurs, tout simplement.

— Pauvre malheureuse ! Mais comment a-t-elle appris où se trouvait mon épouse ?

— Par une lettre d'Owen Hughes. Il lui avait écrit de Hollywood, oubliant que le lieu où Christine se reposait – sa propre maison – devait rester secret. Il avait même parlé de ses bains matinaux.

— Alors tout devient clair… Mais Lydia Keats savait donc manœuvrer un bateau à moteur ?

— Elle avait été pratiquement élevée sur un canot, apparemment. Elle empruntait constamment le fleuve. Il ne serait venu à l'idée de personne de se poser des questions sur ses allées et venues. Elle a probablement descendu plus d'une fois la Tamise de nuit avant que l'occasion propice ne se présente. C'est curieux, mais on ne pense jamais au fleuve comme moyen de transport. Eh oui… Nous avions envisagé l'éventualité d'un canot à moteur, naturellement, mais pas à partir de Londres. Cela ne nous aurait pas beaucoup avancés d'ailleurs, peut-être même pas du tout. Le ciré d'homme qu'elle portait était très trompeur. Beaucoup de femmes, bien sûr, portent des cirés d'hommes pour faire du bateau ; mais j'avoue que je n'y aurais pas pensé.

Il y eut un court silence.

Chacun des deux hommes suivait par la pensée cette descente en canot du fleuve couvert de brume, jusqu'à l'estuaire tout illuminé et le long de la côte aux mille lumières. Les petites villes les unes après les autres – depuis les lueurs vacillantes des chantiers navals dans la plaine jusqu'aux lumières scintillantes des villas sur les falaises – avaient dû en ponctuer les étapes successives. Mais plus tard dans la nuit, ç'avait été l'obscurité, une obscurité totale, et le silence, à mesure que tombait sur l'eau la brume de l'été. À quoi cette femme avait-elle songé pendant sa longue attente ? Seule, elle avait eu le loisir de réfléchir. Et sans la moindre étoile pour lui rappeler sa grandeur. Ou bien était-elle déjà devenue trop folle pour avoir des doutes ?

Et ensuite – cela aussi les deux hommes le voyaient en imagination – la surprise. Les salutations amicales. Dans l'eau, le bonnet de bain vert de Christine qui montait et descendait le long de la coque grise – ce bonnet que l'on n'avait jamais retrouvé. La femme qui se penchait pour lui parler. Et ensuite…

Grant se souvint des ongles cassés de Christine. Cela n'avait donc guère été facile.

— L'affaire est close, lord Edward, mais ce qui m'amène à vous n'a rien à voir.

— Vraiment ?… Ah ! voici le thé. Vous pouvez disposer, Binns. Du sucre, inspecteur ?

— Je voudrais savoir où vous avez conduit Rimnik.

Champneis se figea, le sucrier à la main. Il parut étonné et amusé, voire admiratif.

— Chez des amis de Harmer, près de Tunbridge Wells.

— Puis-je avoir leur adresse exacte ?

Lord Edward la lui communiqua tout en lui tendant une tasse de thé.

— Pourquoi voulez-vous voir Rimnik ?

— Parce qu'il réside dans ce pays sans passeport… grâce à vous !

— Il résidait, vous voulez dire ! Le service de l'Immigration lui a délivré un permis de séjour ce matin même. Il a fallu faire preuve d'une grande éloquence : la Grande-Bretagne, amie de la justice, défenseur des persécutés, terre d'asile pour les apatrides honnêtes, et tout le reste. Mais ça a marché ! Il y a encore des âmes sensibles à Whitehall, vous savez. À la fin de mon discours, j'avais en face de moi une volée de pigeons qui roucoulaient.

Champneis regarda le visage désapprobateur du policier.

— J'ignorais que cette petite affaire vous avait causé des soucis, conclut-il.

— Des soucis ! s'écria Grant. Voilà qui a bien failli tout compromettre ! Avec Harmer et vous qui nous mentiez sur vos occupations de cette nuit-là…

Il prit conscience qu'il s'engageait sur un terrain glissant et se tut.

Mais Champneis avait compris.

— Je suis vraiment navré, inspecteur. Allez-vous m'arrêter ? Peut-on être arrêté rétroactivement, si l'on peut dire ?

— Je ne le crois pas. Il faudra que je me renseigne. Cela dit, j'en éprouverais un immense plaisir, répondit Grant qui avait recouvré sa bonne humeur.

— D'accord. Remettons l'arrestation à plus tard. Mais dites-moi comment vous nous avez percés à jour. Je pensais que nous avions été si astucieux.

— Je n'aurais sans doute jamais rien trouvé sans l'excellent travail d'un jeune policier à Douvres, Rimell.

— Il faudra que je fasse sa connaissance.

— Il a découvert que vous aviez rendez-vous avec Harmer cette nuit-là et que vous aviez peur de la douane.

— Oui, Rimnik se cachait dans le placard de ma cabine. Et ce fut une demi-heure passionnante.

Mais douaniers et capitaines de ports ne sont que des hommes !

Grant comprit par là qu'ils avaient abondamment puisé dans les alcools de Champneis et n'étaient plus en état d'abattre les cloisons.

— C'est alors que j'ai eu l'intuition que, si je réussissais à me rappeler exactement ce que vous m'aviez dit juste avant de… me mentir sur l'heure de votre arrivée à Douvres, j'aurais la clé de tout. Et je m'en suis souvenu ! Vous aviez dit, en parlant de la Galeria, que l'unique espoir de ce pays, c'était Rimnik, et qu'il réapparaîtrait quand son parti serait prêt. Mais la grosse pierre d'achoppement était de saisir le lien entre Harmer et vous. C'était si simple et si évident que je ne le voyais pas. Vous vous êtes immédiatement plu et admirés réciproquement quand votre femme vous a présentés. Je dois admettre que Harmer a fait un splendide travail de poudre aux yeux, jouant à merveille le rôle du déclassé aigri. J'aurais dû prêter davantage attention à ce que j'avais deviné de votre…

— De ma quoi ?

— De votre attitude peu orthodoxe.

Les deux hommes échangèrent un sourire.

— Une fois cet écueil franchi, le reste fut facile. Les renseignements généraux savaient que Rimnik avait disparu, qu'on lui avait refusé un passeport et que la Grande-Bretagne n'acceptait pas sa présence sur son sol. Ils savaient même qu'il avait probablement débarqué en Angleterre, mais ils n'en avaient pas la confirmation… Ainsi donc, le canot est venu à quai une deuxième fois ?

— Cette nuit-là ? Oui, Harmer nous a conduits chez son ami. Il a quelque chose dans le ventre, croyez-moi. Il mourait de peur, mais il est allé jusqu'au bout. Il paraît qu'on a retrouvé Tisdall, ajouta Champneis lorsque Grant se leva pour partir. Quel immense soulagement pour vous ! Il est malade ?

— Non. Il a pris froid et il est épuisé, cela va de soi. Mais il se remettra, j'espère bien.

— Dans l'édition de la mi-journée que j'ai achetée à York, j'ai lu une description poignante de ses souffrances. Toutefois, connaissant la presse, je n'en ai pas cru un mot.

— Il n'y en a pas un seul de vrai. C'est du Jammy Hopkins pur jus.

— Qui est Jammy Hopkins ?

— Comment ! Vous ignorez qui est…

Grant demeura interdit et jeta un regard d'envie à Champneis.

— Je comprends maintenant, conclut-il, pourquoi les gens se réfugient dans des déserts à l'autre bout du monde !

27

Herbert Gotobed quitta l'Angleterre environ un mois plus tard, pour aller s'expliquer devant la très curieuse police de Nashville, dans le Tennessee, sur l'usage qu'il avait fait des deux mille dollars qu'une vieille dame, Mrs Kinsley, lui avait donnés pour construire une église.

Le jour où il embarqua – il n'y avait évidemment aucune relation entre leurs activités respectives –, Erica organisa un dîner à Steynes, « pour faire oublier le dernier », avait-elle dit tout de go à Grant en l'invitant. Les convives étaient les mêmes avec, en plus, Robin Tisdall. Grant remarqua, avec un soulagement qui lui parut ridicule, qu'elle s'était encore poudré son petit nez n'importe comment et qu'elle s'habillait toujours comme une gamine. Il avait redouté que la fréquentation d'un garçon tel que Tisdall, si beau et si malmené, n'eût éveillé sa féminité et sonné le glas de l'enfance. Mais non ! Elle était restée jeune et innocente ! Elle s'adressait à Tisdall sur le même ton sérieux et direct que le jour où elle lui avait dit que son col de chemise était trop serré. Grant s'aperçut alors que l'œil amusé de George Meir se promenait de l'un à l'autre. Leurs regards se croisèrent et spontanément les deux hommes levèrent leur verre comme pour se congratuler.

— Vous voulez porter un toast ? demanda Erica. Je vais en faire un, moi. Au succès de Robin en Californie !

Et ils burent de bon cœur.

— Si le ranch ne vous plaît pas, ajouta Erica à l'intention de Tisdall, attendez que je sois majeure et je vous le rachèterai.

— Vous aimeriez ce genre d'existence ? demanda le jeune homme d'une voix où perçait l'impatience.

— Et comment !

Elle se tourna vers Grant pour lui poser une question, mais Tisdall continua sur sa lancée :

— Il faudra venir au ranch bien avant vos vingt et un ans.

— Oui, ce serait formidable, répondit-elle, sincère mais distraite. Dites-moi, Mr Grant (elle ne l'appelait jamais inspecteur), est-ce que vous viendrez avec moi au cirque Olympia à Noël, si Mr Mills me donne des places ?

Elle rosit un peu comme si sa demande avait été effrontée.

Réaction nouvelle chez Erica, qui était hardie de nature sans en avoir conscience.

— Bien entendu, avec le plus grand plaisir.

— Parfait ! C'est promis alors !... Donc à Olympia, à Noël ! s'écria-t-elle en levant son verre.

— À Olympia, à Noël ! répondit Grant.

MIXTE
Papier issu de
sources responsables
FSC® C003309

10/18, une marque d'Univers Poche,
est un éditeur qui s'engage pour
la préservation de son environnement
et qui utilise du papier fabriqué à partir
de bois provenant de forêts gérées
de manière responsable.

Impression réalisée par

BRODARD & TAUPIN

La Flèche (Sarthe), 3007364
Dépôt légal : décembre 2014
X06058/01

Imprimé en France